PEUR EXPRESS

PEUR EXPRESS

JO WITEK

ACTES SUD
jeunesse

"Les faits ne cessent pas d'exister parce qu'on les ignore."

Aldous Huxley

I

DESTINATION INCONNUE

1

Jeanne marchait le long du train, toute frêle dans son pull en laine bariolé. Elle aimait la solitude de ces quais sans fin, juste avant le grand départ. Longer la machine, la sentir se gorger d'électricité et d'air pour alimenter ce ventre mécanique de 780 tonnes de tôle, d'électronique et de haute technologie. Un monstre à l'allure luisante et séduisante ; une bête inhumaine en réalité, qui dans quelques minutes allait ouvrir sa gueule de velours pour absorber mille voyageurs et plusieurs tonnes de bagages. Un voyage climatisé, sans secousses ni chaos, une symphonie ferroviaire digne du plus grand génie humain. Jeanne ne pouvait s'empêcher de toucher la machine, une habitude, un tic, un grigri peut-être. Elle aimait la caresser, laissant glisser sa main avec une infinie tendresse sur cette sublime carcasse froide et pourtant si sensuelle.

Enfant, déjà, elle frissonnait étrangement au contact de la tôle sur sa peau quand son père la faisait monter dans la cabine de pilotage. Chez les Gordain, on était cheminots de père en fils et Jeanne avait naturellement pris le relais. Du haut de son petit mètre soixante, elle avait rejoint cette longue lignée de conducteurs aux gueules burinées et aux regards de gosses. Une volonté de fer et une carrière exemplaire qui en quinze ans lui avaient fait franchir toutes les étapes du métier pour décrocher le poste prestigieux de TGViste. Son père en avait pleuré de fierté.

Était-ce le vent glacial de cette fin de journée de décembre ? Ou bien sa dispute avec son mari juste avant de partir pour la gare de Lyon ? Le fait est que Jeanne, en descendant le quai numéro 7, fut fouettée d'une cinglante nostalgie.

Avait-elle vraiment choisi ce métier ? Est-ce que ces horaires décalés n'étaient pas en train de gâcher son mariage ? Est-ce qu'elle pourrait un jour réussir à quitter son domicile un soir de décembre sans éprouver une terrible culpabilité ? Mauvaise mère, mauvaise épouse mais bonne conductrice, bonne fille de son père. La meilleure, l'unique !

Le nez enfoui dans son col de pull, Jeanne une fois de plus s'apprêtait à prendre son service, à monter dans la cabine de la motrice pour embarquer un millier de personnes dans un voyage nocturne et glacial à plus de 300 kilomètres-heure. Un métier à responsabilités qu'elle aimait, mais qui ce soir lui pesait dans ce vent hivernal.

Au passage de la voiture 4, elle salua l'équipe commerciale du train qui, comme elle, arrivait en avance pour effectuer toutes les vérifications d'usage.

– Salut, Jeanne, tu crois qu'on va partir ? claironna Robert Jean, l'un des deux chefs de bord de ce double TGV duplex qu'elle était chargée de mener à bon port en cinq heures.

Elle aimait ces appréhensions de l'équipe, cette façon qu'avaient parfois ses collaborateurs de lui renvoyer leurs propres angoisses avant le départ. Elle savait y répondre, avec son regard clair et son parler franchouillard.

– Pourquoi on ne partirait pas, Robert ? lui répondit-elle dans un grand sourire. T'as pas fini tes courses de Noël, c'est ça ? T'aurais préféré un petit week-end pépère ?

– Tu déconnes, mais il paraît qu'il va neiger sur Lyon cette nuit… Aucune envie d'être coulé[1] ce soir. C'est déjà la panique avec les clients les jours

1. Arriver en retard, dans le jargon des cheminots.

de vacances scolaires, alors si on se tape des coupures de jus, ça va virer au cauchemar.

– C'est toi qui manques de jus, Robert, je te sens fatigué. Pas de vacances cette année ?

– Non, on partira à Pâques, j'aime pas Noël, ça me déprime.

– T'es vraiment à bout, dis donc ! Noël en famille, c'est merveilleux ! T'inquiète pour la météo. On passera Valence à 20 heures, il ne gèlera pas avant minuit et, après Valence, aucun risque de gel. Dans moins de six heures, tu seras à Perpignan, bien au chaud dans ton lit d'hôtel, fais-moi confiance. Au fait, tu pourrais demander à Josy de me remplir mon thermos, j'ai encore oublié…

– C'est bien parce que c'est toi, Jeanne… Ça gaze, je t'amènerai ton café en cabine, princesse.

Il faisait froid, Robert avait raison. Le pire était ce vent glacial et humide qui n'en finissait pas de pénétrer ses vêtements.

Paris, gare de Lyon, 17 heures 25, Jeanne parvint enfin en bout de quai.

Elle sortit sa clé de Berne[1], ouvrit la porte et s'engouffra dans la cabine bien chauffée de la motrice.

1. Clé carrée qui permet d'ouvrir de nombreux accès et placards dans les trains.

La double rame du TGV duplex en provenance de Paris gare de Lyon et à destination de Perpignan allait partir dans vingt-cinq minutes. Il était temps de quitter cette nostalgie hivernale et de se concentrer sur son travail. Dès qu'elle eut mis un pied dans la cabine, Jeanne retrouva son sang-froid, sa rigueur professionnelle et commença sereinement les nombreuses vérifications techniques nécessaires avant le départ.

2

Robert Jean se sentait épuisé. Cela faisait plus de vingt ans qu'il arpentait les couloirs moquettés des trains à grande vitesse. De quoi user un homme. Il détestait par-dessus tout les jours de grands départs, et particulièrement ceux de décembre. Robert faisait partie de ces gens que les fêtes de Noël angoissent. Tout ce flonflon en rouge, vert et or lui donnait la nausée, surtout depuis que ses enfants étaient devenus adultes et avaient définitivement quitté la maison. Jeanne avait raison, il manquait de jus depuis un moment.

Dans quelques mois, il allait devenir grand-père et cette perspective, au lieu de le réjouir, le minait. Il se sentait vieux, fatigué, un poil dépressif. Dominique, son jeune homologue en charge de la seconde rame du TGV, vint le saluer devant la voiture 4 où le personnel de la société de restauration terminait d'avitailler la remorque-bar.

– Le train est gavé comme une oie ! Overbooké, mille trente-deux voyageurs ! C'est pas ce soir qu'on va se reposer ! Je ne sais pas pourquoi les gens sont toujours si speed au moment de Noël. Ça fait pas ça pour les vacances d'été. T'as remarqué ?

Robert se contenta de hocher la tête. Il n'appréciait pas trop ces agents de service nouvelle génération qui passaient leur temps à répandre leur anglais à tout bout de phrase. "Speed", "overbooké", une façon de s'exprimer qui l'agaçait particulièrement. Après tout, il avait plus de vingt ans d'expérience dans le TGV et il aurait aimé que les jeunes le respectent davantage et fassent preuve d'un peu plus d'humilité avec leur maîtrise de l'anglais et leur bac plus deux. Lui avait commencé sa carrière avec un simple certificat d'études et une centaine de mots d'anglais en sacoche. Aujourd'hui, les contrôleurs s'appelaient "chefs de bord" ou "ASCT (agent de service commercial des trains)". Ils avaient troqué leur sacoche de treize kilos contre un *personal digital assistant*, petit ordinateur portable qui poinçonnait les billets, acceptait les paiements par carte bancaire et donnait en temps réel des informations sur le trafic. Le contrôleur d'aujourd'hui ressemblait aux stewards des grandes lignes aériennes internationales et Robert avait parfois la nostalgie des vieux trains à compartiments non climatisés où l'on pouvait encore mettre le nez à la fenêtre pour sentir les odeurs des champs, de la mer ou des vaches dans les pâturages.

Il grimpa dans la voiture 4 et salua Josy, l'hôtesse de bar, l'embrassant quatre fois sur ses joues rebondies.

– Tiens, je te donne le thermos de Jeanne, tu le rempliras de café à bloc, s'il te plaît. J'irai lui porter en cabine tout à l'heure.

– Ça marche, Robert. Dis donc, ça n'a pas l'air d'aller fort. Des soucis ?

– La vieillerie, Josy. C'est ça mon souci. Vivement la retraite !

– C'est pour quand ?

– L'année prochaine.

– Tu tiens le bon bout, mais tu vas me manquer !

Robert aimait travailler avec Josy, une jeune Réunionnaise toujours souriante et bienveillante envers ses collègues. Il appréciait son calme, son sang-froid, sa rapidité aussi. Elle servait les clients avec grâce et efficacité quelle que soit l'humeur des gens. Une vraie pro. Le moteur de la machine cessa de gronder dans un soupir profond. Jeanne, depuis sa cabine, venait de couper "le jus", autrement dit de couper l'alimentation électrique de la machine afin de commencer ses vérifications techniques. Il était temps pour le vieux professionnel des rails de rejoindre le quai, afin d'accueillir les premiers voyageurs.

Il boutonna sa veste, sortit de sa sacoche son écharpe en laine rouge tricotée main et s'engouffra dans le froid. Malgré l'avis de la jeune conductrice, il ne put s'empêcher de camper sur sa position : le temps virait à la neige et cela ne lui disait rien de bon.

Il en avait connu des voyages épiques avec des caténaires qui se déchiraient à cause du gel, des trains qui restaient en rade au milieu de la campagne et des voyageurs irascibles incapables d'intégrer le facteur "intempéries" dans leur trajet. L'homme du XXIe siècle était pressé, prétentieux et Robert se sentait lui aussi dépassé par cette vitesse humaine qui voulait tout maîtriser.

Quelques années auparavant, il lui arrivait encore d'engager la conversation avec les voyageurs excédés, leur expliquant l'impact des conditions météorologiques sur la machinerie, l'impossibilité même pour le génie humain d'assurer un voyage 100 % sécurisé. Il avait souvent fait preuve de pédagogie et emporté la tolérance et la compréhension des voyageurs si peu conscients du niveau de sécurité qu'exigeait la grande vitesse. Aujourd'hui, tout lui semblait plus difficile. Les gens ne voulaient rien savoir. À partir du moment où ils avaient payé, le monde devait se plier à leur bon vouloir. L'homme moderne ne supportait plus le hasard, la malchance, le contretemps et encore moins les caprices de la nature. Robert en avait pris son parti, s'enfonçant dans un silence poli. En cas de problèmes, il restait toujours cordial, calme, distant, mais n'entretenait plus du tout les mêmes relations conviviales avec ses clients.

Pourtant, il les connaissait par cœur, ces voyageurs du rail, depuis le temps qu'il les observait. Il s'était même amusé à les classer par grands types de caractères ou de manies, se constituant au fil des années une sorte de petit inventaire.

Les individus étaient toujours différents ; d'âges, de nationalités, de milieux sociaux disparates et pourtant, il existait bel et bien des ressemblances entre eux. D'abord, une sorte de panique générale se déversait sur le quai avant le départ. C'était inévitable, le voyageur ordinaire perdait ses repères, doutait et Robert se plaisait à le rassurer.

“Je suis voiture 8, c’est encore loin ?”

“Je ne vois pas mon numéro de wagon ! Monsieur le contrôleur, ce train va bien à… ?”

Certains arrivaient très en avance, prenant un temps fou à s’installer dans les voitures, comme pour se rassurer. D’autres préféraient attraper leur train juste à temps, sans doute pour éviter une attente immobile sur le quai. Certains voyageaient légers, mais organisés avec une petite bouteille d’eau et un livre plus ou moins épais suivant la durée escomptée du trajet. D’autres s’installaient exagérément comme s’ils allaient passer dix jours dans le train. Robert les avait classés dans la catégorie des “Au cas où”. En famille, seuls ou en couple, les “Au cas où” avaient toujours tout prévu. Sac de vivres et thermos de café au cas où le train prendrait du retard ou serait privé de voiture-bar. Livres, bandes dessinées, magazines, lecteur DVD, ordinateurs portables pour que les enfants ne s’ennuient pas. Les “Au cas où” étaient aussi parfaitement équipés en médicaments de survie. Nausées, maux de tête, pansements, pommades : ils avaient TOUT prévu, ne laissant au hasard de la vie aucune chance de les surprendre. Ce genre d’individus aurait pu être très utile en cas de panne ou de problèmes graves, mais il fallait bien admettre que généralement les “Au cas où” ne partageaient pas. Prévoyants, certes, mais peu altruistes.

Robert s’amusait aussi des “voyageurs-travailleurs”, très facilement reconnaissables. Mentons bas, regards fermés, valises à roulettes parfaitement huilées, ils fonçaient vers leur place comme on se rend au bureau. Contrairement à la foule de voyageurs saisonniers, eux avaient leurs marques, leurs habitudes, passant allégrement des halls de gares aux terminus d’aéroports. Ils vivaient en coup de vent et à toute vitesse sans jamais demander leur chemin. Confortablement installés sur leur siège de première classe, ils installaient au plus vite leurs ordinateurs portables, dossiers, paperasses sur la tablette pour transformer le temps du voyage en temps de travail. Robert pensait que les “voyageurs-travailleurs” auraient été de bien mauvais témoins en cas de meurtre dans un train, tant leur concentration semblait inaltérable. Ils ne voyaient rien, refusaient toute conversation inutile et ne relevaient le nez de leur labeur que pour fustiger du regard un voyageur trop bruyant. C’est pour cette raison que les “voyageurs-travailleurs” détestaient par-dessus tout les familles et particulièrement celles de la catégorie des “Au cas où”, heureusement peu présentes dans les voitures de première classe.

Dans son grand inventaire des passagers, les “voyageurs solitaires” étaient sans doute les plus difficiles à étiqueter. Les plus mystérieux aussi. Ils voyageaient seuls, dans une tranche d'âge allant de l'adolescence aux personnes très âgées. Certains laissaient une partie d'eux-mêmes sur le quai ; parents, amoureux, grands-parents, amis. Ils se séparaient dans un petit déchirement douloureux que trahissait leur regard perdu ou un ultime geste de la main. Mal à l'aise dans leur solitude forcée, les plus âgés engageaient souvent la conversation.

“Bonjour. Je suis à cette place. Vous pouvez m'aider à monter ma valise ? J'espère qu'on partira à l'heure…”

Autant de banalités lancées à l'aveuglette dans l'espoir de ne pas rester seul et muet sur son siège pendant quatre ou cinq heures. Les plus jeunes, eux, s'accrochaient à leur téléphone portable, une façon comme une autre de rappeler à tout le wagon que ce n'était pas parce qu'ils voyageaient seuls qu'ils n'avaient pas d'amis ni de parents !

Un appel pour rien. Juste pour se rassurer et se donner une contenance.

Robert, pourtant échaudé par ses longues années de service, s'amusait encore à observer, classer et répertorier les comportements des voyageurs. Il aimait particulièrement les cinq dernières minutes avant le départ. Ce moment où le train s'animait au rythme de sa nouvelle population. Il était alors temps pour lui de rejoindre son petit local en voiture-bar, encore déserte au début du voyage.

Il salua Josy qui terminait d'installer son bar et vérifia l'interphonie de la rame en appelant Jeanne, isolée dans sa cabine de pilotage.

– Je t'apporte ton café dans cinq minutes, princesse du rail.

– OK, Robert, merci, lui répondit Jeanne en raccrochant immédiatement le poste téléphonique qui lui permettait de communiquer avec les deux chefs de bord de son train. Robert pour la rame 1 et Dominique pour la rame 2.

Le départ était imminent, les bébés comme toujours se mirent à pleurer, exactement comme les oiseaux cessent de chanter en cas de malheur. Un phénomène que Robert n'avait jamais vraiment pu expliquer mais qui se produisait systématiquement. Les bébés hurlaient quand le train partait.

Sur le quai, on put entendre le sifflet du chef de service, suivi du message en gare.

"Le TGV à destination de Perpignan va partir quai numéro 7. Attention à la fermeture des portes. Attention au départ !"

3

– On a oublié mon sirop ! Maman veut que je prenne mon sirop ! dit la petite fille en criant.

– Il est dans la valise, ma chérie, c'est compliqué, on le prendra ce soir en arrivant, répondit la grand-mère à voix basse.

– Ça fait peur de prendre son sirop au bout de la nuit !

En voiture 5, Waafa ne pouvait détourner les yeux de la petite fille blottie dans les bras de sa grand-mère, de l'autre côté de l'allée. L'enfant avait peur dans la nuit. N'importe qui aurait jugé qu'il s'agissait d'un caprice, d'un prétexte pour embêter l'adulte et mériter une sucrerie. Mais du haut de ses quinze ans, Waafa savait que les peurs enfantines n'étaient pas à prendre à la légère. Elle comprenait ce regard obscur et profond, terrifiant comme un long cri silencieux. Son enfance ressemblait à ce regard. Pourquoi était-elle tombée justement à côté d'une petite fille effrayée ? Pourquoi sa mère avait-elle encore été incapable de lui réserver une place à côté de la fenêtre ? Elle détestait voyager côté couloir. Elle étouffait, côté couloir. La fenêtre, elle, permettait de s'évader, de rêvasser, de fuir la réalité de ces voyages en train qui, bien que très rapides, lui semblaient une éternité. Elle aussi aurait aimé se lover dans des bras rassurants, baisser la garde de temps en temps et se sentir épaulée, en pleine sécurité.

– Pardon, mademoiselle ! Je pense que je suis ici, voiture 5, place numéro 48 !

L'arrivée de l'homme la fit sursauter. Elle eut un mouvement de recul involontaire.

– Je ne voulais pas vous effrayer, pardonnez-moi, je voulais juste m'asseoir…

Waafa, sans même prendre le temps de le regarder, se leva pour s'effacer et permettre au voyageur de regagner sa place. Elle le détesta d'entrée de jeu. Sans lui, elle aurait pu se glisser vers la fenêtre et réfléchir. Maintenant, elle allait se retrouver coincée entre lui et la petite fille flippante. L'homme enleva sa veste, l'accrocha au porte-manteau de la fenêtre et s'affaissa délicatement sur son siège. Elle aperçut alors ses chaussettes à carreaux dépasser de ses monstrueux mocassins marron. À ce moment, l'adolescente se demanda si elle ne devait pas rejoindre la voiture-bar, fuir ce wagon, la gamine et ce vieux mec ringard d'au moins quarante ans, qui peut-être allait chercher à lui faire la conversation. À la draguer même. Quelle horreur ! Elle aurait voulu arriver tout de suite, en finir avec ce voyage, rentrer de plein fouet dans ce nouveau départ qui l'attendait à Perpignan. Le train démarra lentement, caressant la robe brumeuse et opaque de cette soirée de décembre. Rien à voir dehors, rien à faire à l'intérieur. Même pas une ombre sur le quai pour la saluer avec tendresse. Plantée dans l'allée de la voiture 5, elle sentit son cœur s'accélérer pendant que ses pieds s'enfonçaient dans la moquette. Une femme la percuta avec sa valise sans même s'excuser. Elle commença à manquer d'air, enfermée dans ce corps charnu qu'elle détestait, dans ce train, dans cette saloperie de vie qui la mettait toujours si mal à l'aise. Waafa finit par s'écrouler sur son siège, engoncée dans son pull à col roulé. Il fallait se calmer. Respirer au rythme de ce TGV, parfaitement calme, sûr, rodé. La première fois qu'elle avait eu ce genre de malaise, le médecin urgentiste avait très vite mis un nom sur ses crises d'angoisse. "Spasmophilie. C'est comme une réaction de peur exagérée, mais qui se produit de façon inopinée, très souvent en absence totale de danger."

Qu'en savait-il, ce médecin, de l'absence totale de danger ? Comment pouvait-il affirmer qu'il n'y avait rien à craindre quand elle s'était évanouie la première fois sur la place du marché, juste devant le boucher ? Elle n'était pas folle, ni dérangée, ni fragile. Elle était simplement tétanisée par sa solitude au milieu de cette foule d'étrangers. Personne pour lui montrer le chemin de sa vie, personne pour la protéger ni l'empêcher de mourir en plein marché un dimanche matin. Il y avait vraiment de quoi flipper ! Dès qu'elle avait repris connaissance ce jour-là, elle avait voulu repartir. Retomber dans ce néant du malaise qui lui avait permis d'oublier cette vie misérable et violente. Mais elle s'était réveillée, le boucher lui avait parlé avec calme et bienveillance. Ses grosses mains tachées de sang lui avaient offert du sucre dans un verre d'eau et les pompiers étaient arrivés. Pourquoi repensait-elle à tout cela maintenant ? Justement dans ce train où elle voyageait seule avec pour unique bagage une petite valise et un sac à main bon marché. Elle voulait tout oublier de sa vie passée et tout recommencer, là-bas, à Perpignan.

Quel con ce médecin ! pensa-t-elle à nouveau, tentant de calmer sa respiration qui s'enflammait. Le danger n'était pas toujours perceptible et pour Waafa les souvenirs étaient plus effrayants que n'importe quel monstre à trois têtes. L'image d'une jeunesse insouciante et rieuse lui était totalement étrangère. Elle se sentait lourde, vieille, tétanisée en permanence. Ses paupières commencèrent à tressauter. Ses muscles se contractaient malgré elle. Elle ôta ses lunettes et se frotta les yeux machinalement comme pour faire taire ce malaise en elle. *Ne plus y penser, Waafa. Se raccrocher à la vie, à une pensée positive.* Elle essaya de s'imaginer là-bas à Perpignan dans ce bel hôtel-restaurant où elle avait trouvé un stage de six mois en cuisine. Une formation en alternance qui lui permettrait de décrocher un diplôme de commis. Elle adorait faire la cuisine, cela la détendait. Il fallait se raccrocher à cela. Le plaisir des mains dans la farine, du fouet dans le saladier. La sensualité des légumes crissant dans la poêle légèrement huilée.

– Vous voulez un mouchoir ?

Waafa détourna lentement son regard vers le voyageur aux chaussettes à carreaux. Sans ses lunettes, elle ne distinguait que sa chevelure ébouriffée qui lui donnait l'air d'un fou sorti de l'asile.

– Pardon ? osa-t-elle répondre timidement, reprenant son souffle avec difficulté.

– Pour essuyer vos lunettes, vous voulez un mouchoir ? lui demanda le fantôme ébouriffé, approchant dangereusement son corps du sien comme les mains du boucher sur son front…

Pour couper court, Waafa accepta le mouchoir en papier et fit semblant de nettoyer ses lunettes. Elle ne voulait surtout pas se faire remarquer. Elle ne voulait surtout pas que son voisin se mette à bavarder avec elle. De tout, de rien. Elle détestait faire la conversation aux gens. Elle détestait les hommes qui la regardaient de trop près. Elle frotta ses monstrueux binocles qui lui permettaient de voir la vie telle qu'elle était : moche. Le type avait une barbe naissante, des yeux vides d'intelligence, elle le trouva hideux, mais le remercia d'un sourire gracieux avant de se concentrer de nouveau sur la cuisine. *Émincer les oignons, ciseler la ciboulette.* Elle ressentit une boule dans la gorge et une terrible sensation de froid. Pourquoi fallait-il toujours rassurer les gens ? Paraître aimable, normale, sans problème alors qu'à l'intérieur ça grondait. Comment faire comprendre à ce type à ses côtés qu'elle était glacée, complètement tétanisée ? Que la peur ne se contrôlait pas. Qu'une fois qu'elle s'était glissée en vous, elle ne vous laissait jamais tranquille ! Jamais. Pas même dans un train à grande vitesse nouvelle génération. Pas même quand on avait choisi de tout quitter pour s'offrir un nouveau départ.

– Il fait une chaleur dans ces trains, je ne sais pas pourquoi ils surchauffent autant ! On a toujours l'impression d'être dans un couscoussier. En plus avec cette clim, on ne peut pas ouvrir les fenêtres ! se plaignit l'homme échevelé en ôtant son pull.

Waafa avait du mal à cacher ses frissons. L'odeur de transpiration de l'homme en mouvement lui déclencha un haut-le-cœur. Elle allait vomir, s'évanouir, mourir peut-être. Il fallait qu'elle bouge, qu'elle trouve une issue. Elle attrapa son sac coincé sous son siège et se leva brusquement, croisant au passage le regard profond et insondable de la petite fille qui se mit à chanter à tue-tête.

– "L'as-tu vu ? L'as-tu vu ? Le petit bonhomme, le petit bonhomme… L'as-tu vu ?"

Waafa s'accrocha à son siège pour ne pas perdre connaissance. Cette chanson lui fit l'effet d'un poignard en pleine gorge. Ses oreilles bourdonnaient, elle haletait. La chanson de la petite devint lointaine, déformée, hideuse. Ce n'était plus une voix d'enfant qu'elle entendait, mais celle d'un esprit diabolique au regard glacial et menaçant.

– “Le petit bonhomme… L’as-tu vu ?”

L’adolescente resta un instant en suspens dans le couloir, vide, fascinée par la fillette qui lui souriait étrangement avec une pointe de perversité. Comme si la petite ne chantait que pour elle, pour lui faire peur, pour la faire souffrir, lui rappeler que le danger pouvait surgir d’un instant à l’autre. Waafa tenta de reprendre le contrôle de son esprit, se concentrant sur le bruit sourd et régulier du train qui commençait à prendre de la vitesse. *Ne pas flancher, ne pas s’évanouir devant tous ces gens. Devenir adulte enfin !* Waafa voulait s’en sortir, prendre sa vie en main comme elle avait osé prendre ce train seule, avec une promesse d’avenir en poche. Elle fit un effort monumental pour s’extraire de la présence inquiétante de la petite fille qui continuait derrière son dos à fredonner son ignoble chanson. “Le petit bonhomme.” Elle savait très bien qui était cet homme. Son bourreau. Celui qui l’avait fait souffrir toutes ces années. Elle s’accrocha à la poignée de porte du wagon qui s’ouvrit dans un soupir. Le bruit plus soutenu de la plateforme d’intercirculation lui permit de reprendre un tant soit peu ses esprits. Elle inspira un grand coup et s’engouffra dans les toilettes. *Là, je serai en sécurité. Là, je pourrai me calmer*, se dit-elle avant de fermer le verrou.

4

Jeanne avait décollé sa double rame à l'heure prévue. 17 heures 52. Le chef de service lui avait signalé l'autorisation de départ, ce qui s'était traduit en cabine par un simple "ding ding". La conductrice avait alors déplacé lentement le manipulateur de traction sur le secteur intensité pour faire partir la machine en douceur. Une simple manette de type joystick poussée délicatement suffisait à faire avancer ce monstre de plus de 700 tonnes. Cela faisait rire aux éclats Paulo, son fils de six ans quand elle lui racontait que maman, elle aussi, jouait à la console dans son train. Jeanne adorait cette technologie hyper sophistiquée qui reliait l'homme à la machine, la machine aux ordinateurs, les ordinateurs au conducteur. Un système pointu qui lui permettait de se lancer en toute sécurité vers l'horizon opaque et orangé de cette soirée d'hiver. Tel un pilote de ligne, elle conduisait à l'aveugle. S'engageant sur des voies obscures, glissant sur de longues courbes en tranchée, plongeant dans des tunnels sans fin, sans jamais voir où elle allait. Un exercice assez effrayant au début pour les conducteurs habitués aux lignes classiques où la signalisation s'observait sur voie. Dans un TGV, tout était informatisé et, grâce au TMV, le système de transmission voie-machine, Jeanne recevait sur son pupitre de conduite les informations de signalisations, les vitesses à respecter et toutes les indications de fonctionnement des équipements de bord. Simple, efficace, aussi subtilement composé qu'un prélude de Bach. Jeanne aimait cette solitude protégée par une technologie de pointe qui la reliait à tout moment au Centre national des opérations (CNO) de Paris, véritable cerveau du trafic ferroviaire. C'est là, au cœur d'une immense salle informatique, que des coordinateurs scrutaient en permanence l'avancée des trains sur la carte lumineuse du réseau, traquant l'incident, la panne, le moindre retard. "Une putain d'invention, ce TGV !" comme disait son père, et les voyageurs avaient beau râler dès que le petit bijou tombait en panne, il n'en était pas moins l'un des moyens de transport le plus sûr au monde.

Dans quelques kilomètres, elle allait prendre sa vitesse de croisière, passer de 70 à 300 kilomètres-heure, sans souci ni appréhension. Cela faisait maintenant quatre ans qu'elle conduisait ces bolides et la peur des premiers trajets avait disparu. Du haut de son mètre soixante, elle en impressionnait plus d'un avec ce boulot "de mec", comme le définissaient encore certains collègues un peu machos. N'empêche qu'elle était l'une des meilleures conductrices, quoi qu'ils puissent penser. Elle savait garder son calme, même les soirs de disputes avec Alain, son mari. Depuis quelque temps, ces chamailleries bien normales dans les couples avaient pris une tout autre tournure. Leurs disputes devenaient de plus en plus violentes. Les insultes fusaient. "Tu ne penses qu'à ton métier. T'es vraiment minable, comme mère." Avant, Alain ne se serait jamais permis de dépasser les bornes de la sorte. Avant, il la respectait. Il fallait bien admettre que depuis qu'il avait été licencié, leur relation s'était écroulée. Ils avaient déraillé, et personne pour les aider à se remettre sur la bonne voie. La vie de couple, elle, n'était pas guidée par ordinateur. Il ne suffisait pas d'appuyer sur un bouton pour déclencher les secours. Jeanne se sentait perdue dans son histoire d'amour qui commençait sérieusement à se dégrader. Alors, elle se réfugiait dans son travail, acceptant plus de roulements en soirée pour s'échapper de la maison et profiter de la nuit d'hôtel payée par l'entreprise. Mais plus elle fuyait les disputes, plus sa vie de famille se dégradait. Dans deux jours, ils allaient fêter Noël ensemble. Il faudrait taire le malaise de son couple pour offrir à Paulo un Noël féerique. Elle se demandait si son fils croyait encore au père Noël. Il avait des doutes depuis quelques mois, mais Jeanne hésitait vraiment à lui avouer la vérité froidement. *Non mon chéri, le papa Noël n'existe pas et tes parents vont divorcer*. Elle n'arrivait pas à libérer son esprit de ces mauvaises pensées.

Le bruit du sas des machines la fit sursauter. C'était Robert qui venait lui apporter son café, laissant pénétrer dans la cabine l'air glacial et le barouf des armoires électriques.

– Room service ! Il n'y a qu'à toi que j'apporte le café, tu sais.

– Je sais, Robert, et c'est pour ça que j'en profite. Tout va bien côté clients ?

— Ça gaze. Le train est bondé. Entre les cadeaux, les valises et les gamins qui courent partout dans les allées, il manque plus que le sapin pour que je chante "Petit papa Noël".

– Dis donc en parlant de ça, tu leur as dit à tes fils que le père Noël n'existait pas ?

– Tu crois que je devrais ? Pierre a vingt-huit ans et Nathan trente et un. Ce n'est pas un peu tôt ?

– T'es couillon ! Je voulais dire quand ils étaient petits. Tu leur as dit ou ils l'ont appris à l'école ?

– J'en sais rien, Jeanne. Je ne m'en souviens pas… Pourquoi ? Tu hésites à en parler à Paulo ?

– Ouais. Je vois bien qu'il tourne autour du pot, mais je n'ai pas le courage de lui avouer franco. D'un autre côté, je n'ai pas envie qu'on se moque de lui à l'école… J'ai peur qu'il m'en veuille s'il l'apprend par quelqu'un d'autre. C'est idiot, mais je me sens coupable. C'est horrible quand on y pense, c'est comme si on lui avait menti toutes ces années.

– Tu gamberges trop, Jeanne. À mon avis, laisse faire, il va bien finir par te poser la question et là tu pourras le lui dire. Il s'en remettra comme tout le monde, conclut le contrôleur d'un sourire amusé.

– Merci pour le café et pour le conseil.

– De rien, ma belle, je retourne dans ma rame, les clients m'attendent…

Au moment où Robert Jean ouvrit à nouveau la porte conduisant à l'intercirculation, le TGV s'engouffra dans un long tunnel.

5

Waafa avait relevé la tête vers le miroir et l'image qu'elle perçut la terrifia. Elle vit une jeune fille d'origine algérienne, les cheveux décoiffés, le visage crispé sous les deux verres épais de ses lunettes de myope. L'entrée du train dans le tunnel provoqua une légère vibration qui lui fit renverser ses gouttes dans le lavabo. Le petit flacon eut largement le temps de se déverser intégralement dans le trou d'évacuation avant qu'elle ne réalise l'ampleur de l'incident.

C'est pas vrai ! Je suis maudite, ce n'est pas possible ! se dit-elle, tentant rageusement de récupérer au fond du lavabo quelques gouttes de médicament. La crise de spasmophilie ne se calmait pas et ce flacon vide augmentait son angoisse. Il allait falloir s'en passer pendant tout le trajet. Elle avait envie de pleurer maintenant, seule dans ces toilettes exiguës avec cette sa peur insatiable dans la gorge. Elle effectua quelques exercices de respiration que lui avait montrés une amie. *Inspirer calmement en gonflant le ventre, expirer doucement. Inspirer, expirer…* Ça ne fonctionnait pas, l'air ne pénétrait plus dans ses poumons, comme bloqué par cette boule de peur. Elle se passa un peu d'eau sur le front pour tenter de s'accrocher à la réalité. Il fallait accepter ce visage rond encore enfantin et ces yeux noirs sans fond, claquemurés derrière de monstrueux binocles. Accepter cette poitrine opulente qu'elle dissimulait sous de grands pulls informes parce qu'elle la tenait pour responsable de son malheur. L'eau lui dégoulinait sur les joues, venait mouiller son cou, se glissant insidieusement sous les mailles de son pull. Elle ne réagit pas. Ses réflexes étaient engourdis, privés de défense naturelle. Comment accepter la réalité quand celle-ci devenait insoutenable ? *Pourquoi tu n'as jamais rien fait, maman ? Pourquoi tu ne m'as pas prise dans tes bras pour me rassurer comme la grand-mère du train avec sa petite fille ? C'était quand même pas compliqué d'arrêter de faire semblant de ne pas voir. Tu as préféré te protéger toi, les voisins, ton abruti de conjoint plutôt que de me rassurer moi, ta fille. Quand tu as réagi, il était trop tard… Le mal était fait, comme on dit. Et le mal fait souffrir longtemps, maman.*

Ses pensées la rongeaient. Les palpitations s'intensifièrent, elle ressentit une vive brûlure à l'estomac. Un coup de poing dans le sternum, la forçant à s'asseoir sur l'abattant des toilettes. Elle était au bord du malaise, à la frontière de l'évanouissement, entre la réalité et le néant. Pliée en deux, la tête basse, elle crocheta ses deux mains, enfonçant ses ongles dans la chair pour se raccrocher à la douleur du réel. Elle ne voulait pas lâcher prise, elle ne voulait plus s'évanouir…

Ne dis pas de mal de Fadoua ! Elle n'y est pour rien. C'est une femme fragile, il ne faut pas lui en vouloir.

Le regard fixé sur ses bottes, Waafa avala sa salive plusieurs fois avec une immense difficulté. Cette fois, elle perdait vraiment la boule : elle entendait des voix. Elle devenait folle, à cause de lui, à cause de son bourreau. Elle plaqua ses mains sur ses oreilles et plissa les yeux pour contenir ses pensées délirantes.

Il est temps d'arrêter de fuir. Je suis là, tu sais, je peux t'aider.

Waafa resserra ses mains sur ses oreilles, en vain. Le danger n'était pas à l'extérieur, mais en elle, dans son corps, dans sa tête. Elle perdait pied.

Tu en veux au monde entier, j'entends ta colère, ma fille. Mais sache que la colère ne

mène nulle part, comme dit le proverbe : "Le coupable est celui à qui le crime profite." Tu sais qui est le vrai coupable, alors ne te trompe pas de personne.

La voix l'appelait "ma fille". Était-ce possible que… ? Pourquoi ? Dans ce train ?

Elle releva lentement la tête, dégagea doucement les mains de ses oreilles et ouvrit les yeux. Ce qu'elle vit la projeta dans un nouveau sas de terreur. Elle se leva d'un bond pour se calfeutrer contre la cloison des toilettes, tentant de repousser les murs, s'agitant dans tous les sens tel un albatros blessé. Sa panique lui fit enfoncer le bouton d'arrivée d'air chaud du sèche-main qui se mit en fonction dans un boucan du diable. Elle haleta, força sa respiration, ferma et ouvrit ses paupières plusieurs fois. Rien n'y fit.

Son père était devant elle.

Une image nette avait surgi du miroir. Il buvait un thé à la menthe, la regardant avec tendresse. Il ressemblait exactement à l'homme sur la photo ; un jeune garçon de trente ans savourant un thé sous les orangers en fleurs d'Oran. C'est tout ce qui lui restait de ce père qu'elle n'avait jamais connu, une vieille photo jaunie qu'elle avait toujours sur elle. Et maintenant, il était là, devant elle, dans ce train. Le même que sur la photo.

Je suis folle ? pensa-t-elle, les yeux figés vers l'apparition.

Mais non, mais non, ma fille, tu n'es pas folle.

– Mais tu es… Tu es…

Je suis mort, oui et alors ?

– Putain ! C'est pas vrai ! Je perds la boule…

Ne sois pas vulgaire, ma fille ! Les mots sont les fils qui tissent la pensée. On réfléchit peu quand on s'exprime mal.

Waafa aurait pu partir, fuir cette apparition, tirer sur le verrou, rejoindre son siège, demander de l'aide aux voyageurs. Pourtant, elle n'en fit rien. Étrangement, elle se mit à se calmer, retrouvant peu à peu la légèreté de sa jeune respiration. L'étau d'acier qui lui enserrait la gorge se relâcha ; l'image de son père la rassurait. Elle abaissa l'abattant des toilettes et s'assit dessus pour reprendre ses esprits. Elle était émue, au bord des larmes, son père avait l'air si réel.

– Pourquoi tu n'es pas venu avant ? Pourquoi, papa ? dit-elle d'une voix profondément triste.

– Il y a quelqu'un ? Ohé, là-dedans ! Il y a des gens qui attendent, vous voulez bien vous dépêcher !

De l'autre côté de la porte des toilettes, une femme s'impatientait. Waafa ne s'en soucia pas ;

elle voulait profiter de ce moment de répit, seule avec le fantôme de son père qui finalement l'effrayait moins que les vivants. Pourquoi lui apparaissait-il maintenant ? Que voulait-il lui dire ? Pourrait-elle le toucher ? Elle tendit la main vers le miroir, mais l'image de son père disparut pour réapparaître instantanément devant la porte des toilettes. Il souriait, il était si beau, si jeune…

Tu vas devoir affronter celui qui t'a fait du mal, il est temps maintenant. Bats-toi, ma fille, mais ne te trompe pas d'ennemi.

– Je l'ai déjà affronté, papa ! J'ai dit à maman ce qu'il m'avait fait, mais cela n'a servi à rien. Elle a préféré parler de simples jeux d'enfants. Le viol est-il un jeu d'enfant, papa ? murmura-t-elle en frissonnant.

Jamais auparavant elle n'avait osé employer ce mot.

Pourtant il s'agissait bien de viol. Un mot qu'elle connaissait à dix ans et qui était resté coincé dans son larynx comme cette boule de peur. Un mot sale qu'elle avait préféré laisser pourrir en elle plutôt que de révéler aux autres la violence de ce qu'il signifiait. Elle avait parlé de "saletés". "Il fait des saletés qui me gênent…" Voilà ce qu'elle avait dit à sa mère et cela n'avait pas suffi.

Tu n'as pas vraiment dit les choses, Waafa, c'est de cela que je suis venu te parler. Il est temps de rompre le silence, ton silence, à l'intérieur de toi. Ne retiens pas ta haine, car elle dévaste ton cœur. Si tu veux vivre...

– Je vais mourir ? C'est pour cela que je te vois ?

Cette idée l'oppressa. Waafa avait lu quelque part que les fantômes revenaient parfois parler aux vivants juste avant leur mort. Et une violente bouffée d'angoisse vint de nouveau l'asphyxier.

– Ohé ! Je vous entends parler, vous savez ! Il y a d'autres endroits dans ce train pour téléphoner ! Je vous préviens, je vais appeler le contrôleur ! hurla la voyageuse à bout de nerfs, refusant obstinément d'employer d'autres toilettes que celles de sa voiture.

– Papa, je vais mourir ? Réponds-moi. Ce voyage est le dernier... Je suis malade ? Je... Le train va avoir un accident ? Papa... Tu n'es pas venu par hasard. Je vais crever, c'est ça ? Une crise cardiaque, un arrêt du cerveau...

– Sortez de ces toilettes, bon sang ! vociféra la femme tout en frappant la porte d'un coup de poing.

– Ta gueule, connasse !

C'était sorti tout seul. Waafa, d'habitude si discrète, n'en revint pas de ce changement en elle. Elle se révoltait enfin.

Je te l'ai dit, ne te trompe pas d'ennemi, ma fille. Et arrête de jurer comme un soldat ! ordonna tendrement le fantôme de son père.

Il lui ouvrit ses bras et l'adolescente se laissa envelopper par cette douce lumière jaune qui envahit le cabinet de toilette. Elle ferma les yeux. Il était là contre elle dans un parfum d'oranges. Un fantôme. Une tendresse chaleureuse qui sentait bon le père. Une odeur d'homme mêlée de transpiration et d'essence d'agrumes. Elle se laissa baigner par cet amour paternel qui lui avait tant manqué, s'imaginant à ses côtés à Oran, sous le soleil d'un pays inconnu. La terre d'amour de ses parents. Tant pis si elle mourait sur-le-champ, tant pis si elle avait basculé dans la folie. Seule comptait la magie de ce moment. Elle venait de retrouver les bras d'un père et le reste n'avait plus d'importance.

6

Robert Jean frappa à la porte des toilettes plusieurs fois.

– Je vais devoir ouvrir la porte de force si vous ne sortez pas immédiatement !

Pas de réponse. Derrière lui, la vieille femme qui était venue le prévenir que les toilettes étaient bloquées semblait un peu apeurée. Elle recula de deux pas, se mettant à l'abri. On ne savait jamais. Les trains, selon elle, étaient de vrais coupe-gorges et repaires de serial killers. Elle en savait quelque chose, ça faisait plus de trente ans qu'elle dévorait les pages faits divers des quotidiens. Viol, meurtre, trafic de drogue, enlèvement, évasion… Elle en connaissait un rayon sur cette sordide violence ordinaire qu'elle traquait tous les matins dans le ventre des journaux. “Il tue sa femme à coup de pioche devant le passage à niveau.” “Le meurtrier n'avait pas de billet." "Un jeune homme broyé par un train. Meurtre ou suicide ?" Toute cette lecture croustillante lui procurait une sacrée dose d'adrénaline, mais cette fois c'était différent. Le fait divers allait peut-être jaillir devant elle, peut-être même allait-elle être impliquée. Elle serait témoin ou victime… Elle recula d'un pas à l'évocation de ce dernier mot, prête s'il le fallait à fuir au plus vite. Robert Jean sortit de sa poche la clé de Berne qui lui permettait d'ouvrir tous les équipements et accès interdits au public. Véritable outil magique qu'il glissa dans la serrure pour la déverrouiller de l'extérieur.

Il poussa la porte avec prudence…

– Je n'ai rien fait ! Je suis innocent ! Je… je… je… voul… voul… voulais juste me laver les mains…

Robert Jean au cours de sa carrière en avait vu des vertes et des pas mûres. Il avait assisté à un accouchement, sauvé une vieille femme de la crise cardiaque et traqué un serpent boa qui s'était échappé de son panier d'osier. Victime de nombreuses agressions verbales, il s'était même fait menacer au couteau par un type évadé de prison. Rien ne le surprenait plus vraiment. L'espèce humaine était imprévisible. Cela faisait partie de son métier ; il fallait s'attendre à tout, garder son sang-froid et protéger les voyageurs sans jamais prendre de risques inconsidérés. Sa solide expérience lui avait toutefois permis de vérifier deux faits indiscutables : premièrement, les passagers “à problèmes” étaient très souvent issus de la catégorie des “voyageurs solitaires”, deuxièmement, il ne fallait jamais se fier aux apparences, mais plutôt écouter son instinct. Aussi ne s'arrêta-t-il pas à l'apparence inquiétante du jeune garçon blafard, enfermé dans les toilettes depuis plus de vingt minutes et qui levait les bras en l'air comme si on le menaçait d'une arme à feu.

– Je n'ai… n'ai rien fait ! Ne me frap… frap… frappez pas, répétait l'adolescent cadavérique en se protégeant le visage.

Le contrôleur glissa son carré dans sa poche et s'adressa au jeune homme d'une voix posée.

– Calmez-vous, jeune homme. Je ne vous veux pas de mal. Et baissez les bras, s'il vous plaît, nous ne sommes pas dans un western.

Il surprit le regard effrayé de l'adolescent, mais aussi les marques sur ses poignets que de nombreux bracelets en cuir hérissés de pics métalliques ne suffisaient pas à dissimuler entièrement. *Un jeune suicidaire ? Un drogué ?* Robert hésitait. Le type n'avait pas plus de seize ans, dix-sept ans tout au plus, maigre comme un clou, le visage pâle et anguleux. Le jeune homme semblait réellement effrayé, mal dans sa peau. Il baissa les bras lentement et se mit à pleurer comme un gosse. *Et merde !* pensa silencieusement le contrôleur. *Encore un cas désespéré, j'espère au moins qu'il ne voyage pas seul.*

– Sortez des toilettes, monsieur, s'il vous plaît, répéta-t-il plus fermement.

Le jeune homme arracha un morceau de papier toilette rose pour se moucher et sortit lentement des toilettes, le visage tombant sur ses gros rangers noirs. *Un vrai zombie, ce gosse !* constata Robert, tout en s'écartant pour le laisser passer. Piercings dans les sourcils, le nez et les oreilles, tenue noire intégrale, visage cadavérique et mèche de jais couvrant son œil droit. Son fils Pierre avait eu lui aussi sa période gothique et Robert ne put s'empêcher d'esquisser un petit sourire à la vision du jeune homme qui arborait un look de corbeau mais cachait probablement un cœur de moineau égaré.

– Ça vous fait sourire, monsieur ! lança la vieille femme à laquelle rien n'échappait. Moi je trouve cela scandaleux ! Encore un jeune qui se drogue dans les toilettes ! Et les toilettes de première classe, en plus ! Allez savoir s'il n'a pas jeté sa seringue dans la poubelle. Je ne sais pas si vous rirez autant quand un enfant se sera piqué et aura attrapé le sida à cause de lui…

– Du calme, madame ! Qui vous parle de drogue ? lui répondit Robert très calmement.

– Pas besoin d'en parler. Il suffit de le regarder pour savoir qu'il se drogue. N'est-ce pas, jeune homme, que vous vous droguez ? interrogea la femme avec un regard haineux.

L'adolescent ne releva pas la tête. Il demeura figé, tête basse comme un enfant qui a fait une bêtise. Robert eut pitié de lui.

– Écoutez, madame, les toilettes sont libres à présent. Vous pouvez y aller…

– Non, merci, après ce que j'ai vu, je préfère utiliser d'autres WC. J'espère au moins que vous allez lui mettre une amende. Je suis certaine qu'il n'a pas son billet en plus…

La femme prenait un plaisir pervers à ridiculiser l'adolescent qui de son côté ne réagissait pas, se laissant marcher dessus comme une serpillière.

– Vous avez un titre de transport, jeune homme ? se sentit obligé de demander Robert devant l'insistance de la voyageuse.

– Oui. Dans, dans, dans… mon sac.

– À quelle voiture êtes-vous ?

– La 6.

– Très bien. Dans ce cas, je vais vous accompagner jusqu'à votre siège et vérifier votre billet, poursuivit Robert en bon professionnel.

– Oui, oui, d'a… d'a… d'accord, murmura le jeune homme en tirant exagérément sur les manches de son pull.

Un signe de timidité, de mal-être, pensa Robert. Décidément, ce jeune garçon lui rappelait son fils au même âge et, pour le mettre en confiance, il lui demanda son prénom et entreprit de le tutoyer.

– Je m'appelle Virgil.

– Eh bien, Virgil, ouvre la route, je te suis.

Ils abandonnèrent la vieille femme à ses persiflages et traversèrent la voiture-bar encore déserte. La serveuse Josy dévisagea le jeune corbeau avec insistance avant de lancer un regard interrogatif au contrôleur qui la rassura d'un sourire : RAS. Ils poursuivirent ainsi jusqu'à la voiture 5 où une jeune femme fondit littéralement sur eux.

– Ah, vous tombez bien ! lui dit-elle. Figurez-vous que j'ai attendu dix minutes pour aller aux toilettes ! Dix minutes !

– Ah, vous aussi ? s'étonna le contrôleur.

– Pourquoi ? Elle a fait ça dans d'autres WC ?

– De qui me parlez-vous, madame ? s'enquit Robert que toute cette agitation commençait à agacer sévèrement.

– De cette fille qui utilise les toilettes pour passer ses coups de fil ! Dix minutes ! Elle m'a même insultée parce que je tapais à la porte ! J'étais sur le point d'aller vous chercher quand elle est sortie. Pas gênée pour un sou, souriante comme une fleur, me disant qu'elle n'avait pas parlé à son père depuis dix ans et que ça faisait du bien. Mais dans quel monde vit-on ?

Cette femme manquait terriblement de tolérance, mais elle avait la loi de son côté. Si une personne gênait la bonne circulation des voyageurs, le contrôleur se devait de lui rappeler le règlement. Robert n'eut pas d'autre choix que de suivre la voyageuse pour qu'elle lui désigne la fautrice de trouble.

– C'est elle ! murmura la voyageuse, tout en pointant son doigt vers Waafa.

– Merci, madame, vous pouvez regagner votre place, je vais lui parler.

La femme le dépassa, bousculant au passage le jeune corbeau qui ne savait plus où se mettre. Tous les gens de la voiture 5 avaient tourné leur regard vers eux. Le jeune tira sur ses manches et se mit à transpirer exagérément. Robert n'arrivait pas à savoir si son sentiment d'insécurité provenait de lui, de sa fatigue ou des voyageurs qu'il trouvait particulièrement nerveux en cette fin d'année.

– Je peux retourner m'asseoir, monsieur ? s'enquit fébrilement l'adolescent, visiblement au bord du malaise.

Au risque d'avoir à réanimer le jeune homme, Robert préféra le laisser rejoindre gentiment sa voiture. Il passerait le voir plus tard. Il fallait d'abord calmer le jeu en voiture 5. Aussi réajusta-t-il sa casquette avant de prononcer la fameuse phrase à la cantonade :

– Contrôle des billets. Veuillez sortir vos titres de transport, s'il vous plaît !

Chaque fois qu'il pénétrait dans une voiture pour vérifier les titres de transport, Robert avait remarqué que cela provoquait un vent de panique. Il le sentit à cet instant, face à tous ces regards pointés en sa direction. Chacun vérifiait qu'il n'avait pas égaré son billet et l'avait bien oblitéré. Certains ne le trouvaient plus et s'engouffraient dans une nervosité croissante. D'autres le préparaient soigneusement, le déposant bien en vue sur leur tablette avec une fierté d'élève appliqué. En réalité, cette anodine formalité renvoyait chaque individu aux portes de la loi. Il s'agissait d'afficher publiquement son honneur, son honnêteté, au risque de se voir précipiter dans le monde effrayant du voyageur illégal. Après la vérification, le voyageur se sentait rassuré. Il pouvait poursuivre son voyage, confortablement assis, l'esprit libre. Parfaitement en règle avec sa conscience. Quant à celui qui n'avait pas de billet, autant dire qu'il était jugé sur-le-champ sans aucune présomption d'innocence. Planté devant la jeune fille aux lunettes, Robert sentit le poids de la sentence s'abattre sur ses épaules. Le jugement collectif avait tranché : l'adolescente était forcément coupable puisqu'elle avait dérangé leur tranquillité.

– Mademoiselle, vous avez votre billet, s'il vous plaît ? interrogea Robert avec amabilité.

Contre toute attente, Waafa lui tendit son titre de transport en règle qu'il oblitéra avant de le lui rendre.

– Vous voyagez avec monsieur ? demanda-t-il, pointant son menton vers le passager à ses côtés, qui aurait pu être son père.

– Non ! répondit l'adolescente, presque outrée d'une telle méprise.

– Je vous rappelle qu'il est interdit d'utiliser les toilettes pour téléphoner, mademoiselle.

– Très bien, mais je n'ai pas de téléphone, précisa Waafa en réajustant ses lunettes sur son nez.

– Ah ! Bon, bon… Une voyageuse s'est plainte parce que vous êtes restée longtemps dans les toilettes à discuter…

– Je parlais à mon père, c'est interdit ?

– Non, non. Votre père est dans ce train ?

– Oui.

– Il ne voyage pas à vos côtés ?

– Oui et non.

– Vous pouvez préciser ?

– Mon père est mort.

La jeune fille avait dit cela à voix basse avec un étrange sourire et Robert ne sut qu'en penser. Était-elle totalement allumée ? Ou était-ce une blague ? Il décida de ne pas pousser plus loin l'entretien et se contenta de lui souhaiter un agréable voyage. La fatigue, la nervosité et l'étrangeté des voyageurs commençaient à lui peser sérieusement. Arrivé à la hauteur de la plaignante, il se contenta de lui transmettre les excuses de l'adolescente, tout en l'invitant à oublier ce léger incident. Robert mentit. Était-ce pour protéger les voyageurs de la folie apparente d'une jeune fille ? Pour éviter les explications trop alambiquées ? Ou bien pour se voiler les yeux et refuser d'imaginer l'impossible ?

Et si les morts après tout avaient cette faculté de voyager parmi les vivants ?

7

Virgil avait regagné son siège. Voiture 6, place 38. Sa grande taille l'obligeait à s'asseoir en biais pour ne pas prendre le risque d'entrer en contact avec le voyageur à ses côtés. Virgil détestait entrer en contact. Il vivait dans son monde, une bulle noire inaccessible. Un mur infranchissable qu'il avait construit année après année, à coups de piercings, tatouages, teintures et d'automutilations. Virgil faisait peur à voir et cela lui convenait tout à fait. Aussi paradoxal que cela puisse paraître, la crainte des autres face à son allure inquiétante le rassurait. Il se sentait intouchable. On ne lui parlait pas, on ne lui souriait pas, certaines personnes changeaient même de trottoir à sa vue. C'était bien comme ça. Il préférait inquiéter plutôt que d'être inquiété. Un comportement d'autodéfense assez efficace. Il avait trouvé un équilibre dans cette parure d'oiseau de nuit qu'il ne quittait que le soir dans le nid de fortune que lui avait offert sa grand-mère à la mort de ses parents. Orphelin depuis l'âge de six ans, Virgil n'avait plus confiance en la vie. Plus confiance en ce monde capable de vous priver d'amour et de protection du jour au lendemain. Seul, la tête collée à la vitre du train, il attendait le retour de ce contrôleur qui étrangement l'avait protégé. Pourquoi avait-il pris sa défense devant la vieille femme apeurée ? La logique aurait voulu qu'il se place du côté du plus faible, du côté des apparences et de cette femme rongée par la vieillesse. Cette incohérence le perturbait, le fragilisait. Et l'incident, qui aurait pu sembler anodin, l'avait plongé dans une profonde tristesse. Il se sentait faible à présent, sans défense, démuni face à la dureté du monde. Le contrôleur avait percé sa carapace infranchissable et les microbes désormais allaient pouvoir envahir son corps librement. Virgil eut de nouveau envie d'aller se laver les mains. Un geste qui scandait sa vie depuis maintenant deux ans. Se laver les mains, toutes les heures, parfois davantage. Surtout quand il se sentait fébrile. Le psychologue qui le suivait depuis son enfance avait parlé de TOC : trouble obsessionnel compulsif. Virgil ne pouvait plus faire autrement. Quand la peur de la saleté, de la maladie ou d'une émotion forte envahissait son esprit, il devait aller se laver les mains. Et personne ne devait l'en empêcher. Il ne fallait surtout pas l'en empêcher ! Le jeune homme se redressa sur son siège, regardant droit devant lui pour éviter de croiser le regard de l'homme à ses côtés, heureusement plongé dans un épais roman. Il détestait les voyages en train. Les toilettes n'étaient jamais accessibles et il ne pouvait pas prendre le temps de bien savonner toutes ses phalanges une à une. La présence des voyageurs lui pesait. Même enfermé dans les toilettes, il pouvait ressentir leur impatience, leur agacement et cela ajoutait à son anxiété. La vieille femme était même allée jusqu'à prévenir le contrôleur. Elle avait fait un scandale, le plongeant dans un état de panique totale. Il avait cru… Oui, il avait cru que le contrôleur venait l'arrêter pour le jeter en prison comme le jour où… Il ne voulait pas y repenser. Il ne fallait pas repenser à ce jour tragique. Il en avait parlé avec le psychologue. Dès qu'il se sentait oppressé par ses souvenirs, il fallait faire le vide, évacuer ses peurs, apprendre à se calmer en situation de crise. Le mieux était d'attendre sagement le retour du contrôleur, lui présenter son billet sans un mot et avoir la paix pour le reste du voyage. La paix, c'est tout ce qu'il réclamait.

Virgil essuya ses mains sur son pantalon, glissant ses paumes sur ses cuisses dans un aller et retour mécanique. Son esprit filait comme ce train de nuit lancé à pleine vitesse. Il observait du coin de l'œil l'homme assis à ses côtés, complètement absorbé par les pages de son livre. Il l'enviait. Tout avait l'air si simple de son côté. Vivre avait l'air si facile pour certains. Lire, déjeuner calmement en terrasse, travailler huit heures sur le même siège, faire les courses au supermarché et lancer les aliments dans un chariot sans une once d'hésitation. Toute cette légèreté lui était inconnue. Chacun de ses gestes pesait du plomb et sonnait faux. Pourtant, lui aussi avait séjourné dans ce bonheur de vivre. Il s'en souvenait parfois par bribes. L'image de sa mère éclatant de rire à la fête de l'école au milieu des ballons multicolores et celle d'un père protecteur à la piscine municipale, l'encourageant à sauter dans le bassin de chlore bleuté. “Saute, Virgil ! Saute, mon bonhomme ! Tu n'as rien à craindre, papa est là.”

Mais papa était mort. Maman aussi. Et il avait bien fallu continuer à vivre sans eux. Le frottement de ses mains sur la toile de son pantalon commença à agacer le voisin qui lui jeta un regard noir entre deux pages de roman. Virgil cessa. Il voulait éviter l'affrontement, la colère des gens.

Mais il fallait vraiment qu'il se lave les mains au plus vite, autrement les microbes allaient l'envahir, la violence du monde le rongerait jusqu'à l'os. Il ne voulait pas souffrir, il ne voulait plus jamais ressentir ce gouffre dans son ventre. "Tes parents sont morts, Virgil. Ils n'ont pas souffert, mais maintenant, il va falloir être fort, très fort. Apprendre à vivre sans eux. Tu as le droit de pleurer, tu sais", lui avait murmuré sa grand-mère avec une tendresse humide.

Mais Virgil n'avait pas pleuré. Impossible. Sa douleur avait tout aspiré. Il repensait souvent à cette échelle de la douleur qu'utilisent parfois les médecins pour appréhender cette blessure de l'âme absolument impalpable. Sur une échelle d'un à dix, où placeriez-vous votre degré de souffrance ? L'échelle n'était pas assez grande pour Virgil. Dix était une note ridicule par rapport à la plaie béante qu'avait provoquée la mort de ses parents. Depuis, son corps était resté sec, vide, sans force. Un mort vivant, voilà ce qu'il était devenu. Un solitaire condamné à errer dans un monde effrayant.

Il prit sa veste, se leva, obligeant en silence son voisin lecteur à le laisser passer. Il fila vers les toilettes, le billet en poche cette fois, bien décidé à se laver les mains quoi qu'il advienne.

Les toilettes étaient libres. Il tira le verrou d'un coup sec et fit couler l'eau sur ses longues phalanges encombrées de bagues à tête de mort. Il entreprit un lavage méticuleux de ses mains, tel un chirurgien avant d'entrer au bloc opératoire. Ce savon sur ses doigts lui fit l'effet d'un bain estival. Il respirait. Il répéta ce geste trois fois de suite avant d'utiliser le fond de son pantalon pour s'essuyer. Il observa encore son visage livide dans le miroir et ses deux grands yeux de corbeau cernés de noir. Puis il esquissa un petit sourire de satisfaction qui lui rappela celui de la jeune fille de la voiture 5. *Elle avait l'air si paisible*, pensa-t-il. *Si sûre d'elle face à la méchanceté ordinaire des gens.* Il se demanda comment une adolescente pouvait avoir autant d'aplomb. Lui se sentait toujours en danger. En permanence sur ses gardes. Virgil hésita à sortir son couteau. Il l'avait toujours en poche. Heureusement que le contrôleur ne l'avait pas fouillé ! Mais, observant son visage livide dans le miroir, il se ravisa. Tout allait bien maintenant qu'il s'était lavé les mains. Il lui suffisait de retourner à sa place et d'attendre sagement le retour du contrôleur en écoutant de la musique. *C'est simple, Virgil. Reste cool.*

Il se sourit à nouveau dans le miroir et trouva cela tellement ridicule qu'il ne put s'empêcher de grimacer, singeant un acteur de film gore : les yeux exorbités, la bouche écartelée. Il adorait ce genre de film en rouge et noir, truffé d'hémoglobine et de grossiers effets spéciaux. Ces parodies d'épouvante le faisaient rire et lui permettaient d'oublier ses propres peurs, elles bien réelles et autrement plus effrayantes.

Virgil regagna son siège pour attendre le retour du contrôleur, se confrontant à nouveau à la pitoyable expression de sévérité sur le visage de son voisin. Il savoura le plaisir de sa joue contre la vitre fraîche du TGV. *Peut-être neigerait-il à Nîmes ? Est-ce que son cousin viendrait le chercher à la gare comme il en avait l'habitude ?* Il aimait aller chez les Sudistes, comme disait sa grand-mère, c'est-à-dire la famille de sa mère qui depuis le drame le recevait tous les Noëls. Cela allait bientôt s'arrêter, il fallait en convenir. Son cousin avait vingt-deux ans, lui, seize et ces rendez-vous familiaux n'auraient bientôt plus de sens. Chacun allait mener sa propre vie et il sentait que son oncle en avait assez de subvenir à ses besoins. Virgil n'allait plus à l'école depuis un an, il ne travaillait pas ; il devenait un poids maintenant pour cet homme qui avait envie d'oublier la mort de sa sœur. Il allait devoir se débrouiller seul. Bien sûr, il avait sa grand-mère paternelle qui l'avait élevé comme elle avait pu, mais sa mamie était elle aussi au bout du rouleau, épuisée par toutes ces années de manque affectif qu'elle avait tenté de combler à sa façon. Avait-il eu raison de la laisser seule une fois de plus pour rejoindre son oncle ? Il aurait pu sacrifier ses vacances et insister pour rester à ses côtés. Il en était incapable. Trop fragile, trop accaparé par sa propre souffrance pour réussir à aimer.

Aimer ? Il en avait l'âge. Faire l'amour. Penser à l'autre. Mais Virgil savait qu'il ne construirait rien. Que sa vie ne ressemblerait jamais à une maison avec volets, porte d'entrée et joli portail. Une toile de tente tout au plus. Il avait peur de l'amour. Peur de perdre la femme qu'il aurait pu aimer. Peur de souffrir à nouveau de cette possibilité d'absence. Non, Virgil ne voulait pas de l'amour. C'était bien trop dangereux pour un garçon comme lui. Bien sûr, la jeune fille de la voiture 5 lui plaisait. *Elle était si jolie sous ses lunettes*, repensa-t-il. *Peut-être que je devrais retourner la voir et lui offrir un verre au bar.* Mais ce fébrile espoir fut vite balayé par une vague d'angoisse incontrôlable. *À quoi bon ?* conclut-il. *Quelle fille pourrait tomber amoureuse d'un garçon qui passe ses journées à se laver les mains et à s'entailler la peau à coups de canif ?* Virgil était fou, barré, déglingué.

Il savait très bien ce qu'on pensait de lui. Les lycéens, les professeurs… Non, il ne fallait surtout pas repenser au lycée. Ce souvenir le ramènerait inévitablement vers ce terrible incident. Cette violence en lui. La police chez sa grand-mère. Pourquoi repensait-il à cela maintenant ? À cause de ce contrôleur qui lui avait demandé de l'attendre à sa place et qui ne revenait pas. Lui non plus ne revenait pas. Et Virgil n'en pouvait plus de cet éternel sentiment d'abandon.

8

“Ayé jsui ds le tr1. Super vnr. Je pass 1 semN chez mon grand PR dans le sud. Envie de me KC. Même pas un BG ds le tr1. Jsui en mode pause pr 4h. A+.”

Indie tapotait à toute vitesse sur son téléphone portable high tech. Encore un dernier modèle que son père lui avait rapporté du Japon pour Noël et qu’elle avait réussi à obtenir avant Noël. De toute façon elle obtenait toujours ce qu’elle voulait. Ses parents étaient de vraies mauviettes. Incapables de lui tenir tête. Incapables d’aller au bout d’une punition. La seule chose qu’ils savaient faire était de la surprotéger du reste du monde, bien en sécurité dans leur sublime maison parisienne, avec vue sur le parc Montsouris. Ces pensées la mettaient hors d’elle. Tout la mettait hors d’elle comme cette femme à ses côtés, pianotant sur les touches de son ordinateur qui ronronnait tel un vieux chat asthmatique.

– Il date de quand votre ordinateur, madame ? avait-elle demandé sans ménagement à sa voisine de voyage.

– Je ne sais pas, quatre ans, je crois, avait répondu la femme d'affaires à ses côtés en se donnant un air des plus sérieux.

– C'est un perso ou c'est celui de votre boîte ?

– C'est un ordinateur professionnel. Pourquoi, vous le trouvez ringard ? avait éructé la femme, visiblement agacée par l'insolence de la jeune fille.

– Carrément préhistorique ! avait répondu Indie en souriant. Il ronronne. Si vous voulez, je vous prête le mien, il a six heures d'autonomie ! Et il est hyper silencieux.

– Non, merci. Si je vous dérange, mademoiselle, écoutez votre musique.

Quelle conne ! avait persiflé mentalement Indie, tout en sortant ses oreillettes pour les brancher sur son portable. *Pourquoi tout est si moche ici ? Pourquoi je ne vis pas ailleurs, avec des gens intéressants ? Pourquoi ma vie n'est-elle pas à ma hauteur ?* Elle posta un autre SMS à son amie.

“G 1 naz a côté 2 mwa. Genre fem d'afR de Monoprix, super OQP. Viens 2 me prendre la tête avec L. Tu verrais la gueule de son ordi ! Mode Old School. MDR.”

La musique sur les oreilles, Indie ouvrit son magazine préféré pour rêver à la vie qu'elle pourrait avoir plus tard. Dans deux ans et huit mois plus précisément. Le jour de sa majorité, de sa liberté où elle ne voyagera certainement pas dans un wagon de première classe, mais dans un jet privé quelque part dans le ciel des grands de ce monde. Indie se sentait de cette race, supérieure aux autres, et toute la médiocrité alentour lui était insupportable. Elle était belle, fine, gracieuse et brillante. La nature l'avait gâtée exagérément et Indie prenait ce cadeau comme la promesse d'un destin hors du commun, unique et passionnant. En feuilletant son magazine people, elle s'imaginait en bikini au bras d'un joueur de football, dans une robe Dior au Festival de Cannes, sur un jet-ski avec son acteur fétiche ou encore en Amazonie, entourée d'une foule de petits orphelins qu'elle allait sauver de la misère dans une sublime veste kaki de chez Gucci. Indie rêvait d'évasion dans sa prison dorée de petite fille gâtée. Sur son siège de première classe, elle trônait sur son piédestal, détestant cette masse humaine informe qui à ses yeux n'avait pas d'autre intérêt que de lui renvoyer son reflet. *Miroir, mon beau miroir, dis-moi que je suis la plus belle.* Et Indie prenait un malin plaisir à se pavaner au milieu des foules pour sentir l'admiration des autres. Elle plaisait, elle faisait tourner les têtes et rien ne la rendait plus heureuse que de sentir tous ces regards d'envie, de désir et de jalousie se glisser en elle comme un serpent boa. Elle était une reine, intouchable, il ne lui restait plus qu'à rencontrer un homme à sa hauteur pour conquérir le monde et le faire s'agenouiller devant elle. Le passage à grande vitesse d'un autre TGV la sortit de sa torpeur. La brève déflagration sur la vitre lui fit relever la tête et observer cette autre ville de lumière s'enfonçant dans la nuit à contresens. Le croisement ne dura que quelques secondes mais elle crut voir… Il lui sembla distinguer… Un jeune homme d'une étrange beauté derrière la vitre de cet autre TGV. Un regard obscur, froid, insondable. Ce genre de garçon dessiné en gros plans dans les sho-jos. Un visage fin, surplombé de deux yeux immenses, et balayé de cheveux à l'encre de Chine. Avait-elle rêvé ? Était-ce possible à cette vitesse de distinguer un visage ?

– À combien, on roule là, à votre avis ? demanda-t-elle sèchement à sa voisine.

– Je n'en sais rien, mademoiselle ! s'irrita la femme d'affaires. Pardonnez-moi, mais je n'ai pas le temps de faire la conversation.

Indie haussa les épaules et plaqua de nouveau son visage contre la vitre. Elle l'avait vu. L'homme qu'elle voulait séduire existait. Il lui était apparu dans la lumière de la nuit, à pleine vitesse. *Un signe !* se dit-elle en souriant. Mais le jeune homme voyageait dans l'autre sens. *Pourquoi n'était-il pas dans mon train ? À la place de cette stupide bonne femme par exemple.* Elle se plut à imaginer son voyage avec un garçon comme lui à ses côtés. Érotisme, baisers fougueux et pourquoi pas un premier rapport sexuel torride, dans les toilettes d'un train. Pourquoi fallait-il toujours que ses rêves lui échappent ? Elle n'en pouvait plus de vivre dans cette attente. À côté de la vie. À côté d'elle-même. Dans l'ombre d'une salle de cinéma, alors que sa place était sur écran géant, dans la lumière des projecteurs. Tout cela était de la faute de ses parents qui la couvaient comme un petit oiseau fragile. Pas le droit de sortir en discothèque. Pas le droit de se balader la nuit. Ils avaient peur pour elle, dès le coucher du soleil, comme si le danger attendait que le jour s'esquive pour se répandre en ville et mieux choisir ses proies.

À cause d'eux, elle vivait sa première soirée de solitude dans un simple train, avec pour tout espace de liberté une voiture de première classe, des toilettes exiguës et malodorantes et une voiture-bar. Nulle. Minable. Sans aucune saveur. *Pourquoi ce garçon n'est-il pas dans ce train ?* se répéta-t-elle, tournant mécaniquement les pages lisses de son magazine. Elle étouffait d'un sentiment d'injustice. Et sans savoir pourquoi, elle fut prise d'une haine violente pour la femme d'à côté. Elle aurait pu se jeter sur elle comme une bête sauvage. Lui arracher les cheveux, lancer son ordinateur portable et briser la vitre du train. Briser ses chaînes et s'enfuir enfin. Elle referma son magazine, stoppa la musique de son téléphone, attrapa son sac à main et, sans demander pardon, força le passage. La femme d'affaires mit un temps fou à réunir ses affaires et Indie lui lança un regard noir, avant de lui broyer les pieds au passage sans même s'excuser.

– Non mais pour qui elle se prend, celle-là ! Complètement folle ! lança la voyageuse, estomaquée par la soudaine violence de la jeune fille.

La femme rechercha d'un coup d'œil le soutien d'un voyageur mais en première classe, comme l'avait si bien observé Robert Jean, le "voyageur-travailleur" n'aimait pas être dérangé. Personne ne réagit vraiment et la femme se remit au travail, se contentant d'un soupir exagéré.

Indie traversa la voiture comme une furie pour échapper à cette atmosphère ouatée. Elle voulait entendre du bruit, ressentir le danger, palper le monde. Elle voulait séduire. Se gorger d'une bonne dose d'admiration pour se calmer les nerfs. *Oui, je suis belle. Oui, vous me trouvez désirable. Oui, j'adore être regardée. Et c'est encore plus fort quand il fait nuit*, se dit-elle en s'engouffrant dans la voiture 2.

Elle croisa des regards d'hommes mûrs, ceux de jeunes immatures, ceux de filles de son âge. Elle défila d'un wagon à l'autre comme un mannequin sur un podium. Fesses en arrière, poitrine en avant, cambrure du dos exagérée, port de tête altier. Elle se sentait à sa place, dans l'allée centrale, évoluant au gré des wagons comme une déesse intouchable vers un avenir prestigieux.

C'est ainsi qu'elle atterrit en voiture-bar.

9

Josy aimait son job. Elle aimait aussi sa vie en France métropolitaine. Pour cette jeune femme de trente ans qui avait passé vingt ans sur l'île de la Réunion, travailler dans un TGV par une nuit glaciale illustrait parfaitement son idée de la réussite. Elle avait voulu faire sa vie à Paris et elle avait réussi, laissant derrière elle famille, plage et amis. Un travail qu'elle accomplissait avec plaisir. Bien sûr, elle n'était qu'une petite serveuse de train, mais pour elle, cela signifiait une vie équilibrée, un travail fixe et pas si mal rémunéré. Dans quelques jours, Josy allait retourner sur l'île. Retrouver les souvenirs d'une vie insulaire un peu au ralenti. Elle éprouvait une petite appréhension. Une légère tension que Robert Jean put déceler dans sa façon de sourire, un peu moins franche et généreuse que d'habitude.

– Quelque chose te tracasse, Josy ? lui demanda-t-il, lorsque le voyageur quitta le comptoir du bar pour aller boire son café assis.

– Ça se voit tant que ça ? demanda-t-elle au contrôleur avec nervosité.

– Non, non... Rassure-toi. Tu es toujours aussi lumineuse. C'est juste que je te connais bien.

– Je vais me marier ! dit-elle en laissant percevoir ses dents blanches parfaitement alignées.

– Une bière, s'il vous plaît ! lança Indie en balayant d'une main sa longue chevelure blonde.

– C'est une bonne nouvelle ! poursuivit Robert sans tenir compte de l'intrusion tonitruante de l'adolescente dans leur conversation.

– Oui, reprit à son tour Josy en toisant discrètement du regard la jeune fille. Mais, je rentre sur l'île et j'ai enterré pas mal de souvenirs là-bas, alors forcément, je suis un peu tendue.

– Quand vous aurez fini de discuter, vous pourrez peut-être servir les clients ! interrompit Indie sans complexe.

– Je ne sers pas d'alcool aux mineurs, mademoiselle, répondit la serveuse avec calme.

– C'est bon ! C'est pas pour moi... c'est pour mon père ! précisa faussement Indie.

– Dans ce cas, dites à votre père de venir

lui-même chercher sa bière, je regrette. Il vous fallait autre chose, mademoiselle ?

– Tu n'as pas revu ta famille depuis ton départ ? demanda Robert, poursuivant sa conversation comme si la jeune fille n'existait pas.

– Non. Ça fait huit ans. Je suis sûre que ça se passera bien… Ma mère est tellement heureuse de ce mariage mais… C'est juste de retourner sur l'île qui me fait peur…

– Mon père a le pied dans le plâtre ! Vous n'allez pas faire toute une histoire pour une bière ! insista Indie sans gêne.

L'adolescente voulait boire, s'enivrer, oublier cette sordide réalité et ce n'était pas cette petite serveuse qui allait l'en empêcher !

– Écoutez, mademoiselle, c'est vous qui faites toute une histoire. Moi je fais simplement mon métier. Je ne vends pas de bière aux mineurs, un point c'est tout, conclut Josy d'un ton ferme.

– C'est pas vrai ! Ça me gave, les gens qui font du zèle ! grogna Indie.

– On vous a dit non, mademoiselle ! Maintenant ça suffit, trancha Robert, d'une voix grave et sans appel. Vous avez votre titre de transport ?

– Oui, j'ai mon "titre de transport", singea Indie, tout en présentant son billet.

– Vous voulez que je parle à votre père ? proposa Robert à la jeune fille qui fut visiblement troublée par cette proposition.

– Non, non… C'est pas la peine. C'est bon, je vais prendre un thé citron.

– Très bien, bon voyage, mademoiselle, conclut-il avec l'élégance d'un vieux maître d'hôtel.

La jeune fille, très nerveuse, chercha son porte-monnaie au fond de son sac et plaqua un billet de cent euros sur le comptoir.

– Vous n'avez pas de monnaie ? soupira Josy, agacée par cette petite prétentieuse malpolie et visiblement enfant gâtée.

– Non, je n'ai que ça ! Désolée ! s'excusa faussement l'adolescente.

Puis elle empoigna brutalement la monnaie que lui rendit la serveuse.

Josy et Robert l'observèrent emporter son thé, dandiner du popotin, se donner de grands airs et s'asseoir sur le tabouret haut, face une vitre désespérément noire.

– Je ne sais pas ce qu'ont les ados dans ce train, mais c'est pas la joie ! Entre une fille qui prétend parler au fantôme de son père, un garçon cadavérique qui passe des heures à se laver les mains dans les toilettes et cette petite insolente… Peut-être que je suis trop vieux pour les comprendre, dit Robert avec un petit sourire nostalgique.

– Oh, regarde, maman, on dirait qu'il neige ! cria un petit garçon, le nez collé à la vitre du train.

– Qu'est-ce que tu racontes ? lui répondit sa mère. On n'y voit rien.

– Mais si ! Quand on regarde longtemps dans le noir, on finit par distinguer les éléments ! Regarde, c'est beau ! Ça serait rigolo de rester coincés dans le train au milieu de la neige.

– Je n'y vois rien. Ne dis pas n'importe quoi, Alexis ! reprit la mère, un peu fatiguée des propos fantaisistes de son enfant.

Robert ne put s'empêcher de jeter un coup d'œil à la fenêtre. Le petit garçon avait certainement raison mais, contrairement à lui, cette perspective ne le réjouissait pas.

– Bon, je file en première classe pour le contrôle. Ne t'inquiète pas trop, Josy. Les souvenirs sont souvent plus effrayants que la réalité.

Josy posa sa main sur celle de Robert en signe de remerciement. Une main de vieil homme, ridée et un peu tachée. Elle l'observa remettre sa casquette, ajuster sa veste grise et se diriger lentement vers la tête du train. Il avait l'air épuisé. Elle vit encore la jeune fille fondre sur lui avant qu'il ne quitte le bar.

– Monsieur ! lança Indie, tout en ébrouant sa chevelure solaire.

– Oui, mademoiselle, répondit Robert avec lassitude.

– Euh… À quelle vitesse on roule là ? interrogea-t-elle, un peu honteusement, consciente de la puérilité de sa question.

– 270 au moins ! répondit à sa place le petit garçon qui avait toujours le nez collé à la vitre du bar.

Robert regarda sa montre. Il connaissait par cœur les limitations maximales de cette ligne à grande vitesse, basées sur les repères kilométriques.

– Le jeune homme a parfaitement raison ! Nous roulons depuis une heure et vingt minutes, nous sommes à 270, mais nous risquons de diminuer notre vitesse à 230 s'il se met à neiger sérieusement, précisa Robert, amusé par la précocité du petit garçon.

– Ah ! OK. Merci. Et, euh… je voulais aussi savoir si… poursuivit Indie. Quand on croise un autre train à cette vitesse… est-ce qu'on peut apercevoir le visage de quelqu'un, je veux dire dans l'autre train ? C'est possible ?

– Tout à fait impossible, répondit le bambin d'à peine sept ans.

– Mais enfin, Alexis ! De quoi te mêles-tu

encore ? le rabroua sa mère. Excusez-le, mon fils a tendance à croire qu'il sait tout…

– Oui, c'est vrai qu'il est un peu lourd ! lança l'adolescente dans une grimace outrée.

– Mais il a parfaitement raison ! Tu t'intéresses aux trains, petit ? lui demanda Robert tendrement, soudain très l'aise dans le rôle du grand-père qu'il allait devenir dans quelques mois.

– Je veux être conducteur de train ou d'avion, j'hésite encore un peu ! avoua le petit gars en fronçant les sourcils.

– Alors, c'est impossible ? On ne peut rien voir à cette vitesse ? insista Indie.

– Non. Rien. Surtout la nuit, conclut définitivement Robert.

– Je pourrais visiter la cabine du conducteur ? demanda Alexis, les yeux brillants.

– Non, désolé, bonhomme, c'est interdit précisa le contrôleur avec regret. Mais pour ton information, ce n'est pas un conducteur, mais une conductrice qui nous emmène. Et la meilleure des conductrices !

Il les salua et poursuivit sa route vers la tête de train. Indie avala nerveusement son thé sans sucre qui lui brûla la langue. Le petit garçon lui offrit un sourire édenté avant de s'approcher d'elle à l'insu de sa mère.

– Tu as vu un truc dans l'autre train, n'est-ce pas ? lui murmura-t-il, la transperçant d'un regard bien trop vieux pour son âge.

L'adolescente le toisa avec dédain mais, devant l'insistance de l'enfant, elle se sentit en confiance, étrangement rassurée.

– Oui, j'ai vu… un mec, enfin un garçon. Je l'ai vraiment vu, avec des détails… c'est…

Indie fut surprise par la réaction du petit garçon qui la dévisageait profondément comme pour sonder son âme et tester la véracité de ses propos. Il fit glisser sur le comptoir une serviette de table en papier blanc, tachée au verso d'un dessin au feutre noir.

– Je l'ai vu moi aussi, murmura-t-il.

Indie se saisit du papier, le retourna avant d'étouffer un cri de stupeur : elle avait devant elle le portrait-robot du fantôme qu'elle avait aperçu quelques minutes plus tôt dans le train à contresens. Le même jeune homme. Un regard profond et glacial. Une image fugace mais extrêmement bien rendue par le dessin du petit garçon. Il disait la vérité ; lui aussi l'avait vu.

10

Zimri se délectait de cette séparation fortuite. Il était assis en première classe avec un sac rempli de friandises et, chance suprême, son téléphone portable était tombé en panne juste avant le départ ! De sorte que, pour la première fois de sa vie, il voyageait seul sans sa mère ni personne d'autre derrière son dos. Tout cela parce que le service de réservation avait commis une erreur et oublié un billet. Pour cette raison, M. et Mme Kret et leurs jumeaux en bas âge voyageaient en rame 2, et Zimri en rame 1. "Ça ne lui fera pas de mal, un peu d'autonomie", avait conclu son père qui refusait de laisser sa femme voyager seule avec les deux petits. Un hasard. Une simple erreur administrative qui avait finalement offert à Zimri son premier voyage en solitaire. Pas de parents, ni de jumeaux, ni de portable. Il appréciait ce calme luxueux en dévorant des carrés de chocolat. Âgé de quatorze ans, il avait même profité de cette aubaine pour se faire prêter par un copain un magazine pornographique qu'il lisait en douce sous son manuel de physique-chimie.

– Tu t'intéresses à la physique, jeune homme ? lui avait demandé un voyageur, tout en s'asseyant à ses côtés.

Il avait un léger accent guttural dans la voix. Un Hollandais ou un Russe. Zimri hésitait, il n'était pas habitué aux étrangers.

– Oui, m'sieur, beaucoup ! s'était-il contenté de répondre, refermant d'un coup sec son livre scolaire.

– C'est bien, c'est très bien à ton âge…

Zimri avait souri gentiment sous ses lunettes rondes, attendant que le voyageur s'installe et entreprenne une lecture. Puis il s'était replongé dans son ouvrage interdit avec un gourmand intérêt.

Dans la famille Kret, on ne parlait pas de toutes ces choses de l'amour. Rien sur la puberté, la sexualité, la masturbation ni sur tous ces sujets passionnants dont les autres copains semblaient très au fait. Il fallait bien se mettre au niveau et Zimri pour une fois avait soif d'apprendre.

– Si tu as des questions, n'hésite pas, mon

garçon, avait encore insisté l'homme en relevant le nez de son journal.

Un Russe ! Cette fois Zimri en était à peu près sûr. Une voix forte, large et glaciale comme celle des personnages de méchants dans les films d'action américains.

– Des… des questions ? avait répondu Zimri, ne sachant plus trop si l'homme lui parlait de filles aux gros seins ou de formules chimiques.

– Oui, je suis professeur de physique-chimie.

– Ah ! Super ! Non, c'est bon, merci, c'est juste… des révisions, avait conclu Zimri de plus en plus mal à l'aise face à cet homme curieux qui le dérangeait vraiment dans sa lecture sans texte.

C'est pas vrai, pour une fois que j'ai la paix du côté des parents, il faut que je tombe sur un prof ! Russe en plus ! pensa-t-il en avalant une barre chocolatée. *Inouï, toutes ces filles nues !* Il n'en avait jamais vu des comme ça et Zimri se demandait où pouvaient bien se cacher toutes ces beautés alléchantes qu'il ne croisait jamais dans la rue des Francs-Bourgeois. En effeuillant sa revue, il se mit à imaginer ses professeurs de mathématiques et de français dans de tels sous-vêtements affriolants et ne put retenir un petit rire nerveux.

– C'est intéressant, n'est-ce pas ? dit le Russe. La nature humaine est fascinante dans ses moindres recoins.

– Euh, oui, oui… répondit l'adolescent qui s'en voulut à mort d'avoir rigolé et attiré l'attention du prof.

– Je vois ton magazine dans la vitre, petit. Ça a l'air passionnant, je peux le feuilleter ?

Zimri se retourna vers la vitre et sentit ses joues rebondies s'emplir d'un rouge violent. Un rouge sang. Il aurait aimé disparaître. Pourquoi n'y avait-il pas pensé ? Pourquoi ne pensait-il jamais à rien ? Il se trouva stupide, pris la main dans le sac. Si ça se trouve, le type à côté de lui était un pervers qui depuis le début du voyage reluquait sa revue dans la vitre.

– Pas de panique, jeune homme ! Je faisais la même chose à ton âge. Il faut bien s'instruire. Je ne dirai rien à tes parents, lui murmura le prof russe avec un coup de coude complice.

– Ah, merci. C'est… c'est la première fois que je fais ça… Enfin, je veux dire… Regarder ce genre de truc…

– Si ta mère arrive, tu pourras me donner la revue si tu veux.

– Ah, non, elle est dans l'autre rame, pas de souci ! laissa échapper Zimri.

– Oh ! Alors tu es libre comme l'air ! C'est formidable ça !

Zimri s'en voulut à mort de s'être ainsi laissé aller à de telles confidences avec un inconnu. Maintenant le type savait qu'il voyageait seul et il commença à se sentir en danger. Le Russe était peut-être un caïd de la mafia moscovite, un mac à la recherche de jeunes garçons à mettre en ligne sur un réseau pédophile international. Sous ses lunettes rondes, Zimri balaya à toute vitesse l'inventaire des possibles.

– Contrôle des billets, s'il vous plaît ! Veuillez sortir vos titres de transport et cartes de réduction.

À l'arrivée du contrôleur dans le wagon, le jeune garçon paniqué fit tomber son magazine. Et le prof russe le récupéra, le déposant bien en vue sur ses genoux.

– Je le garde, c'est plus prudent pendant le contrôle, se contenta-t-il de lui murmurer dans un insondable sourire.

– Jeune homme, votre billet ? demanda Robert Jean à Zimri qui tendit son billet en se cachant derrière son manuel de classe.

– Manuel de physique-chimie… Si mes fils avaient été aussi sérieux que toi, je me serais fait moins de cheveux blancs. Bonnes révisions, jeune homme ! lui avait encore dit le contrôleur avant de poursuivre son travail.

Zimri rangea son titre de transport dans son sac, ainsi que son livre de physique. Aurait-il dû demander de l'aide au contrôleur ? Le prier de le surveiller parce qu'il voyageait sans ses parents et que le type à ses côtés n'avait vraiment pas l'air très net ? Pourtant le contrôleur ne s'était pas inquiété. La situation devait donc paraître normale vue de l'extérieur. Il se faisait des idées. Il releva la tête de son sac et découvrit que l'étranger feuilletait d'un air détaché les pages de la revue pornographique. L'adolescent se sentit de nouveau mal à l'aise. Son instinct lui hurlait de s'échapper au plus vite de cette inquiétante situation, mais sa raison, elle, lui ordonnait de ne pas bouger. Il s'accrocha à sa raison et saisit une BD dans son sac pour étouffer son angoisse de gamin.

– Je m'appelle Alloïd, et toi ? lui demanda le prof.

– Zimri.

– C'est un prénom juif, n'est-ce pas ?

– Oui, mais nous ne sommes pas très pratiquants dans la famille. On fait juste shabbat quand on va chez ma grand-mère.

– Ah ! La religion n'est plus à la mode de nos jours…

– C'est bizarre, osa demander Zimri, pourquoi le contrôleur ne vous a pas réclamé votre billet, à vous ?

– Oh ! c'est parce qu'il m'a déjà contrôlé tout à l'heure dans les couloirs, répondit le prof dans un large sourire.

Zimri se sentit un peu rassuré. Le type n'avait pas l'air d'un pervers et puis, finalement, le fait qu'il soit professeur le rassurait.

– Tu sais, il ne faut pas croire tout ce qu'il y a dans ce genre de magazine. C'est de la mise en scène. Si tu as des questions, profites-en, pour une fois que tu peux parler de ce "genre de choses" avec un professeur initié.

– C'est pas évident, balbutia l'adolescent en baissant les yeux.

– Lance-toi ! On a encore quelques heures à tuer. Parler de sexe est une saine occupation entre hommes, crois-moi ! À moins que tu préfères lire tranquillement ta bande dessinée. À toi de voir…

Zimri se demanda si cela pouvait être dangereux de parler de sexualité avec un inconnu. Est-ce que cette conversation ne risquait pas de dégénérer pour l'emporter dans la folie d'un homme dont il ne savait rien ? Fallait-il toujours se méfier de tout le monde ? Était-ce cela, devenir adulte ? Il pensa que ses parents ne l'avaient vraiment pas préparé à ce premier voyage. Il se sentait maladroit, débutant, ignorant. L'homme le toisa avec amusement, puis reprit la lecture du magazine en toute tranquillité. Zimri jeta un coup d'œil à la revue. Quelle question poser sans s'exposer ?

– Comment il faut faire pour plaire, enfin… je veux dire… pour plaire aux filles ? avait-il finalement osé demander au professeur.

– Bonne question, Zimri ! lui répondit l'étranger avec un enthousiasme digne d'un présentateur de jeu télévisé. Il faut d'abord faire plus attention à ta tenue, jeune homme. Tu n'es pas propre. Tes mains et ton sweat-shirt sont tachés de chocolat, tes chaussures ne sont pas impeccables. Crois-moi, ce genre de détails n'échappe pas aux filles. Tu devrais davantage soigner ton apparence, petit.

Zimri observa ses mains : absolument ignobles ! Le prof avait raison. Il se moquait de son look et avait la fâcheuse habitude de faire couler l'eau de la douche à vide pour faire croire à sa mère qu'il se lavait alors qu'il lisait une bande dessinée assis sur la cuvette des toilettes. Il se mordit la lèvre comme pour se punir d'avoir négligé un tel détail. *Quel idiot je suis !* pensa-t-il. *Pourquoi est-ce que je n'y ai pas songé avant ? Comment une fille peut-elle être attirée par un garçon comme moi, gros, pas très beau et sale ?* La judicieuse remarque de l'étranger le mit en confiance. Après tout, il ne risquait rien, assis dans sur son siège de première classe. Et cet échange très adulte le valorisait. Il sentait qu'il fallait profiter de ce voyage en solitaire pour se confronter un peu plus à la vie. Cesser de se cacher derrière papa et maman. Sortir de sa chambre d'adolescent gâté pour explorer le vrai monde. Pas celui des jeux vidéo, ni des bandes dessinées, ni des séries télévisées américaines, mais celui des hommes comme Alloïd qui avaient une solide expérience des relations humaines et plus particulièrement des relations avec les femmes. C'est ce genre de connaissances que Zimri voulait affiner. Aussi osa-t-il poursuivre la conversation et s'engager sur un sinueux chemin, seul avec un inconnu.

11

“La démesure de l’ombre se lisait dans le regard de Bryan Lawinski. Il venait de décimer toute sa famille, pourtant la jeune fille, encore baignée dans l’horreur du sang des siens, éprouvait une inquiétante fascination pour ce garçon. Elle l’aimait…”

Nyoko posa son roman sur ses genoux et s’accrocha à cet extrait, les yeux perdus dans l’obscurité que le train traversait à vive allure. Elle colla son nez contre la vitre pour tenter d’échapper à son reflet. Elle crut distinguer un pré, saupoudré de neige. “Une inquiétante fascination.” Cette phrase battait en elle *ad libitum*. Elle s’imagina dans un de ces châteaux des Carpates, dans un paysage enneigé avec pour seul repère le regard fou de ce garçon “différent”. Un homme de l’ombre. Un vampire. Elle mordit le piercing de sa lèvre inférieure, éprouvant une singulière envie de sang. Nyoko aimait ces histoires. Bonne lectrice depuis l'enfance, elle se consacrait désormais exclusivement à la littérature fantastique, et plus particulièrement aux histoires de vampires. Rien dans son look rose de petite poupée manga ne pouvait laisser présager une telle fascination pour les univers gothiques tachés d'hémoglobine. Nyoko elle-même ne savait expliquer ce qu'elle aimait chez les vampires. Ils l'emportaient bien au-delà de sa réalité. Ils faisaient taire ses mauvais sentiments en les incarnant. Elle aimait se plonger dans le mal absolu, au cœur des pensées de ces hommes qui suçaient l'énergie vitale de leurs proies. Avec un appétit insatiable, Nyoko croquait à pleines dents dans la littérature, pour ravaler ses angoisses et appréhensions d'adolescente. Le bien, le mal, où était la frontière ? Elle y pensait souvent du haut de ses seize ans, observant le monde chaotique qui l'entourait. Des parents divorcés, incapables de communiquer sans s'aboyer dessus. Un système économique mondial englué dans les magouilles et les détournements de fonds. Une humanité qui piétinait son environnement. Une croissance financière lancée au galop sur les territoires du globe, étouffant sur son passage les cris d'enfants affamés. Tout cela la faisait profondément souffrir.

“Tu es trop sensible, Nyoko”, lui répétait sa mère chaque fois qu’elle s’effondrait en sanglots. Et Nyoko pleurait souvent, pour un rien. Seule face à toutes ces images diffusées librement sur les nombreux écrans de sa chambre. Elle trouvait dans les livres un havre de paix. Une intimité perdue. Une pudeur préservée. La violence du monde métamorphosée en histoires de vampires où l’amour finissait toujours par triompher. Les livres lui apportaient l’espoir d’une humanité bienveillante envers toutes ses espèces.

– Excusez-moi… La place est libre ?

Nyoko décolla le nez de la vitre avec mollesse, mais ce qu’elle vit ou plutôt celui qu’elle découvrit la fit se redresser droite comme un i sur son siège de première classe. Il était… comme dans les livres. Un visage d’une beauté fulgurante. Blafard, brun avec un regard profond, insondable. Jamais elle n’avait croisé un garçon aussi séduisant.

– Il n’y a personne sur ce siège ? insista-t-il dans un sourire à vous déchirer les entrailles.

– Si, non, enfin… oui c’est libre, balbutia la jeune fille de sa voix fluette à peine audible.

“Parlez plus fort, Nyoko ! On ne vous entend pas !” lui répétaient souvent ses professeurs avec reproche. Mais elle ne pouvait pas élever la voix.

Nyoko ne parlait pas, elle murmurait. Ses hurlements se contentaient de hanter sa vie intérieure, mais personne ne pouvait les entendre. Le jeune homme, lui, la comprit parfaitement et s'assit à ses côtés. Elle se sentit happée, enveloppée par le voile de mystère qui émanait de sa personnalité. Pour se donner une contenance, elle tenta de se replonger dans son roman *Le Doux Baiser du vampire*, mais il lui était désormais impossible de lire. Toutes ses pensées étaient accaparées par cet être à ses côtés qui ne bougeait pas d'un pouce. Parfaitement immobile, il regardait face à lui, presque étranger au monde qui l'entourait. Et si elle rêvait ? Si ce jeune homme n'était qu'une projection de ses fantasmes ? L'homme idéal tout droit sorti de son imaginaire de jeune bibliophage. Il fallait le toucher. Sentir sa chair. Provoquer la rencontre. Nyoko, la jeune timide, Nyoko la discrète fit exprès de laisser choir son livre aux pieds de son voisin. Son audace la surprit. Jamais elle n'avait osé entreprendre la moindre initiative auprès des garçons. Elle était plutôt du genre à baisser les yeux et à fuir son désir. Toutefois, et si incongru que cela puisse paraître, elle n'hésita pas une seconde. Le jeune homme ramassa l'ouvrage et le lui tendit aimablement, avec ce même sourire sans joie. Absolument envoûtant.

– Vous aimez les histoires de vampires ? lui dit-il en effleurant sa main.

– Oui, murmura-t-elle, tout en faisant rouler sur sa langue le piercing de sa lèvre inférieure.

Il était vivant ! Elle avait touché sa peau, fraîche et laiteuse. Elle glissa sa main dans ses cheveux roses pour le séduire. Un mécanisme venait de se déclencher en elle. Tout son être tendait à présent vers ce jeune inconnu qu'elle voulait embrasser. Elle ne pensait plus qu'à cela, l'embrasser. Se lover dans ses bras et arrêter le temps.

– Vous voyagez seule ? lui demanda-t-il, alors qu'elle serrait son livre sur ses genoux pour retenir son impatience.

– Oui. Ma mère devait m'accompagner, mais… Enfin, je vais chez mon père pour les vacances.

– Ils sont séparés ?

– Oui. Et vous ? interrogea-t-elle, d'un petit sourire aguicheur.

– Je suis seul aussi, répondit-il, laconique.

Il se repositionna sur son siège comme pour rompre la conversation.

Il ne souhaitait pas parler de lui. Le message était clair. Nyoko s'en voulut de l'avoir éloigné d'elle. Il fallait trouver autre chose désormais. Reprendre la conversation. Elle ne pouvait pas passer à côté d'une telle chance. Des garçons comme lui n'existaient nulle part ailleurs. Sa mère lui avait raconté que dès qu'elle avait aperçu son père, elle avait su qu'il était l'homme de sa vie. Il en était de même pour elle à cet instant. Elle savait. Ce garçon était l'homme qu'elle attendait.

– Comment tu t'appelles ? demanda-t-elle, en osant le tutoiement.

– Mavipre Upierczi, répondit-il froidement sans même la regarder. Mais on m'appelle Mavi, plus facile. C'est polonais.

– Moi c'est Nyoko lança-t-elle avec espièglerie, tentant désespérément de le ramener vers elle. Nyoko Hashimoto, c'est…

– … japonais, oui je sais. Je sais aussi que tu me trouves irrésistible et que tu as envie de me séduire. Je devine que tu es naturellement timide, mais que cette fois, étrangement, tu n'as pas froid aux yeux parce que tu considères que rencontrer un garçon comme moi est une chance. Je me trompe ?

Nyoko resta sans voix. Rouge de honte. C'était comme si on venait de lui arracher ses vêtements au milieu du wagon. Elle se sentit nue. Vexée. Blessée. Humiliée. Vidée. Elle demeura muette, les yeux plongés dans ceux de Mavi qui attendait une réponse, le visage impassible. Il l'avait démasquée, il lisait dans ses pensées.

– Je me trompe ? insista-t-il, la déshabillant du regard avec une pointe de provocation.

– Non, admit la jeune fille la tête basse, tentant désespérément de retenir ses larmes.

– Écoute, Nyoko, j'ai ce don de lire dans le regard des gens. Il ne faut pas m'en vouloir, si je suis un peu direct. Tu es jolie, mais je déteste les numéros de drague façon film à l'américaine. Je crois qu'on peut se séduire sans roucouler ou en faire des tonnes pour apparaître sous un faux jour. Je suis solitaire et rustre, tu es timide et naturellement sensuelle, restons tels que nous sommes. Qu'en penses-tu ?

Complètement sous le choc de sa rencontre et de l'originalité du garçon, Nyoko se contenta de sourire timidement.

– Tu aimes la musique classique, Nyoko ? poursuivit-il.

– Je ne sais pas.

– Les lieder ?

– Je ne sais pas…

Marvi sortit des oreillettes de la poche de son manteau noir et s'approcha du visage de la jeune Eurasienne. Il lui prit le menton et l'obligea à tourner la tête de son côté afin de mettre en place les écouteurs sur ses oreilles. Son souffle sur sa bouche la fit tressaillir. Elle était sienne, complètement vidée de force, d'intelligence, de mots. Nyoko n'était plus qu'une poupée de chiffon rose à la merci de ce mystérieux garçon qu'elle aurait pu suivre n'importe où. Elle s'abandonna. Incapable de faire demi-tour, elle ferma les yeux pour laisser la musique qu'il aimait se déverser en elle.

Chants pour les enfants morts, de Gustav Mahler. Une musique d'une tristesse insoutenable qui emporta Nyoko bien au-delà de ce train climatisé. De l'autre côté des vitres.

12

Le train à grande vitesse fendait la neige verglacée qui fouettait violemment les vitres de la cabine de conduite. Jeanne s'inquiétait. Elle venait de dépasser Valence et la neige n'avait pas cessé. Elle avait même redoublé. Le technicien de régulation l'avait prévenue quelques minutes plus tôt :

– Appelle le conducteur du TGV 175 !

– TGV 175, j'écoute, avait aussitôt répondu Jeanne.

– Salut, Jeanne. Il neige sur tout le réseau. C'est de la folie ! Mais aucune panne électrique déclarée pour le moment, donc on maintient la vitesse. On ne prend surtout pas de retard. Je répète, on va maintenir la vitesse normale. On reste à 280.

– La neige redouble, vous êtes certains qu'on ne risque pas un bris de glace ?

– Aucun risque. Ta bécane est équipée des nouveaux prototypes à double vitrage. On maintient les 280 kilomètres-heure.

– OK, bien reçu, on file. Terminé.

250, 260, 270… Le train s'élançait sur une rampe enneigée, bravant le vent violent sans peur ni tremblements. Derrière les vitres équipées contre les intempéries, Jeanne redoublait toutefois de vigilance.

Saloperie de temps, pourvu que ça passe ! se dit-elle en poussant plus en avant la manette de pilotage jusqu'aux 280 kilomètres-heure. Pourvu que ça passe signifiait pour elle : pourvu que des projectiles de glace ne viennent pas briser mes vitres au passage d'un autre TGV. Pourvu que les caténaires tiennent le choc, que le réseau électrique ne tombe pas en panne, que la neige n'endommage pas les moteurs, ni l'alimentation générale, ni les pantographes. Cela pouvait encore se traduire par : pourvu que les trains qui me précèdent ne soient pas bloqués, pourvu que les régulateurs ne me fassent pas dévier sur une ligne classique, pourvu que j'amène mon engin à bon port à l'heure voulue, car je suis crevée, mon couple fout le camp, je n'ai qu'une envie : prendre un bain chaud et me détendre.

Elle se servit une tasse de café qu'elle avala d'un trait avant de recevoir un SMS sur son portable.

"Il faut qu'on se sépare. J'ai pris ma décision. Appelle-moi quand tu arrives. Alain."

Le klaxon du système de la veille automatique retentit et sortit Jeanne de sa torpeur. Un choc. Alain voulait la quitter. Elle pressa la pédale de sécurité qu'elle avait relâchée trop longtemps et qui avait déclenché l'alerte. RAS. Son train ne risquait rien, inutile de le stopper automatiquement. La conductrice était bien éveillée et en parfaite santé, elle avait simplement été violemment projetée dans une nouvelle réalité. Une réalité sans Alain qui lui avait fait oublier les bons gestes du conducteur relié en temps réel au réseau informatique. Une rupture. Il s'agissait bien de cela. Une rupture par SMS après quinze années de vie commune ! Jeanne tenta de rester concentrée sur le pupitre de conduite, maintenant sa vitesse à près de 300 kilomètres-heure. Elle devinait cette neige recouvrant l'horizon désespérément opaque. Une neige cinglante venant recouvrir les vitres de la cabine que ses essuie-glaces balayaient avec difficulté. Tout en régulant sa vitesse, elle percevait le choc des bris de glace, de plus en plus nombreux sous sa motrice.

Elle frissonnait, les gencives serrées, le cœur en lambeau. Salaud ! réussit-elle à articuler pour reprendre ses esprits. Seule dans sa cabine, elle ne pouvait ni hurler, ni courir, ni lui téléphoner. Elle souffrait en silence, sans autre possibilité que de continuer à piloter son engin à pleine vitesse sous une météo hostile. Comment un homme qui l'avait tant aimée pouvait-il se montrer si brutal ? La larguant par SMS comme on se débarrasse d'un flirt d'été ? Jeanne eut un haut-le-cœur de tristesse. Elle tira sur ses manches de pull comme une adolescente mal dans sa peau. Il faisait froid dans la motrice. Elle monta le chauffage et se servit une ultime tasse de café, vidant le thermos que lui avait si gentiment apporté Robert. Devait-elle rappeler le contrôleur ? Lui redemander du café ? En profiter pour se confier à lui ? Jeanne éloigna cette pensée, tentant de garder son sang-froid. Elle était professionnelle et, en aucun cas, elle ne devait perdre pied. La sécurité de plus de mille voyageurs reposait sur ses fines épaules le temps du trajet. Il était hors de question de se laisser aller. *Allez, Jeanne, ressaisis-toi, bon sang !* se dit-elle.

Alain a peut-être raison… Cette pensée l'emporta bien loin de sa cabine de conduite. Elle se mit à imaginer un avenir sans lui, dans un appartement vide de son amour. C'était impossible. Pas ce soir. Pas maintenant. Rongée par la douleur de son imaginaire, elle ne s'aperçut pas tout de suite que l'indicateur de tension de la ligne venait de franchir le jaune pour passer dans le rouge.

Qu'est-ce qui se passe ? Elle réalisa soudain que l'alimentation générale électrique baissait à vue d'œil. Elle avait un problème.

La motrice s'essoufflait, crachait, mourait sur les rails givrés. Sa machine était en train de la lâcher, elle aussi, en plein mois de décembre, au cœur d'une météo déchaînée et avec plus de mille personnes à bord.

C'est pas vrai ! Mais qu'est-ce que j'ai fait pour mériter ça ?

Elle freina légèrement et relâcha sa manette de commande pour immobiliser complètement le train, le temps des vérifications. Lancée à 280 kilomètres-heure, il fallut à la machine trois kilomètres pour venir s'échouer en douceur dans un paysage uniformément blanc. Elle pressa immédiatement le bouton d'alarme pour faire stopper la circulation en amont : il fallait sécuriser le réseau et son train de voyageurs. Le régulateur la contacta aussitôt :

– TGV 175. Qu'est-ce qui se passe ?

– TGV 175. Une panne électrique. Il y a un problème d'alimentation réseau sur ce canton[1] ? s'informa-t-elle.

– Non, non, pas de soucis de ce côté, le jus passe à cette sous-station. Tu dois avoir un problème de moteur qui fait disjoncter l'alimentation. Je te laisse faire les vérifications, reviens vers nous le plus vite possible. Le Paris-Marseille broute[2] à moins de cinq minutes derrière toi, je ne te dis pas le bordel si on a un cadavre[3] !

– Bien reçu. Je fais les vérifications et reviens vers toi très vite. Il est 19 heures 40, on a passé Valence. On est où là exactement ?

– On est mal barrés, Jeanne. T'es au PK 531.060.

– Sur le viaduc de la Grenette ?

– Affirmatif, en plein dans le mille et à soixante mètres au-dessus du sol, par moins dix degrés ! Le top quoi !

– OK, répondit Jeanne, accusant le coup.

1. Les voies sont divisées en portions, appelées cantons. Un seul train circule par canton. Sur les lignes à grande vitesse, ils sont alimentés en électricité par des sous-stations, tous les quatre-vingts kilomètres.

2. Expression de régulateur pour dire qu'un train suit de trop près un autre train.

3. Expression de cheminot pour dire qu'un engin moteur est HS et doit être acheminé pour réparation.

Elle ne pouvait pas plus mal tomber. Rien n'était plus compliqué qu'un dépannage sur un viaduc, surtout sous la neige. Mais sa nature combative reprit immédiatement le dessus.

– On va sortir de là. Je reviens vers toi.

– OK, Jeanne. On attend tes infos.

Elle saisit le guide d'usage et commença une à une les vérifications du système électrique, testant les huit moteurs de sa double rame. Jeanne enchaîna les gestes mécaniquement et avec un sang-froid étonnant pour une femme qui, quelques kilomètres en amont, tremblait à l'idée de se séparer de son mari.

II

ARRÊT INVOLONTAIRE POUR UNE DURÉE INDÉTERMINÉE

1

Juste avant l'arrêt temporaire du train, Dylan Barral pianotait comme un fou sur son ordinateur, confortablement assis dans un espace voyageur à quatre places, entre une mère de famille et ses deux jeunes enfants. Passionné de criminologie, il dialoguait paisiblement avec un internaute sur le cas d'un nouveau serial killer arrêté en Espagne quelques jours plus tôt.

"Ce serial killer me fait penser à Vlado Taneski", venait-il d'écrire sur le forum de discussion.

"Connais pas", lui avait rétorqué l'internaute.

Et là, Dylan avait ressenti l'excitation des grands jours. Rien ne lui faisait plus plaisir que de tomber sur un criminologue néophyte. Il pouvait alors déverser son savoir et se gorger pleinement de la fierté de l'exégète qu'il pensait être. Dylan aimait le crime depuis son plus jeune âge. Fasciné par les empoisonneuses, les serial killers, les terroristes, les violeurs en série, il s'était au fil des années constitué une véritable bible numérique des criminels, qu'il enrichissait sur son ordinateur de coupures de presse et de documentations multiples. Dylan connaissait par cœur la vie de la plupart des meurtriers des XXe et XXIe siècles. Aussi se fit-il un plaisir d'en mettre plein la vue au jeune internaute.

"Vlado Taneski, était un journaliste macédonien, connu pour la qualité documentaire de ses articles de presse très fouillés. Il décrivait avec précision les meurtres en série du tueur fou de sa région. « Celui qui a fait ça est un pervers. Il brise les crânes de ses victimes, les viole, les torture, les découpe et les enveloppe dans des sacs plastiques », écrivait-il quelques jours avant que la police ne trouve certains détails trop précis pour être hasardeux. Il a fini par se faire coincer. Taneski était bien le tueur, il fabriquait lui-même ses scoops avant de les décrire généreusement dans les pages de son journal. Le type était complètement dingue, il s'est suicidé en prison en juin 2008."

"Tu en connais un rayon", écrivit l'internaute.

"Oui, mon père est commissaire à Paris. Je suis tombé dans le crime quand j'étais petit."

“Du bon côté, heureusement”, répondit l’anonyme du Net.

“Oui, du bon côté”, précisa Dylan en tapotant sur ses touches avec frénésie.

Âgé de seize ans, Dylan Barral ne s’était jamais interrogé sur cette soif de traquer le crime et les meurtriers. Il s’était contenté de suivre les pas de son père, qui pourtant ne racontait jamais ses journées de travail. Le commissaire divisionnaire Barral en avait fait une règle de vie pour protéger sa famille de l’horreur qu’il côtoyait. Néanmoins, Dylan lui avait échappé. Plus le commissaire Barral s’enfonçait dans le silence pour protéger les siens, plus son fils prenait le chemin de cette vie de flic qu’il aurait tant voulu lui épargner.

Quand le train commença à freiner, Dylan eut le réflexe de retenir l’ordinateur, mais n’eut pas le temps d’esquiver la chute d’un passager qui renversa son jus de tomate sur son sweat-shirt blanc.

– Pardon, je suis vraiment désolé, s’excusa le voyageur maladroit. Le train a freiné si vite…

– Pas grave, rétorqua le jeune Dylan dans un sourire poli.

Il plia son ordinateur et, après une brève hésitation, demanda à la jeune mère de famille de veiller sur l’engin le temps qu’il aille se changer.

– Oui, pas de problème, répondit la femme. J'espère que cet arrêt du train ne va pas durer trop longtemps, ma fille ne tient pas en place. C'est promis, on ne bougera pas avant votre retour. N'est-ce pas ma chérie ? On reste tranquilles.

– On dirait du sang ! dit la petite fille blonde au regard clair, observant le sweat-shirt du garçon maculé de jus de tomate.

– Tu as trop d'imagination ! lui répondit Dylan dans un sourire.

L'adolescent se leva, laissant découvrir sa haute taille à la petite fille.

– Tu es un géant plein de sang ! lui dit encore l'enfant avec malice.

– Je suis un géant, c'est vrai et à côté de moi tu n'as vraiment rien à craindre. Mais ce n'est pas du sang, juste du jus de tomate. Tu veux goûter ?

– Berk ! Non, conclut la petite fille, se tournant à nouveau vers sa poupée mannequin pour reprendre son jeu d'habillage et de déshabillage.

Dylan était grand effectivement. Sa casquette du club de basket de Paris touchait presque le plafond de la voiture du train. Il avait ce genre d'allure de champion sportif de haut niveau qui rassure les grand-mères et fascine les enfants. Un gamin plutôt bien parti dans la vie et qui, vu de l'extérieur, semblait doté d'une grande maturité et d'une assurance hors pair. Il rejoignit le compartiment à bagages du fond où il avait déposé sa valise, l'ouvrit, en sortit un pull au milieu des paquets cadeaux, la referma et se dirigea vers les WC pour se changer. Un homme un peu dégarni et vêtu d'une veste grise patientait lui aussi devant les toilettes, visiblement occupées.

– Vous vous êtes blessé ? lui demanda l'homme dans un mince sourire, laissant toutefois entrevoir une dent en or.

– Non, juste du jus de tomate, répondit poliment Dylan.

– Vous voyagez seul ? interrogea le type tout en sortant un mouchoir violet de sa poche pour se moucher assez grossièrement.

– Oui, je vais chez mon frère aîné à Montpellier, précisa Dylan, ressentant soudainement un léger malaise.

Quelque chose dans cet homme le gênait. Était-ce la dent en or ? Le mouchoir violet ? Cette façon outrancière de se moucher ? Dylan était planté devant une impression de déjà-vu. Il baissa les yeux pour couper court à la conversation, mais ne put s'empêcher de jeter un coup d'œil discret vers le type qui rangeait son mouchoir dans sa poche de pantalon. C'est comme ça qu'il vit ce qu'il vit. Un énorme poignard attaché à un ceinturon à tête de licorne. Cette fois, Dylan savait. Ce type faisait partie de ses fiches. Ces centaines de fiches que le jeune passionné de criminologie enrichissait au fil des affaires de meurtres publiées dans le monde entier. Une foule de clichés traversa ses pensées. Des hommes, des femmes, plus ou moins jeunes. Tous avaient tué. Tous étaient passés à l'acte pour des raisons extrêmement différentes que Dylan tentait d'analyser à sa façon. Et ce ceinturon à tête de licorne ne lui permettait plus de douter : cet homme était dans son fichier.

"Mesdames et messieurs, le train est immobilisé en pleine voie pour un bref instant. Merci de ne pas chercher à ouvrir les portes."

Le contrôleur venait de diffuser un message et Dylan commença à s'angoisser sérieusement. Il voulait vérifier son intuition, regagner sa place et parcourir ses fiches. Toutefois, sa bonne éducation le retenait. Il fallait qu'il se change.

– Si ça se trouve, on va rester en rade ici pendant des heures, poursuivit l'homme au ceinturon. Paraît que la lumière s'éteint au bout d'un moment quand le train ne bouge plus. Noir total ! T'imagines le flip. T'as peur du noir toi, mon grand ?

– Non, je n'ai peur de rien, ajouta Dylan avec une pointe de provocation.

Il n'était pas du genre à se laisser impressionner aussi facilement et l'idée de se retrouver face à un criminel excitait sa bravoure.

– Tout le monde a peur, même les costauds dans ton genre. À l'heure du dernier soupir, tout le monde flippe. Y a pas de quoi avoir honte ! Quand la personne sortira des toilettes, si elle sort un jour, tu pourras passer devant moi si tu veux. Je ne suis pas pressé, ajouta encore le type dans un singulier sourire.

Il fallait vérifier ce que lui dictait son intuition. Cette "petite voix intérieure" qui vous ordonnait de vous faire confiance était pour Dylan le meilleur allié des investigateurs. Tant pis pour la politesse ; son sweat-shirt pouvait attendre. Sans dire un mot, il planta l'homme pour regagner sa place et se replonger dans ses données numériques.

"Ceinturon à tête de licorne + dent en or." La double requête sur son moteur de recherche fit tourbillonner le curseur de son ordinateur, armé d'une clé 3G. Dylan était nerveux, impatient. L'image finit par se figer sur son écran pour dévoiler un nom et une photographie : Gaspar Sullivan, dit la Licorne. C'était lui. Aucun doute. Le type avait vieilli et grossi, mais il le reconnaissait parfaitement. L'homme qu'il venait de croiser avait tué dix petites filles en moins de vingt ans.

Toutes blondes. Toutes enlevées, égorgées au poignard puis abandonnées sur le bord des voies de chemin de fer. Cela collait parfaitement. Le poignard, la dent en or, le ceinturon et le train. Dylan en eut le souffle coupé. Il fut soudain vidé de forces et les battements sourds et précipités de son cœur emportèrent ses pensées dans une véritable course contre la montre. Il fallait agir. Vite. Prendre une décision sans semer la panique. Par précaution, il s'octroya le temps de poursuivre ses investigations, parcourant les informations qu'il avait accumulées sur le tueur. Âgées de trois à dix ans, les victimes avaient probablement toutes été tuées entre 20 heures et 21 heures si on se référait aux expertises des médecins légistes. Ses informations sur la Licorne s'arrêtaient en 2007 et Dylan s'en voulut de ne pas avoir étoffé davantage cette fiche. Alors il posta une requête sur son forum de discussion : "Cherche infos sur Gaspar Sullivan dit la Licorne après 2007. Urgent." Il avait besoin de vérifier ses sources. Être sûr qu'il s'agissait bien de l'individu avant d'agir, telle était la procédure. Le b. a.-ba du métier de flic. Pourtant, quand il releva la tête pour reprendre son souffle, ce qu'il observa lui fit complètement oublier ses fiches et la méthodologie de l'enquêteur. Le siège face à lui était vide ! La petite fille blonde avait disparu ! Son instinct reprit le dessus immédiatement.

– Où est votre petite fille ? demanda-t-il à la mère de famille qui berçait tendrement son bébé dans ses bras.

– Oh ! Elle est partie aux toilettes.

– De quel côté ? insista Dylan complètement paniqué.

– Du vôtre, elle voulait vous rejoindre pour que vous lui teniez la porte. Vous ne l'avez pas vue ? Elle file vite, vous savez.

– Oh, mon Dieu ! murmura Dylan en se levant d'un bond.

– Ne vous inquiétez pas, elle est très débrouillarde…

Dylan retrouva les toilettes, mais l'homme n'y était plus. Aucune trace de l'enfant non plus, ni à l'intérieur ni à l'extérieur. Il regarda sa montre affichant 20 heures 30. La Licorne opérait entre 20 heures et 21 heures : il lui restait à peine une demi-heure pour éviter le pire. Sans hésiter, le jeune homme décida de remonter la rame à la recherche de la petite fille ou du contrôleur du train. Il fallait faire vite et agir avec méthode. Ne pas perdre son sang-froid. Ne pas hurler. Ne pas semer la panique. Mais au fil de sa progression, des images sanglantes martelaient sa tête. Il vit des corps meurtris et sans vie. Tous ces clichés de victimes que les séries américaines reconstituaient admirablement. Hématomes, corps dépecés, plaies béantes, visages blafards ou violacés. Il se souvint aussi d'un corps de petite fille mutilé, des dizaines de photos de blessures profondes qu'il avait consultées un jour dans le bureau de son père à son insu. Un dossier classé secret. Une pochette rouge, titrée “Rapport du légiste, victime X”. Quelque chose d'absolument interdit pour le gamin de six ans qu'il était à l'époque, mais sa curiosité l'avait poussé à ouvrir le dossier. Il avait vu ce qu'il avait voulu voir et il en avait vomi.

Dylan transpirait dans ce train immobile enveloppé du malaise de plus en plus perceptible des voyageurs qui commençaient à se poser des questions sur la durée de la panne.

Il marchait à pas rapides, extrêmement tendu, traversant chaque voiture avec une attention de fauve. Il traquait le tueur ; une chasse à l'homme venait de commencer et il fallait opérer discrètement pour ne pas alerter les autres voyageurs. Il bouscula une vieille femme dans le couloir et ne s'en excusa pas. Son image d'adolescent parfait s'émiettait, mais il s'en moquait à présent. Seule comptait la petite fille. Ce petit ange blond qu'un homme était peut-être sur le point de priver de vie. D'égorger. Il accéléra, s'engouffra dans la voiture 5 et c'est là qu'il l'aperçut. À l'autre bout du wagon. Il reconnut ses cheveux ondulés et, devant elle, un homme à la veste grise, la Licorne ! Il l'avait dans sa ligne de mire. L'espace s'était réduit ; le brouhaha des voyageurs distendu. Juste lui et le criminel. Lui et ce salaud recherché depuis vingt ans par toutes les polices internationales. Pris d'une haine incontrôlable, il s'élança rageusement et se jeta sur le tueur. Sa force physique de champion de basket lui permit aisément de le plaquer au sol et de lui maintenir les deux mains sous les cris de surprise et de stupeur des voyageurs.

– Alors salopard, je te tiens ! Je ne te laisserai pas faire, la Licorne ! Putain ! Putain, je l'ai eu, lâcha-t-il dans un rire hystérique qui effraya la petite fille.

– T'es pas un géant, t'es un monstre ! Tu fais mal au gentil monsieur, dit l'enfant blonde, toisant Dylan à terre.

– Va rejoindre ta maman ! lui hurla-t-il comme un dément.

En pleurs, l'enfant s'enfuit vers sa mère, sous le silence de plomb des voyageurs qui ne savaient comment réagir. Était-ce un fou ? Un terroriste ?

– Je suis le contrôleur de ce train ! Lâchez-moi maintenant, murmura l'homme à terre, étouffé par le poids de l'adolescent sur sa colonne vertébrale.

– C'est ça ! Tu es contrôleur et moi je suis Obama ! lança l'adolescent, assis sur sa prise comme sur un cheval sauvage de rodéo.

Dylan s'écoutait parler et ses mots sonnaient exactement comme les dialogues de séries américaines policières. Ça le faisait ! Ça le faisait pour de bon ! Il s'imaginait déjà à la une des journaux : "Dylan Barral, un adolescent de seize ans, arrête la Licorne dans un TGV."

– Mais qu'est-ce qui vous prend ? demanda un homme courageux, se levant de son siège, bientôt suivi d'une poignée de voyageurs.

– Je viens de ficeler un serial killer. Ce type est dangereux ! Trouvez une corde, on va l'attacher et prévenir le contrôleur !

– Vous êtes sûr que ça va, jeune homme ? interrogea une vieille femme assise à ses côtés. Je crois que vous vous trompez de personne. C'est le contrôleur du train que vous venez de mettre à terre. Vous devriez vous calmer et le laisser respirer.

– Le contrôleur… mais je… Non, c'est la Licorne ! J'ai reconnu sa veste, son allure…

– C'est vraiment le contrôleur ! confirma une autre femme d'une voix douce.

Face au regard plein de compassion de la femme qui ressemblait un peu à sa mère, Dylan fut soudain privé de force. Les traits de son visage se décomposèrent d'un coup, il relâcha doucement sa proie et glissa à terre pour reprendre ses esprits. Instantanément, deux voyageurs se précipitèrent au secours du contrôleur, pendant que deux autres appréhendaient le jeune homme avec fermeté. Robert Jean réussit à s'asseoir tant bien que mal, grimaçant de douleur.

– Je crois que je me suis fait mal au genou en tombant ! Ça fait un mal de chien ! réussit-il à articuler.

Aidé des deux hommes, il se releva et découvrit son agresseur ; un jeune black au physique d'athlète et au regard perdu. La plupart des voyageurs le dévisageaient avec un mélange de stupeur et de haine. Seule peut-être Waafa, de nouveau tétanisée derrière ses épaisses lunettes de myope, semblait éprouver une réelle pitié pour le jeune garçon complètement à côté de ses chaussures.

– Pardon, m'sieur. J'ai vraiment cru que vous étiez un criminel, murmura Dylan dans un premier frisson.

Puis, il se mit à trembler de tout son corps. *Choc post-traumatique*, se dit-il dans un réflexe d'analyste de situations violentes.

– Gamin ! lança Robert avec difficulté. Donne ta pièce d'identité et ton billet à ces messieurs, je m'occuperai de toi plus tard.

– Tous mes papiers sont dans mon sac, monsieur ! répondit Dylan, frissonnant de la tête aux pieds.

– Ben, va les chercher ! Et rejoins-moi en voiture-bar avec tes parents, dans le local de contrôle.

– Je voyage seul...

– Forcément : un voyageur solitaire, balbutia le contrôleur. Comment t'appelles-tu ?

– Dylan, m'sieur.

– Écoute-moi bien, Dylan, ces hommes vont te relâcher et tu vas gentiment aller chercher tes papiers. Je veux te voir dans cinq minutes en voiture-bar. Compris ? Sinon j'appelle les flics !

– D'accord, mais s'il vous plaît, monsieur, n'appelez pas les agents de la SUGE ! Je vous en prie ! murmura Dylan, au bord des larmes.

– Tu as déjà eu affaire à eux ? demanda Robert, étonné qu'un si jeune garçon connaisse le nom de la police ferroviaire.

– Non, non... Mais mon père est commissaire

divisionnaire, je connais le nom de toutes les polices et gendarmeries. Je ne suis pas un délinquant, m'sieur, je suis apprenti criminologue. Je suis du bon côté…

– Écoute, va chercher tes papiers, tu me raconteras ça plus tard. Lâchez-le, messieurs, je vous remercie, conclut Robert dans un soupir.

– Vous êtes sûr qu'il n'est pas dangereux ? s'inquiéta l'un des hommes qui le maintenait virilement. Son sweat est taché de sang…

– C'est du jus de tomate… Je ne suis pas un délinquant. Je voulais juste… tenta d'expliquer Dylan.

– Va chercher tes papiers ! répéta Robert poignardé par sa douleur au genou.

Son ton catégorique encouragea les deux voyageurs à lâcher leur prise.

– Je vais chercher mes papiers. Je suis vraiment désolé, réussit-il encore à articuler avant de foncer tête basse pour rejoindre sa voiture.

– Oh ! La vache ! Ça fait un mal de chien ! vociféra le contrôleur, s'éloignant en boitant vers la voiture-bar, sous les regards franchement inquiets des autres voyageurs.

Le train était en panne pour une durée non précisée et le contrôleur venait de se faire blesser par un jeune délinquant au sweat-shirt barbouillé de sauce tomate et qui prétendait avoir vu un serial killer. Quelque chose ne tournait pas rond dans ce train, et il y avait vraiment de quoi s'inquiéter.

– On peut prendre mon sirop, grand-mère ? J'ai peur ! dit la petite fille, encore sous le choc des cris hystériques de Dylan.

– Oui, maintenant, je crois qu'il faut prendre ton sirop, répondit sa grand-mère en lui caressant les cheveux.

Waafa croisa le regard de Dylan filant à toute vitesse pour échapper au jugement des voyageurs. Le jeune homme avait l'air d'un fou terrifié au milieu de fantômes. Elle ôta ses lunettes pour les nettoyer de nouveau.

2

Robert se fit accompagner jusqu'à son local technique par les deux voyageurs, sous le regard paniqué de Josy.

– Que s'est-il passé ? demanda-t-elle.

– Rien de très grave, sers tes clients, Josy. Juste un incident… Je t'expliquerai plus tard.

De retour dans son minuscule local, il eut juste le temps de remercier les deux hommes et de les prier de regagner leur place avant d'entendre le signal d'appel. Jeanne souhaitait qu'il la contacte. Tiraillé par la douleur, il prit une grande inspiration avant d'empoigner le combiné.

– Jeanne ? C'est Robert…

– Ah ! Qu'est-ce que tu faisais ? Ça fait trois fois que j'appuie sur l'interphone.

– J'ai eu un petit souci…

– Bon, on est dans la merde Robert !

– À qui le dis-tu, lui répondit-il en s'effondrant sur son siège.

Jeanne, lui expliqua sur un ton professionnel qu'elle avait décelé trois moteurs hors d'usage ; la neige s'était probablement infiltrée dans les systèmes d'aération. Elle venait de transmettre ses constatations au Centre national des opérations à Paris (CNO) et attendait leurs ordres. Quelle que soit leur décision, l'arrêt risquait d'être long et le dépannage compliqué à cause des intempéries et de leur situation sur le viaduc. Il fallait donc dès à présent prendre les mesures nécessaires pour économiser les batteries, les denrées du bar et maintenir l'ordre dans le train.

– Dans le pire, heureusement que ça tombe sur toi ! J'ai au moins un contrôleur sur deux rames qui est habitué aux situations de crise ! conclut-elle d'une voix fragile.

– Ne compte pas trop sur moi, Jeanne, articula Robert dans un souffle douloureux.

– Qu'est-ce qui se passe ? lança la conductrice, de plus en plus inquiète.

– Je viens de me faire plaquer au sol par un jeune couillon qui s'est pris pour un justicier. J'ai le genou en compote.

– C'est pas vrai ! Tu vas appeler la SUGE ?

– Non, je leur signalerai quand on sera sorti de

ce bourbier, l'agresseur est un môme plus maladroit que méchant. De toute façon, étant donnée notre position, les gars de la SUGE ne seraient pas là avant des heures.

– Trouve un médecin dans le train et fais-toi aider par Josy. Tu me tiens au courant.

– OK, Jeanne, conclut Robert. Puis, il ajouta avant de raccrocher : Et Dominique, ça va, sa rame ? Rien de spécial, pas de comportements bizarres de voyageurs ?

– Non. RAS. Il est prévenu de la panne, il gère bien. Pourquoi, t'as eu d'autres soucis ?

– Non, non, juste un gamin qui regarde trop les séries télévisées.

Robert raccrocha, plié sous le poids de la douleur. Il avait préféré se taire sur les étranges comportements de certains voyageurs pour ne pas inquiéter Jeanne. Abattu, vieux, hors circuit, il se fit la promesse de demander sa retraite anticipée dès qu'il sortirait de ce maudit train. Il n'était déjà plus en mesure de supporter les plaintes permanentes des voyageurs et la vie lui imposait de faire face à ce qui s'annonçait comme la pire situation de crise de sa carrière. *Une épreuve*, se dit-il. *Ça doit être ça.*

Josy l'interrompit dans ses pensées désespérées, lui offrant un minuscule sourire de soutien qui avait bien du mal à cacher sa panique. Puis elle fila comme prévu fermer son bar sous les contestations des voyageurs, nombreux à venir prendre des nouvelles de la panne. Robert, claquemuré dans son petit local, put percevoir les phrases de panique, d'énervement qu'il avait si souvent entendues. Peur de l'inconnu, peur du contretemps, peur de l'attente.

– Mais qu'est-ce qui se passe ?

– Ça fait plus d'une demi-heure qu'on est coincés et on ne nous dit rien ! Pourquoi fermez-vous le bar ? C'est un scandale !

Malgré sa jeune expérience, Josy s'en sortait très bien. Elle trouvait les mots justes et des explications assez évasives pour ne pas alerter les voyageurs.

– Nous avons un petit souci technique et nous mettons tout en œuvre pour que le train reparte le plus vite possible. S'il vous plaît, regagnez vos places, nous vous tiendrons au courant très rapidement. Le bar est fermé temporairement. Oui, madame, je peux toutefois faire chauffer le biberon de votre bébé…

La serveuse revint quelques minutes plus tard avec un antalgique pour calmer la douleur de Robert.

– Tu assures ! lui dit-il en la remerciant. Je vais encore te demander un service.

Et Josy accepta de diffuser un message sonore à la place du contrôleur, incapable de s'exprimer avec une voix rassurante :

"Mesdames et messieurs, un médecin ou une infirmière sont demandés en voiture-bar pour aider un voyageur souffrant. Merci par avance."

Rien de plus. Juste ce message. Robert savait qu'en cas de problème, il fallait éviter de submerger les voyageurs d'informations contradictoires. Il maîtrisait parfaitement cet art de la rétention de nouvelles qui ne manquait pas d'agacer les voyageurs, mais qui les protégeait d'une panique générale. Josy l'aida à allonger sa jambe sur une chaise, dans l'attente d'un soignant.

– Il y a un truc bizarre dans ce train, dit-il en fermant les yeux pour se calmer.

– Quoi ? demanda Josy, très inquiète pour le vieil homme.

– Une atmosphère… Quelque chose d'étrange, surtout chez les jeunes.

– Tu te fais des idées, Robert. Tu es juste tombée sur un garçon un peu dérangé.

Et le garçon en question arriva à ce moment même. Une ombre de géant, plantée devant la porte du local qui fit sursauter la jeune femme.

– Bonjour, madame. J'ai mes papiers, m'sieur. Ça va mieux ? demanda Dylan très mal à l'aise.

Robert ouvrit les yeux pour les refermer aussitôt. Sa douleur l'empêchait de faire face à la situation. Josy perçut la fatigue tant morale que physique de son collègue et prit instinctivement les choses en mains.

– Dis-moi ce que je dois faire avec lui, Robert, lui murmura-t-elle à l'oreille.

Et Robert lui expliqua sans ouvrir les yeux la procédure en cas d'agression. Ils ne pouvaient pas compter sur les gars de la SUGE, donc il fallait noter toutes les informations sur le jeune homme et les agents de la Surveillance générale ferroviaire le recontacteraient par la suite.

– Mon père va me tuer si les flics débarquent à la maison ! lança Dylan sur un ton désespéré.

– Fallait y penser avant de te jeter sur un agent de service ! répliqua Josy fermement.

Elle saisit les papiers de Dylan et recopia son identité et ses coordonnées. L'adolescent tremblait encore de tout son corps.

– J'ai vraiment vu la Licorne dans le train tout à l'heure. Je suis très inquiet. C'est un meurtrier très dangereux. Il s'attaque aux enfants et il y en a vraiment beaucoup dans ce train…

Robert, qui n'en pouvait plus, ouvrit les yeux d'un coup et s'adressa à Dylan sur un ton aussi glacial que catégorique.

– Écoute-moi bien, gamin ! Je vais être franc avec toi. Tu m'as pété le genou, le train est en panne sur un viaduc à plus de soixante mètres au-dessus du sol, il fait moins dix dehors et il neige à bâtons rompus. C'est la merde ! Alors tes histoires de tueur, tu vas gentiment les ravaler et retourner t'asseoir sans faire d'histoires. Tu ne fais rien, tu ne dis rien ! Et alors, peut-être que je ne porterai pas plainte contre toi. Ça te va ?

– Oui, mais… OK. Merci, monsieur, abdiqua Dylan avant de baisser les yeux et de rebrousser chemin.

À son départ, Robert souffla exagérément pour retenir sa nervosité qui commençait à échapper à son self-control.

– Bonjour, je suis vétérinaire. Je me suis dit que je pouvais peut-être vous aider si vous n'aviez pas de médecin sous la main.

Robert toisa l'homme aux mains de bûcheron qui venait de se poster devant son local, une mallette à la main. Un vétérinaire ! Il ne manquait plus que ça dans ce TGV dernière génération qui commençait à ressembler à un vulgaire train de marchandises.

3

L'agression du contrôleur par le jeune homme baraqué eut sur Waafa un effet immédiat. Elle se remit à étouffer. Les cris des passagers, la violence de la chute du contrôleur, le regard halluciné de l'adolescent la plongèrent dans une peur panique. Le train était immobile depuis trois quarts d'heure, les gens autour d'elle de plus en plus nerveux, agressifs. Elle avait envie d'ouvrir ces maudites fenêtres et de respirer l'air vif de cette nuit d'hiver. Pourquoi tout était-il toujours si compliqué pour elle ? *Papa, aide-moi, je t'en prie ! Si tu es encore avec moi, fais-moi un signe. J'ai peur !* Elle priait son père, les yeux clos, la main sur sa vieille photo jaunie. Ses oreilles bourdonnaient, clle distinguait à peine les commentaires des voyageurs sur la panne et la possibilité de rester enfermés dans ce train pendant des heures.

Enfermés. Immobiles. Bloqués.

Ces mots lui enserraient la gorge d'un étau de fer. *Papa, je t'en supplie, aide-moi !* implora-t-elle encore, se penchant vers son sac pour attraper sa petite bouteille d'eau minérale. C'est à ce moment qu'elle découvrit un outil dans son sac. Une sorte de clé carrée qui ne lui appartenait pas. Était-ce cela, la réponse de son père ? Un outil dont elle ignorait complètement l'usage. Elle déposa machinalement l'objet sur ses genoux avant de boire une gorgée d'eau fraîche.

– C'est une clé de Berne ! lui dit le voyageur à ses côtés. Le pauvre contrôleur a dû la faire tomber dans la bousculade. Vous devriez la lui rapporter, il risque d'en avoir besoin avec cette panne.

– Ah, oui… répondit Waafa dans un souffle. Ça sert à quoi ?

– À ouvrir les portes, les fenêtres, les boîtes d'accès à la climatisation… Voulez-vous que je la lui remette ? Vous n'avez pas l'air dans votre assiette. Claustrophobie ?

– Non, non… spasmophilie, avoua-t-elle en buvant de nouveau une petite gorgée d'eau. Je vais lui apporter, cela me fera du bien de marcher.

Et Waafa se leva pour traverser chancelante le couloir de la voiture 5 où, quelques minutes plus tôt, un adolescent avait agressé le contrôleur. La voiture 4 quant à elle avait des allures de QG de grève. Ne tenant plus en place dans un TGV immobile, les gens se rendaient au bar pour tenter d'obtenir des informations. Assis sur les tables, par terre, encombrant l'allée centrale, les voyageurs s'étaient très vite amassés autour de la jeune serveuse qui faisait ce qu'elle pouvait pour calmer les tensions.

Waafa tenta de se frayer un passage, suffoquant de plus en plus au milieu de ces inconnus en cage assoiffés de nouvelles fraîches.

"Mais où est le contrôleur ? On dit qu'il a été agressé !"

"Est-il le seul responsable dans ce train ? Et vous mademoiselle, êtes-vous seule ?"

La pauvre serveuse répondait patiemment, tentant de garder le contrôle et d'éviter la panique générale.

– Oui, nous avons une équipe réduite ce soir, mais ne vous inquiétez pas, le contrôleur va bien. Il va passer vous voir. Je vous en prie, retournez à vos places maintenant !

Mais les gens ne l'écoutaient pas. Ils erraient comme des âmes perdues dans cette voiture-bar qui ne servait même plus à boire. Waafa allait arriver à la hauteur de la serveuse pour lui rendre la clé du contrôleur quand il lui sembla reconnaître un homme. Là, à quelques mètres. C'était impossible. Improbable. Elle se retourna à nouveau pour en avoir le cœur net et distingua cette silhouette particulière qui la glaça d'épouvante. Son bourreau était dans le train. Petit, sec, avec un regard agressif. Celui qui avait blessé son corps d'enfant avait embarqué dans le même TGV qu'elle. Elle pressa le pas immédiatement. Un réflexe. Elle voulait fuir au plus vite, éviter qu'il ne la reconnaisse. Elle fila vers les premières classes, fendant à coups d'épaule cette masse opaque de voyageurs à la dérive. *Pas lui. Pas dans ce train. Papa, c'est ça que tu voulais me dire ? Il est dans ce train !*

– Oh, mon Dieu, murmura-t-elle en courant droit devant elle, percutant de plein fouet un voyageur sur son passage.

– Mademoiselle, vous avez fait tomber vos lunettes ! lui dit-il.

Elle se retourna et croisa le regard qu'elle aurait tant voulu oublier. Il lui sembla même qu'il lui avait souri.

– Mademoiselle, insista le passager ! Vos lunettes !

Mais Waafa n'entendait rien d'autre que son cœur effrayé. Elle courait, traversant une à une les voitures à la recherche d'un lieu sûr, dans cet espace flou dont elle ne distinguait plus que de vagues silhouettes. Voiture 3, voiture 2, voiture 1. Aucune issue possible, aucun refuge dans ce monde inconnu désespérément clos et immobile. Elle arriva en bout du train. Une impasse. Le wagon de première classe était bondé. Impossible de s'asseoir. Elle fit marche arrière et retourna s'enfermer dans les toilettes de la voiture 1. Haletante, elle s'effondra à nouveau sur l'abattant des cabinets, le sac sur les genoux, toute recroquevillée.

– Papa, reviens ! Papa ! dit-elle en suffoquant.

– Ce n'est pas papa, ma chérie. Tu sais bien que ton père est mort. C'est moi, Ahmid. Ouvre-moi, ma belle, je ne te veux aucun mal. C'est étrange qu'on soit dans le même train après tant d'années de séparation. J'ai changé, tu sais…

L'homme était derrière la porte ! Grattant avec ses ongles sales comme autrefois derrière la porte de sa chambre de petite fille. La priant d'ouvrir. L'implorant et puis la menaçant. Rien n'avait changé, tout recommençait. Il allait réussir à entrer. Elle serait terrifiée. Il lui dirait que ses caresses étaient normales, qu'il n'était pas son frère, mais simplement le fils de son beau-père. Que ce n'était pas sale. Qu'il savait très bien qu'elle aimait ces petits jeux amoureux avec lui. Il la menacerait ensuite de la tuer ou de tuer sa mère si elle ne se laissait pas faire, si elle en parlait. Alors, elle exécuterait ses ordres comme autrefois. Un viol. Pourquoi n'avait-elle pas prononcé ce mot quand l'infirmière du collège lui avait demandé pourquoi elle semblait si triste ? "Qu'as-tu, ma petite Waafa ? Tu as des problèmes à la maison ?" Cette femme avait voulu l'aider, elle était allée parler à sa mère, mais Fadoua n'avait rien voulu voir ni entendre. Sa mère avait eu peur du scandale, peur de son conjoint, peur de tout. Elle s'était contentée de demander à Ahmid de laisser sa fille tranquille.

Comment sa propre mère avait-elle osé parler de jeux ? Et Ahmid en retour s'était montré encore plus odieux avec elle, enserrant son cou de ses grosses mains sales. "Je pourrais te tuer en deux secondes, il me suffit de serrer un peu plus les mains. Si tu parles encore une fois à qui que ce soit de nos « affaires », je te tue, Waafa." Il avait dit "nos affaires", cela lui revenait maintenant. Des affaires silencieuses qui se passaient dans la joie paisible du cocon familial, entre les devoirs d'école et les dessins animés.

– Je n'ai plus peur de toi, Ahmid ! hurla-t-elle d'une voix rauque.

Une voix profonde, puissante. Une voix qu'elle n'avait jamais entendue auparavant. Sa voix de femme révoltée.

– Ouvre la porte, ma chérie. On va en parler comme au bon vieux temps.

– Je ne suis plus une enfant.

– Dans ce cas, pourquoi n'as-tu pas porté plainte contre moi ? Allez, avoue, tu as encore peur d'Ahmid. Parce que tu sais qu'Ahmid peut te tuer en deux secondes si tu parles trop.

– Fous le camp ! Je ne sortirai pas d'ici ! Dégage !

– Je vais appeler le contrôleur, ma belle. Il ouvrira la porte et après je n'aurai plus qu'à te rechercher. Facile dans un train aux portes closes. Facile, ma belle. Je suis content de t'avoir retrouvée ! Tu m'as manqué. À tout de suite…

Waafa se releva, devinant que son bourreau était parti à la rencontre du contrôleur. Elle avait maintenant le visage défiguré par la colère. Des yeux exorbités par la rage, la haine, l'envie d'en finir une bonne fois pour toutes. Il fallait agir, réagir. Ne plus se laisser faire. Ne plus jamais accepter qu'il la maltraite. Son père avait raison, il fallait faire face, quitte à en mourir.

Elle inspira profondément et ouvrit la porte d'un coup.

– Aïe ! Ça va pas, non ! Mais… mais je saigne ! Je saigne du nez… gémit la femme sous le choc du coup de la porte venue la percuter violemment.

C'est une malade ! Elles sont toutes complètement folles et hystériques dans ce train… vocifera encore la femme d'affaires qui avait déjà eu la malchance d'être placée à côté d'Indie.

Waafa ne l'écouta pas. Ne s'excusa pas. Elle n'en avait pas le temps. Il fallait qu'elle se cache avant qu'il ne revienne. Elle descendit les marches de la voiture 1 et se retrouva dans une impasse. Les voitures dans le niveau inférieur du train ne communiquaient pas entre elles : elle était bloquée. *Papa ! Aide-moi, je t'en supplie !* Elle repensa à la clé du contrôleur ; une clé qui ouvrait toutes les issues, avait dit le type. Elle fouilla dans son sac, se saisit de l'objet, attendit que le sas d'intercirculation soit désert avant d'insérer la clé dans la serrure. La porte d'accès au train s'ouvrit d'un coup face à la nuit. Elle reçut une violente bourrasque de neige et de vent en plein visage. Cet air givré lui fit reprendre ses esprits. Descendre de ce train bloqué sur une voie enneigée était pure folie. Elle risquait sa vie.

– Waafa, où es-tu ? Waafa, je vais te trouver…

La voix se rapprochait de nouveau. L'ogre était de retour. Juste au-dessus d'elle. Dans l'escalier… Alors, la jeune fille sauta hors du train et referma la lourde porte derrière elle.

4

– TGV 175 ?

– Jeanne, j'écoute.

– Essaie de redémarrer, ordonna le régulateur par radio.

– J'ai trois moteurs HS ! Ça ne sert à rien !

– Essaie quand même. Les moteurs de la rame 2 sont intacts. Ça suffira peut-être. Si tu pouvais au moins quitter le viaduc, ce serait plus simple pour les secours et le dépannage.

– J'ai un tunnel à cinq kilomètres devant moi. Si je passe le viaduc, je risque de me retrouver coincée sous le tunnel. Ce sera encore pire !

– On sait, Jeanne. Mais si tu passes le tunnel, on pourra te faire dévier sur une ligne classique. Ce sera plus facile pour te dépanner et cela libérera le réseau. Je ne te dis pas la panique derrière toi, ton train bloque tout !

– OK. J'essaie et je reviens vers vous.

Jeanne exécuta les ordres du CNO. C'était de la folie, mais son métier était d'obéir et de faire confiance aux régulateurs. Elle tenta de faire décoller son monstre, poussant le manipulateur de traction sur le secteur intensité. Contre toute attente, le train bougea. Un peu. Lentement. À peine, comme une ultime inspiration avant de venir s'échouer de nouveau une centaine de mètres plus loin. Jeanne eut toutefois le temps d'observer l'indicateur du manomètre fléchissant au-dessous des 4 bars. La preuve d'une fuite d'air significative sur la conduite qui alimentait les freins, mais aussi la plupart des équipements fonctionnant à air comprimé. Dans peu de temps, l'ouverture automatique des portes des voitures, l'arrivée d'eau et le système de chasse d'eau seraient hors d'usage. Une accumulation de pannes dues au froid qui lui laissait peu d'espoir de dépannage avant des heures. Elle soupira avant de saisir l'appareil de liaison radio.

– TGV 175. Échec. Ça ne décolle pas. C'était prévisible. Je suis toujours sur le viaduc. Autre mauvaise nouvelle : j'ai une fuite dans le réservoir de la conduite d'air. Tout est condensé sur la rame 1, la rame 2 a l'air de fonctionner.

– Tu as dû heurter un bloc de glace sur la voie,

ça ne m'étonne pas, le baromètre affiche moins dix de ton côté ! Bon, Jeanne, on déclenche la cellule de crise. On t'envoie les secours et les locos de dépannage.

– Combien de temps ? dit Jeanne, sans grand espoir, parfaitement consciente des mauvaises conditions atmosphériques pour un tel déploiement d'urgence.

– Une, deux, peut-être trois heures. Il y a plus d'un mètre de neige ! C'est du jamais vu dans cette région. Il va falloir faire patienter les voyageurs. Tes agents assurent ?

– Ça va. Enfin, Robert est blessé.

– Comment ça, blessé ?

– Il s'est fait agresser par un jeune.

– Manquait plus que ça. L'individu est dangereux ?

– Non, c'est un gosse maladroit, mais Robert souffre.

– Il y a un médecin dans le train ?

– Non. Juste un vétérinaire.

À ces mots, le régulateur interrompit ses instructions d'un bref silence. Puis, il conclut :

– OK. On fait notre possible pour intervenir au plus vite.

Jeanne raccrocha son poste radio et appuya immédiatement sur l'interphone. À sa grande surprise, ce ne fut par Robert qui lui répondit, mais Josy, la jeune femme en charge du bar.

– C'est Josy, Robert est dans les vapes. Le vétérinaire vient de lui injecter une bonne dose d'antalgique. Il s'est fait une entorse au genou.

– Bon, OK. Tu vas prendre sa place. Je veux que tu diffuses un message aux voyageurs. Tu leur dis… qu'on a un problème technique et que le train est en arrêt pour une durée non déterminée. Tu leur demandes de rester à leur place et de ne pas chercher à sortir. Rien de plus.

– OK.

– Josy ? Il se peut que la lumière se coupe intégralement d'ici une heure et que la clim, l'eau et l'ouverture des portes d'intercirculation soient HS. On fonctionne sur les réserves. Alors, avertis Robert et, dès qu'il sera en état, vous devrez passer dans les voitures pour organiser l'attente et éviter la panique générale.

– OK.

– Josy, ça va aller ? s'enquit Jeanne avec douceur.

– Oui, oui, c'est juste que je me sens un peu seule…

– Je sais. Malheureusement, je ne peux pas quitter la motrice, je dois rester connectée avec le régulateur. Appelle Dominique sur la rame

2, il pourra te guider si Robert est KO. Tous les problèmes sont condensés sur la rame 1, c'est du délire !

– OK. Les secours arrivent quand ?

– Je n'en sais rien, Josy. Mais ça risque d'être très long…

Jeanne se sentait inutile, impuissante et seule dans la cabine de pilotage de ce train complètement immobilisé. Une situation stupide, aussi stupide que l'échec de son couple. Alain lui manquait. Elle aurait aimé pouvoir se confier à lui. Elle l'aimait encore. Elle coupa la lumière générale de la rame 1, ne laissant allumées que les veilleuses du train afin d'économiser les batteries. Elle saisit son portable et constata avec dépit que le réseau ne fonctionnait pas. Elle était coupée du monde et coupée de l'homme de sa vie.

5

– Excusez-moi ! Est-ce que quelqu'un aurait de la pommade hémostatique ? avait interrogé la femme d'affaires en pénétrant dans la voiture 1.

Les voyageurs de première classe avaient répondu mollement, mettant un temps fou à sortir le nez de leurs livres, ordinateurs ou dossiers urgents.

– J'ai du coton si vous voulez, avait proposé un vieil homme assez élégant. Mais que vous est-il arrivé ?

– J'ai pris la porte des toilettes dans le nez ! Une jeune furie est sortie violemment et… voilà le résultat. Elle ne s'est même pas excusée. Vraiment les jeunes d'aujourd'hui ! avait-elle dit avant de se rasseoir auprès d'Indie tout en lui jetant un regard noir.

– Oh ! ça va ! C'est pas moi qui vous ai fait ça ! avait répondu Indie en grimaçant.

– Heureusement encore !

Indie à ce moment avait éprouvé un mélange de haine et d'angoisse. Haine pour les gens de sa voiture de première classe, tous concentrés sur leurs ordinateurs ou leurs ouvrages, coincés dans leurs ennuyeuses vies d'adultes exactement comme l'étaient ses parents. Angoisse face à ce phénomène inexpliqué qui ne lui sortait pas de la tête. Elle avait vu une étrange apparition et cette image la hantait : un jeune homme d'une insondable beauté, un regard obscur, froid, impénétrable. Elle n'avait pas rêvé. Le petit garçon l'avait vu lui aussi. Il l'avait même dessiné et lui avait offert son portrait. Indie était donc retournée à sa place, ne cessant de regarder ce dessin comme si un détail allait lui apporter un début de réponse. Et puis le train s'était immobilisé, provoquant une agitation inversement proportionnelle à l'inertie de la machine. Murmures, interrogations, déplacements inutiles, les voyageurs s'étaient comme réveillés dans ce train engourdi. Indie, elle, n'avait pas bougé. Se contentant d'observer avec dédain cette once de panique se déverser dans les longs couloirs étroits des wagons. Puis sa voisine était revenue le nez ensanglanté. Ridicule blessure qui lui permettait de se placer en victime de l'agressivité adolescente. Petite vengeance de l'adulte qui exhibait la preuve d'une jeunesse qui foutait le camp, d'une jeunesse qui s'égarait dans une violence ordinaire. Indie ne put s'empêcher de penser que certains adultes détestaient cette jeunesse tout simplement parce qu'ils l'avaient perdue et enterrée depuis longtemps et qu'il leur était insupportable de se retrouver face à elle en pleine lumière.

Quelques instants plus tard, le train avait tenté de repartir avant de s'immobiliser de nouveau. Les lumières s'étaient éteintes au profit d'une rangée de petites veilleuses de secours. Une femme avait diffusé un message signalant qu'il y avait "un problème technique majeur et que le train était immobilisé pour une durée indéterminée". Depuis, le temps s'était étiré. Chaque minute se transformant en heure et les batteries des ordinateurs s'étaient peu à peu épuisées, laissant les voyageurs se perdre dans une sorte de rêverie forcée. Pour passer le temps, les "voyageurs-travailleurs" s'étaient donc mis à dialoguer. Les commentaires allaient bon train et la rumeur de la possibilité d'une nuit entière coincée dans le TGV commençait à se répandre, même en première classe.

– On devrait peut-être s'organiser ! proposa un homme, tout en se levant dans la demi-pénombre de l'éclairage de secours.

– Si le train reste bloqué, il faudrait réunir des vivres, de l'eau, des lampes de poche, suggéra un autre voyageur. Il y a sans doute pas mal d'enfants dans ce train…

– Justement ! s'insurgea l'unique femme de la voiture 1 à voyager en famille. Vous ne faites qu'inquiéter les petits avec vos propos alarmistes. Laissez le personnel de bord s'occuper de nous !

– Très bien, c'était pour aider, conclut l'homme plein de zèle, se rasseyant avec dépit sur sa bravoure.

– Excusez-moi, mademoiselle, je peux vous emprunter votre ordinateur ? demanda nerveusement la voyageuse à côté d'Indie.

– Pour quoi faire ? répondit l'adolescente sur un ton agressif.

– Je ne supporte pas l'inactivité et mon ordinateur n'a plus de batterie…

– Ah ! Vous voyez, je vous l'avais dit que c'était une antiquité, votre truc. Bon, OK, je vous le prête. Vous avez au moins encore deux heures d'autonomie avec le mien. Je vous laisse, je vais prendre l'air !

Suivant son instinct, elle descendit à l'étage inférieur à la recherche d'un coin tranquille pour fumer le pétard qu'elle s'était préparé avant de partir. *J'en ai bien besoin, avec tous ces tarés et ce train fantôme perdu en pleine brousse !* Par chance, le niveau inférieur était plus calme. Elle tenta d'appuyer sur le bouton de la porte qui, comme par enchantement, s'ouvrit. *Délire !* se dit-elle. *Je croyais qu'ils verrouillaient les accès en cas d'arrêt. J'ai de la veine.* Elle entrebâilla la porte juste assez pour laisser discrètement s'échapper la fumée et ressentir la fraîcheur de la nuit sur son visage. Elle alluma sa cigarette de cannabis avec un plaisir inouï. Cela faisait maintenant six mois qu'elle achetait de la drogue. Au début, elle avait fumé pour se rendre intéressante, pour que sa vie ressemble à quelque chose. Mais ses parents comme toujours n'avaient rien vu et son habitude était très vite devenue une nécessité. Elle en avait besoin désormais. Surtout quand la vie lui prenait la tête comme ce soir.

– C'est bon ? Ça fait du bien ?

Indie se retourna d'un coup. Surprise par cette personne dont elle ne percevait que la silhouette mais qui visiblement ne lui voulait pas de mal. Grand, mince, un homme, plutôt jeune.

– Ouais, je n'en pouvais plus d'être enfermée. Je commence à en avoir ma claque de ce train pourri ! dit-elle au jeune homme qui restait à distance. Tu en veux une taf ?

– Pourquoi pas… répondit l'inconnu en s'avançant vers elle très lentement.

Jolie voix ! constata Indie. *Peut-être que je vais enfin faire une rencontre originale*, pensa-t-elle en fermant les yeux pour s'imprégner de cette idée. *Une belle histoire d'amour avec un inconnu !* Pourtant, quand elle rouvrit les yeux, ce ne fut pas une romance qui l'attendait, mais le pire des cauchemars. Le type était face à elle et, sans lui laisser le temps de réagir, il enserra sa gorge et plaqua son autre main sur sa bouche pour l'empêcher de crier. Indie le regarda avec effroi, la bouche grande ouverte sous des mains gantées de cuir.

– Calme-toi ! Je ne te veux pas de mal. Je veux juste t'offrir ta nuit de liberté, ma belle. Tu verras, le monde est beau, surtout sous la neige…

Puis, d'un coup de botte, il ouvrit en grand la porte du train ; une bourrasque les fit vaciller. Indie le supplia du regard. Le jeune homme prit le temps de la laisser imaginer le pire. Il lui caressa la joue, la gorge, lui sourit avant de la précipiter violemment à l'extérieur comme un vulgaire déchet et de refermer la porte.

Indie resta un long moment allongée dans la neige, le souffle coupé. Complètement tétanisée, elle se mit en chien de fusil pour chasser de son cerveau cette image qui la hantait. Incapable de mouvement ni de réaction, elle laissa la neige la recouvrir d'un linceul blanc. Elle n'avait pas rêvé. C'était lui ! Le garçon qu'elle avait vu dans l'autre train. Le fantôme que le petit garçon avait dessiné. Ce regard profond. Il lui voulait du mal. Il voulait qu'elle meure, seule dans le froid. Et les pensées d'Indie finirent par réenclencher son instinct de survie. Son corps reprit mouvement. Elle releva la tête, ouvrit les yeux et découvrit ce paysage uniformément blanc, brumeux et sans vie. Elle tenta d'évaluer la situation. À sa droite, le gigantesque train immobile, presque privé de lumière, à sa gauche : le précipice. Elle se trouvait sur un pont ! Un large pont qui semblait se perdre dans un horizon infiniment obscur. *OK, OK, OK ! Indie ! Il faut rentrer dans le train sinon tu vas crever !* se dit-elle pour tenter de reprendre le contrôle sur son esprit. Mais ses déplacements demeuraient flous, vagues, pesants. *Pourquoi j'ai fumé cette merde ? Je ne sais même pas si ce que je suis en train de vivre est réel ou irréel.* Le vent lui fouettait les joues, la neige pénétrait ses yeux, sa bouche, ses narines. Elle ne percevait rien dans cette nuit brumeuse, rien d'autre que le regard de son agresseur qui la toisait derrière les vitres du train. Son image se multipliait. Le fantôme s'était métamorphosé en une rangée de fantômes, des dizaines de visages impassibles qui la menaçaient de toutes parts derrière chaque vitre. L'image sérielle du fantôme lui indiquait d'un petit signe de doigt qu'il ne la laisserait pas pénétrer dans le train. Alors, la jeune fille se mit à courir le long de la voie. Agitée de spasmes, la respiration courte, elle courut pour échapper à ce cauchemar. Mais plus elle courait, plus le fantôme la devançait. D'une voiture à l'autre, il la menaçait de son insondable sourire. Il voulait qu'elle meure seule sous la neige ! Indie précipita sa course le long de la machine et, dans la panique, vint chuter sur une butte de givre, se blessant sévèrement la cheville.

– Ahhh ! Aïe ! Aïe ! Au secours ! Je vous en prie ! Aidez-moi !

Mais ses cris furent aussitôt emportés par une bourrasque. Personne à l'intérieur du train ne pouvait l'entendre. Personne même n'aurait pu imaginer à ce moment précis qu'une jeune fille avait pu s'échapper du TGV. Elle allait mourir, seule, sur une voie de chemin de fer enneigée. *Papa, maman ! Aidez-moi !* pria-t-elle tout en constatant sur l'écran de son téléphone portable qu'elle n'était plus reliée à aucun réseau. Elle était seule désormais face à une mort précoce.

Alors, recouverte de neige, elle pleura avec rage puis avec regret avant de céder au désespoir. Elle se laissa happer par la nuit. Immobile, le regard tourné vers un ciel sans étoiles ; un long cri déchira sa poitrine.

– Aidez-moi !

Un hurlement sauvage, primitif, un ultime SOS que la nuit dévora d'une traite. Tétanisée par le froid, la peur et sa souffrance à la cheville, elle se mit alors à sangloter comme une toute petite fille.

6

Zimri avait fini par se sentir tout à fait à l'aise avec son voisin voyageur. Depuis le début du trajet, il en avait appris un sacré rayon sur la sexualité. Alloïd lui avait expliqué toutes les images de la revue pornographique sur un ton très professoral, sachant garder la distance suffisante pour ne pas le mettre mal à l'aise. Et quand le train était tombé en panne, il avait su le rassurer, lui affirmant qu'ils ne risquaient rien et qu'il fallait savoir s'adapter aux aléas de l'histoire. Le vieux professeur lui avait même proposé de boire quelques rasades d'alcool, extraites d'une fiole militaire qu'il dissimulait dans la poche intérieure de sa veste. Zimri avait accepté, recraché la vodka, puis s'était finalement habitué à ce violent breuvage qui lui brûlait la gorge, mais le rendait plus léger.

– C'est bien ! Tu es un homme maintenant ! Tu aimes l'histoire, n'est-ce pas, Zimri ? avait demandé le vieux professeur sur un ton qui n'appelait pas de réponse négative.

– Oui, oui. Je préfère la géo, mais l'histoire c'est sympa, avait-il gloussé dans un hoquet.

– Sympa !?

– Enfin, c'est intéressant, avait-il précisé pour rassurer son interlocuteur.

Et Alloïd s'était alors lancé dans un cours d'histoire sur la Seconde Guerre mondiale. Un exposé des plus ennuyeux, mais qui, l'alcool aidant, intéressa Zimri. Il constata que finalement il n'en savait pas plus sur le nazisme et la souffrance du peuple juif que sur les choses de l'amour. *Ce mec en connaît un rayon*, se dit-il. *Quelle veine de l'avoir rencontré !* C'est au moment où le train fut plongé dans le noir total que les choses prirent une tout autre tournure. Était-ce l'effet de l'alcool ? Zimri n'aurait su répondre, mais insidieusement les propos du professeur glissèrent, laissant découvrir une autre face de sa personnalité. Son cours théorique se métamorphosa en diatribe, dénonçant la faiblesse des armées étrangères face à la puissance des forces hitlériennes. Une zone obscure que le jeune Zimri n'avait auparavant pas perçue dans la personnalité de l'inconnu.

– Tu entends comme les gens paniquent dès qu'il fait noir. Écoute bien, Zimri. Tu les entends ?

Zimri, pas très rassuré par la soudaine obscurité, tenta tout de même de se concentrer sur les bruits alentour. Il perçut les pleurs des bébés et une succession de commentaires en cascades ; les gens paniquaient :

– J'ai peur, maman !

– Est-ce que quelqu'un aurait une lampe de poche ? Un briquet ? Je suis claustrophobe… Je me sens mal.

– Mais que fait le contrôleur ! Il paraît qu'il va passer dans les voitures pour nous tenir au courant.

– Je déteste cette panique ! L'homme qui garde son sang-froid ne peut que mépriser les gens qui se plaignent comme des bébés. Est-ce que toi et moi nous plaignons de la situation, mon garçon ?

– Non, m'sieur, avait répondu Zimri dans un autre hoquet.

– Et tu sais pourquoi ?

– Non, m'sieur.

– Parce que nous sommes des êtres supérieurs.

– Ah, bon… Moi aussi, m'sieur ?

– Toi aussi, mon garçon ! Et c'est pour cela que nous devons quitter au plus vite cette voiture de mauviettes.

– Mais pour aller où ? avait demandé le garçon, très inquiet à l'idée de s'aventurer dans le train fantôme avec le professeur.

Sa mère lui avait clairement ordonné de ne pas quitter sa place quoi qu'il advienne. L'homme alluma son briquet. La flamme positionnée sous son visage lui donna un air effrayant.

– Dans mon bureau ! dit-il dans un rire guttural.

Il saisit fermement la main de Zimri qui commença à se sentir sérieusement en danger.

– Je ne sais pas, m'sieur. C'est peut-être mieux de rester là…

– Tu es un être supérieur, crois-moi ! Tu dois juste me faire confiance…

Sans lui laisser le temps de réfléchir, le vieil homme l'entraîna dans sa fuite, lui enserrant fermement le poignet. Ils traversèrent ainsi plusieurs voitures. Certaines étaient éclairées par la lumière des téléphones portables, d'autres par des lampes torches de fortune. Une femme avait même ouvert le cadeau de Noël de sa fille, une veilleuse en forme de canard, pour apporter un peu de lumière alentour. Une atmosphère de panique régnait un peu partout et Zimri ne savait plus trop s'il devait mordre Alloïd pour lui échapper et regagner bien sagement son siège, ou faire confiance à ce singulier professeur qui lui avait promis un abri loin de l'agitation des voyageurs apeurés. Zimri manquait de repères. D'habitude sa mère le guidait, lui rabâchant jour après jour ce qui était bien, ce qui était mal, ce qu'il convenait de faire dans telle et telle situation. Cette fois, tout était différent. Il devait se laisser guider par son propre jugement et cette situation de crise ne lui facilitait pas la tâche. Après quelques minutes de marche dans les couloirs encombrés, Alloïd le guida à l'étage inférieur de la voiture 1. Un espace étrangement désert face à la porte de sortie. Alloïd fouilla la poche intérieure de sa veste et en sortit un outil. Une sorte de clé à embout carré qu'il inséra dans la serrure.

– On ne va pas sortir ? demanda Zimri déjà glacé par l'air extérieur.

Le professeur avait ouvert la porte et, tel un aigle, traquait une piste dans cette nuit hostile, le nez pointé vers l'horizon.

– C'est interdit, le message de tout à l'heure disait de ne surtout pas chercher à sortir, que c'était dangereux…

– Fais-moi confiance, Zimri ! Tu es entre de bonnes mains. On m'appelait "l'homme de fer" au bloc 14. Je sais faire face aux situations de crise.

Et le professeur l'entraîna fermement vers l'extérieur, refermant la porte sur eux. L'adolescent, qui n'avait pas pris son manteau, se mit à grelotter de la tête aux pieds. La neige lui fouettait violemment le visage. Il ne distinguait rien, le nez enfoui dans son sweat-shirt. Rien que quelques lumières scintillant en bout de rame comme la promesse d'une fin heureuse.

– Regardez ! Il y a encore de la lumière dans l'autre rame. C'est là que sont mes parents. Je pourrais peut-être les rejoindre !

– Tiens ! Bois un coup, mon garçon, je n'en ai pas pour très longtemps, précisa Alloïd, lui tendant la fiole d'alcool sans même détourner la tête de son ouvrage.

Zimri but une lampée d'alcool. Le vieil homme ne l'écoutait plus, complètement absorbé par sa tâche. Il tentait visiblement d'ouvrir une soute extérieure, juste sous la voiture 1. L'adolescent, un peu ivre, hésitait. *Cours et va rejoindre tes parents ! Ce mec est dangereux. Ne reste pas planté, Zimri, cours, bon sang !* lui hurlait une petite voix intérieure. Alors Zimri se mit à courir maladroitement, s'enfonçant dans la neige pour venir chuter quelques mètres plus loin. Le vieil homme le rattrapa sans ménagement, l'attrapant par la capuche pour le traîner vers la soute qu'il avait réussi à ouvrir.

– *Was ist das*[1] *!* vociféra Alloïd en allemand. Tu

1. "Qu'est-ce que c'est que ça ?"

veux t'enfuir comme tous ces lâches qui refusent leur destin.

– Je préfère retourner avec mes parents, monsieur. J'ai peur…

– Peur ? reprit Alloïd, toisant soudain Zimri d'un regard haineux.

En réponse, le professeur le gifla violemment avant de le faire pénétrer de force dans la soute. Zimri tenta tant bien que mal de se débattre, mais Alloïd sortit un pistolet de sa poche et pointa son arme sur sa tempe.

– Si tu cherches à t'échapper, je te tue. Si tu cries, je te tue. *Verstanden*[1] ?

Horrifié, les mains en l'air, Zimri s'enfonça dans l'obscurité de la soute, suivi par le professeur qui s'apprêtait à refermer la porte quand ils entendirent des gémissements. Quelqu'un appelait au secours quelque part dans cet océan de neige.

– Tu entends, petit ? Quelqu'un a voulu s'échapper comme toi… Il ne faut jamais chercher à fuir son destin, dit-il avant de refermer la porte.

– Quelqu'un va mourir dehors ! Il faut l'aider, Alloïd !

– Appelle-moi *Her Kommandant* !

1. "Compris ?"

Zimri comprit que le type était fou, qu'il n'était pas russe mais allemand et que visiblement il se prenait pour un soldat SS. Son petit cours d'histoire sur la Seconde Guerre mondiale n'était pas un hasard.

Il lui avait rafraîchi la mémoire volontairement pour que Zimri sache parfaitement ce qui l'attendait et qu'il en soit d'autant plus effrayé. Zimri était juif, Alloïd se prenait pour un SS ; la suite de l'histoire ne pouvait être que tragique. Il était seul désormais, enfermé avec un fou sanguinaire armé, dans un espace désert que personne ne visiterait avant l'arrivée du train. Il se mit à pleurer. Des pleurs spasmodiques, incontrôlables, son corps ne répondait plus, son esprit avait dépassé la frontière de la peur pour franchir le sas de l'horreur pure. Il fut pris de haut-le-cœur et vomit contre la paroi d'acier et les bouteilles de soda entassées.

– Ton arrière-grand-père était plus courageux que toi ! persifla Alloïd.

– Vous… vous… vous avez connu mon…

– Exact. Mais ne m'interromps pas ! C'était une vermine de ton espèce, un Juif lui aussi, mais… il faut admettre qu'il a fait preuve d'un certain courage quand il a assommé d'une barre de fer le chef du bloc 13 pour permettre à ta grand-mère de s'échapper d'Auschwitz. Il l'a tué sur le coup. Le major Karl était mon meilleur ami. Ma peine fut immense. Ton arrière-grand-père s'appelait Jonas Fejkiel.

– Je… je ne savais…

– *Ruhe*[1] ! On va bien voir si tu es aussi résistant que Jonas. Tu sais qu'il est resté vingt-quatre heures sous la neige avant de mourir. Tel était mon châtiment et il l'a supporté. Enfin, presque… conclut-il en riant.

Zimri était terrifié. La voix à l'extérieur se fit de nouveau entendre comme une mélodie ténue au violon.

Quelqu'un gémissait, appelait au secours, se rapprochait du train.

– Ah ! Encore des pleurnicheries ! hurla le soldat SS. Sans doute un nouvel arrivage…

– Mais vous êtes complètement malade ! Nous sommes en France et la Seconde Guerre mondiale est terminée depuis plus de cinquante ans !

– Pour qui a connu la guerre, petit, elle ne s'achève jamais. Elle reste gravée là, ajouta le soldat nazi en pointant son index sur sa tempe. Crois-moi, il y a de quoi devenir fou… même pour un SS.

1. "Silence !"

L'homme avait à présent des allures fantomatiques. Un visage cadavérique, une peau ridée à la limite de la putréfaction. Zimri se pinça plusieurs fois les cuisses pour s'assurer qu'il ne rêvait pas. Malheusement, il ne rêvait pas. Il se trouvait bien face à un fou qui se prenait pour un soldat SS ou face à un fantôme de soldat SS tout droit sorti d'Auschwitz. Dans les deux cas, Zimri ne donnait pas cher de sa peau. Persuadé qu'il allait mourir et faisant preuve d'une soudaine maturité, il eut le courage d'affronter son ennemi.

– Très bien, tuez-moi, mais portez au moins secours à la personne qui appelle à l'aide dehors.

– Ah ! Ça y est ! Tu te reprends enfin ! Tu te montres digne de ton aïeul ! Je suis fier de toi, Zimri ! La réponse est… non ! On va attendre qu'elle crève de froid et après, je m'occuperai de toi. Il fait moins dix dehors, ça ne devrait plus être long maintenant ! précisa-t-il avec perversité avant d'armer son pistolet et de le pointer de nouveau vers l'adolescent. Si tu veux, je te tue tout de suite, mais cela ne me fera pas changer d'avis.

Zimri ne bougea pas, grelottant de froid, les mâchoires serrées. Il n'avait pas d'autre choix que d'accepter la folie de ce cauchemar. Tout en maintenant son arme pointée vers lui, le soldat nazi se mit à fredonner une vieille chanson allemande. Zimri tenta de se concentrer sur les gémissements de la femme à l'extérieur, mais très vite, il n'entendit plus rien. Rien que ce chant nazi dans la soute glaciale d'un TGV dernière génération.

7

– Il n'y a plus d'eau ! Et les toilettes sont bouchées. Ça pue, c'est une horreur !

– Il ne doit plus y avoir de chauffage non plus, on se gèle !

Les informations se répandaient de plus en plus vite dans le train plongé depuis plusieurs heures dans le noir total.

– Il faut agir ! claironna un homme à moustache, éclairé à la lueur d'un baladeur MP3. Je propose qu'on collecte l'eau, les vivres, les couvertures, les gants. Apportez tout ce que vous avez à l'avant et nous veillerons à ce que tout le monde aille bien dans cette voiture ! Je suis pompier, j'ai l'habitude des situations de crise.

En voiture 6, les secours commençaient enfin à s'organiser. Cela faisait maintenant trois heures que le train était en panne et il fallait bien admettre que l'équipe technique les avait complètement abandonnés. Mais certains voyageurs, ceux que Robert Jean avait classés dans la catégorie des “Au cas où”, avaient bien du mal à partager leurs vivres.

– C’est tout ce que vous avez ? interrogea le pompier qui avait commencé sa collecte auprès des voyageurs.

– Oui, je n’ai que ce paquet de gâteaux, reprit sèchement une femme. Je préfère garder mon thermos de chocolat chaud pour mon fils.

— Il y a d’autres enfants dans cette voiture, madame. Il faut partager, insista l’homme.

– Bon, très bien, reprit la femme sur un ton agacé.

– Et dans vos cadeaux de Noël, vous n’avez pas de manteaux, des gants, des couvertures qui pourraient nous être utiles ? poursuivit le pompier.

– Je ne vais quand même pas ouvrir mes cadeaux ! répondit la femme, outrée.

– Elle a raison ! s’insurgea un autre homme. Commençons par collecter ce que nous avons, il n’est peut-être pas nécessaire de foutre en l’air notre soirée de Noël. On vit déjà une nuit de galère !

– Très bien, reprit le pompier. Que chacun donne ce qu’il veut. Et toi, jeune homme, tu as de l’eau, des vivres ?

– Non, non, non, je n’ai rien, répondit

nerveusement Virgil qui ne cessait de se frotter les mains sur son pantalon. C'est vrai qu'il n'y a plus d'eau au robinet ?

– Oui, la conduite d'air a dû être touchée, répondit le pompier.

– Il a une bouteille d'eau dans son sac ! dénonça soudainement son voisin de voyage, comme pour se venger de ses incessants allers et retours qui l'avaient dérangé dans sa lecture.

– J'en ai besoin ! reprit immédiatement Virgil, agrippant son sac comme un objet précieux.

– Allons, jeune homme. Tu auras à boire, ne crains rien, c'est juste qu'il va falloir nous rationner pour que tout le monde soit servi, poursuivit le pompier avec sang-froid et gentillesse.

– Je ne peux pas… je dois me laver les mains… souvent… c'est une maladie.

– TOC ? interrogea le pompier.

– Oui. Il faut me laisser tranquille… Vous entendez ! Il ne faut surtout pas m'empêcher de me laver les mains. Ça peut être dangereux…

Virgil commençait à délirer sévèrement, tiraillé par la peur de se voir supprimer sa petite bouteille d'eau. Une goutte d'espoir qu'on tentait de lui ôter et qui le précipita dans une crise de panique. Il s'était brusquement levé, enserrant son sac rageusement.

– Il ne faut pas m'en empêcher ! Jamais ! Vous entendez ? C'est interdit ! Dangereux ! Laissez-moi tranquille !

Face à la panique du jeune garçon, le pompier le laissa passer, tentant malgré tout de le calmer.

– OK, jeune homme. Pas de soucis… Garde ton eau.

– Alors lui, il peut garder son eau et moi vous m'avez forcé à offrir mon chocolat ! se plaignit la mère de famille dans le fond du wagon.

Les voix fusaient dans l'obscurité malsaine. Chacun pensait à défendre sa peau et le pompier qui avait l'habitude de gérer les accidents de la vie peinait à contenir l'énervement collectif.

– Ce jeune homme est malade. Contrarier une personne souffrant de TOC et de plus plongée dans le noir total reviendrait à balancer une grenade dans cette voiture. Faites-moi confiance, nom de Dieu ! Je suis pompier, mon métier est de vous protéger !

Les commentaires irascibles des voyageurs le poursuivirent, mais Virgil n'écoutait plus. Il se bouchait les oreilles, progressant dans le noir à grandes enjambées. Il ne pensait qu'à fuir ce wagon, se sentant démasqué, identifié et pointé du doigt comme un jeune homme “malade”, “dérangé psychologiquement”. *Ils se moquent de moi ! C'est toujours pareil ! Ils ne se fient qu'aux apparences*, pensa-t-il en quittant la voiture 6 comme un voleur. Il remonta à l'étage, enjambant des voyageurs amassés dans les couloirs d'intercirculation. Les dizaines de lumières blanches provenant des téléphones cellulaires, les corps informes entassés n'importe où, l'odeur putride des toilettes bouchées projetèrent le jeune homme dans les limbes de son esprit fragile. Il eut soudain l'impression de marcher sur un liquide poisseux, une marée noire, gluante. *C'est dégoûtant !* se dit-il dans un haut-le-cœur. *La peur des gens est perceptible. Elle va me contaminer. Elle va me tuer…* Son obsession des microbes l'envahit de nouveau, il fallait qu'il se lave les mains, maintenant, tout de suite. Il ouvrit son sac, en sortit sa bouteille d'eau qu'il déversa entièrement sur ses mains. *Ça va aller, ça va aller !* se dit-il en frottant hystériquement ses phalanges.

Non, ça ne va pas aller, Virgil ! Tu recommences ! Tu vas encore agresser quelqu'un parce que tu es un être dangereux, méchant, un mauvais garçon !

La voix féminine et acariâtre lui martelait les tempes. Elle était là elle aussi, dans ce train, à sa poursuite. Elle allait de nouveau faire de lui un monstre, le pointer du doigt devant cette foule de voyageurs hystériques.

Tu n'as plus d'eau, les microbes vont te ronger, Virgil, te bouffer ! Bien fait pour toi !

– Taisez-vous ! Je suis malade ! Je vous l'ai déjà dit ! Il ne faut pas m'interdire de me laver les mains ! hurla-t-il en se bouchant les oreilles.

– Oh ! il est dingue lui ou quoi ? lança une voix dans la pénombre. On s'en fout que tu te laves les mains. De toute façon, il n'y a plus d'eau !

Virgil n'entendit même pas la voyageuse, seule lui parvenait la voix de son ancienne prof de lettres qui le harcelait.

Plus d'eau ! Plus d'eau ! Plus une goutte d'eau, Virgil !

Elle le martyrisait. Elle voulait lui faire perdre raison comme elle l'avait fait un an auparavant au lycée, quand elle lui avait interdit de se rendre aux toilettes. Il l'avait suppliée, les autres élèves s'étaient moqués de lui et Virgil avait perdu la tête. Il avait sorti son couteau, il l'avait menacée de son arme, lui écorchant au passage la veine jugulaire. C'était un accident, rien de plus. Une incompréhension.

Tu es un sale type, Virgil Levasseur ! Un malade ! Et j'ai bien fait de porter plainte contre toi.

– Laissez-moi ! Vous n'êtes pas réelle. Vous

n'êtes pas dans ce train ! hurla-t-il en poursuivant sa course à la recherche d'une issue.

Il voulait s'échapper, sortir de ce TGV, retrouver la solitude qu'il aimait tant. *Du calme, Virgil, respire, respire*, se dit-il en parcourant à l'aveugle les longs couloirs jonchés de voyageurs.

– Aïe ! Faites un peu attention !

– Où allez-vous comme ça ?

Virgil n'entendait plus. La réalité lui avait complètement échappé. Il était en tête à tête avec celle qui avait gâché sa scolarité, celle qui lui avait fait honte devant sa grand-mère, celle qui lui avait valu d'être projeté en page centrale du journal régional avec une photo de lui entre deux gendarmes et cette légende monstrueuse : "Un adolescent tente de poignarder son professeur." Il n'avait pas voulu lui faire du mal, juste lui faire peur pour qu'elle accepte de le laisser aller se laver les mains. C'était tout ce qu'il voulait, mais le juge n'avait rien voulu entendre et lui avait collé deux mois d'enfermement dans un centre de détention pour mineurs.

– Je dois me laver les mains ! Vous comprenez ? Me laver les mains ! cria-t-il en pénétrant comme un cow-boy dans la voiture 7. Il me faut de l'eau ! Donnez-moi de l'eau ! dit-il en sortant son couteau de sa poche.

– Oh, mon Dieu ! Il a un poignard ! hurla une femme.

Sous les cris de panique et les hurlements stridents des enfants, Virgil s'approcha de certains passagers éclairés par leurs timides lumières de fortune. Peu à peu, les gens lui tendirent spontanément des bouteilles, tétanisés par la violence du jeune garçon. Un silence de plomb finit par envahir la voiture 7, traversée par la respiration haletante de Virgil. Un souffle court, suffocant, rauque. Une bête sauvage poursuivie par une voix démoniaque.

– Laissez-moi ! Je ne veux plus vous voir ! Vous n'êtes pas réelle ! J'ai payé pour ce que j'ai fait, vous devez me laisser tranquille ! hurla-t-il en traversant le couloir, s'agitant comme un dément sous la menace de fantômes.

Virgil enfourna les petites bouteilles d'eau dans son sac à dos et se mit à courir. Il voulait fuir. Échapper à cette déferlante de peur, au souvenir de ce tragique incident. Fuir ses cauchemars d'enfant, ce train, ces TOC, cette vie qu'il ne supportait plus et cette voix dans sa tête qui le condamnait à un destin minable. Il quitta la voiture 7, laissant derrière lui une houle de colère, de frustration et de peur.

– Il faut prévenir le contrôleur ! Ce type est fou !

– Maman, j'ai peur ! Il avait un couteau, il aurait pu nous tuer !

– Ne tentons rien, restons calmes et attendons sans paniquer le passage du contrôleur, conseilla un autre voyageur qui obtint visiblement l'approbation générale, car personne ne bougea.

Personne, excepté Dylan Barral, qui s'élança discrètement sur la piste du jeune fou au couteau.

8

Après avoir apporté ses papiers au contrôleur, Dylan était retourné bien sagement à sa place. Privé de sa liaison internet, il avait largement eu le temps de réfléchir à sa méprise. Certes, il avait commis une grossière erreur, confondant le contrôleur avec la Licorne, mais cela ne signifiait nullement que le criminel n'était pas dans le train. Aussi était-il resté sur ses gardes. Il n'avait pas rêvé : le type qu'il avait vu ressemblait trait pour trait à Gaspar Sullivan. Il regrettait simplement de ne pas avoir reçu davantage d'informations sur lui avant que sa liaison Internet ne soit interrompue. Ce maudit train planté en rase campagne l'enfermait à double tour dans ses doutes et Dylan détestait se sentir en position de faiblesse. Ainsi son instinct de jeune limier avait-il très vite repris le dessus et il avait vécu toutes les pannes techniques du TGV avec une attention de lynx. Il guettait le moindre cri, avec la ferme intention d'agir si la Licorne réapparaissait. Mais le destin lui avait réservé une petite surprise. Ce ne fut pas un serial killer qui surgit dans sa voiture mais un délinquant de son âge, le poignard à la main. Du fond de son siège, il avait alors assisté à la scène en silence, laissant sa colère envahir chaque parcelle de son corps. *Je vais me le faire. Cette fois, je ne louperai pas ma cible !* C'était plus fort que lui, il se sentait l'âme d'un justicier. *C'est l'occasion de me racheter*, se dit-il. *Une seconde chance !* Il vit dans l'incident l'occasion de reprendre du crédit aux yeux du contrôleur et plus sérieusement à ceux de son père, qui ne lui pardonnerait pas son acte manqué. Cette fois, il ne se tromperait pas. Impossible. Le délinquant avait menacé un wagon entier avec une arme, son arrestation serait vécue comme un soulagement général et Dylan sortirait blanchi de ce train de folie, en héros et non en voyou. Le type n'avait pas l'air bien costaud. Il l'avait regardé de biais lorsqu'il était passé devant son siège. *Un drogué !* avait-il conclu, tout en subodorant que certaines drogues devaient provoquer de telles obsessions, ce qui suffisait selon lui à expliquer son comportement agressif. *Ce sera facile*, se dit-il. *Le mec ne fait pas le poids.* Aussi, dès que le fou au couteau s'était échappé, il avait filé vers sa valise pour se munir du cadeau de Noël qu'il avait acheté à son père. Un vieux pistolet à barillet pour balles à broche. Un Gardian américain de 1878 à six coups qu'il avait dégoté sur Internet et reçu par la poste en 48 heures chrono.

Il ôta l'arme de sa boîte et la glissa discrètement dans son ceinturon. Quelques minutes plus tard, il était en poste devant la porte des toilettes de la voiture 8. C'était là qu'était entré le type, c'était là qu'il comptait le maîtriser. L'attente fut longue, mais Dylan se sentait prêt. Le téléphone portable dans une main en guise de lampe, le pistolet dans le ceinturon : il était équipé, paré pour l'intervention et cette fois il n'y aurait pas d'erreur. L'arrestation devait être parfaite, à la hauteur de celles que menait son père. Dix minutes, quinze minutes passèrent ainsi sans mouvement. Dylan finit par se demander si le type au couteau n'avait pas fait une connerie. Se poignarder dans les toilettes par exemple. Pour en avoir le cœur net, il prit une petite voix d'enfant et frappa doucement à la porte.

– Excusez-moi ! Je dois aller aux toilettes !

Pas de réponse.

– Je dois me laver les mains, c'est urgent !

À cet instant, Dylan se dit qu'il frôlait le génie. Utiliser le point faible du criminel pour le piéger était une technique pointue. Une vieille ruse qu'il avait pu retrouver dans de nombreux témoignages d'anciens policiers et le résultat qu'il obtint le plongea à nouveau dans un excès de confiance. Il se sentit pousser des ailes héroïques.

– Une minute, petit. J'en ai encore pour une minute, lui répondit le drogué au couteau, claquemuré dans les toilettes.

Et Dylan se remit aussitôt en position d'attaque. Il l'attendait. Quelques secondes plus tard, il perçut le petit "clic" du verrou, la porte s'entrouvrit et il bondit sur le délinquant avec une force inouïe, reproduisant le même placage au sol qu'avec le contrôleur.

– Alors, connard ! On fait moins le malin ! hurla-t-il, étranglant à moitié Virgil qui n'opposa aucune résistance. Où est ton couteau ? Donne ton poignard ou je te fais sauter la cervelle ! lui dit-il en armant son arme sur sa tempe.

– C'est bon… je me rends ! C'est OK ! Mon couteau est dans ma poche.

Dylan le fouilla sans ménagement et trouva effectivement un petit canif dans la poche de son manteau.

– Et le poignard ? Où tu as foutu ton poignard ?

– Je n'ai pas de poignard… C'est un canif que m'a offert mon père pour aller chez les scouts quand j'avais six ans.

Déçu de cette faible prise et toujours sous l'emprise de son euphorie justicière, il retourna le jeune d'homme d'une seule main. Le garçon sanglotait comme un enfant, le visage livide, les yeux rougis. Ses traits froissés, creusés et accentués par la lumière de son cellulaire laissaient deviner qu'il pleurait ainsi depuis un bout de temps. *C'est pour cela qu'il est resté si longtemps dans les toilettes. Pour chialer !* en déduit Dylan avec dépit. Une fois de plus, rien ne se passait comme il l'avait prévu. À sa grande surprise, le jeune homme se moquait éperdument de l'arme pointée sur sa tempe. Il semblait ailleurs, dans une autre histoire qui visiblement le faisait souffrir.

– C'est… c'est de ma faute. J'avais les mains sales et… Ils sont morts.

– Qu'est-ce que tu m'embrouilles. Qui est mort ? persifla Dylan en resserrant sa prise.

– Mes parents… Si je n'avais pas eu les mains tachées de chocolat, on ne se serait pas arrêtés sur l'autoroute et le camion n'aurait pas percuté la voiture quelques minutes plus tard… Si je ne m'étais pas lavé les mains, ils ne seraient pas morts…

Et le jeune homme s'effondra de nouveau en sanglots, plongeant Dylan dans une situation absurde : il menaçait de son arme un délinquant complètement insensible à la menace immédiate. Pris de spasmes profonds, Virgil enfouit son visage dans ses mains, laissant découvrir l'un de ses poignets en sang.

– Arrête de chialer ! On ne me la fait pas à moi ! Arrête de m'embrouiller ou je te tire une balle dans la tronche !

Dylan se sentit fragilisé. La situation, une fois de plus, lui glissait entre les mains. Le jeune homme avait l'air d'un malade plus que d'un dangereux délinquant. Il saignait. Il pleurait. La blessure était peut-être grave. Toutefois, ses lectures lui avaient appris que les criminels étaient souvent de sublimes comédiens. Aussi prit-il la décision de le maintenir en joue, le temps de réfléchir à la situation. Malheureusement, le hasard de la vie vint interrompre ses doutes existentiels de justicier en herbe.

– Je suis le contrôleur de ce train ! Que se passe-t-il ici ?

La voix précéda la lumière. Une voix que reconnut immédiatement Dylan dans un frisson. *Putain, c'est pas vrai ! Revoilà le vieux !* Ébloui par la lampe torche du contrôleur, il mit un certain temps à distinguer la réalité. Robert Jean se tenait devant eux, appuyé sur une épée laser en plastique, la réplique exacte du sabre de Dark Vador. Absurde ! Le réel prenait des effets changeants dans ce maudit train et, chaque fois, les apparences jouaient contre lui. À nouveau la superbe de Dylan se dégonfla d'un coup. Les faits allaient encore parler à sa place. Il menaçait d'une arme à feu un garçon en pleurs, blessé de surcroît : il était cuit.

– Lâche ton arme, Dylan !

– C'est pas de ma faute… Ce mec a agressé tous les gens de mon wagon avec son couteau ! Il est complètement timbré…

– Lâche ton arme immédiatement ! gronda Robert Jean.

– OK ! De toute façon, elle n'est pas chargée !

– Et où as-tu trouvé cette antiquité ?

– C'est le cadeau de Noël de papa ! murmura Dylan, un peu honteusement.

– Ça va lui faire plaisir c'est sûr… Tu as un permis de port d'arme, gamin ?

– Non, je l'ai acheté sur Internet. La boutique américaine ne parlait pas de port d'arme.

– La boutique certainement pas, mais la loi française oui, p'tit. Bon, je te la confisque, pour le moment. Et le canif ?

– C'est au zombie qui chiale ! répliqua Dylan. Il a menacé tout mon wagon avec, tout cela pour obtenir des bouteilles d'eau. Il est timbré, je vous dis !

Robert menaça le jeune bavard de son épée de Dark Vador.

– Je ne sais pas qui est le plus timbré de vous deux, mais ce qui est sûr, c'est que si tu continues à l'ouvrir, c'est toi qui vas croupir en prison ou en hôpital psychiatrique. J'y veillerai personnellement !

Dylan baissa la tête. C'était injuste ! Il n'avait fait que son devoir de bon citoyen et maintenant le contrôleur allait tout raconter à son père. La honte ! Quelle honte ! Tout cela à cause de ce timbré qui n'arrêtait plus de chialer à cause de son histoire de mains sales ! Pourquoi était-il monté dans ce satané train ? Pourquoi n'avait-il pas pris l'avion comme d'habitude ? Les pensées galopaient dans la tête de Dylan, tandis que le contrôleur s'approchait de Virgil pour le secourir.

– Allez, relève-toi, Virgil. Ça va ?

– Oui, ça… ça va ! répondit-il en sanglotant. Vous vous souvenez de mon prénom ? ajouta-t-il d'une petite voix d'enfant, touché par cette attention.

– J'ai bien fait, visiblement, on n'avait pas fini de faire connaissance. Qu'est-ce que tu as au poignet ? Tu es blessé ?

– C'est, c'est rien… Juste une scarification, j'ai l'habitude.

– Bah, voyons, soupira Robert, pris d'une soudaine fatigue. Allez, ouste ! Je vous embarque tous les deux ! Vous allez m'aider.

– Vous aider à quoi faire ? demanda Dylan, un peu surpris par la proposition du vieil homme.

– À secourir les voyageurs !

Dans l'obscurité, ni Dylan ni Virgil ne purent percevoir leur réaction respective. Pourtant, elle fut bien identique. Une incompréhension totale ! Soit le contrôleur était devenu complètement fou, soit la situation dans ce maudit train était bien plus critique que ce qu'ils avaient imaginé pour que le chef de bord confie les premiers secours à deux adolescents aussi fragiles qu'immatures.

9

Quelques dizaines de minutes seulement avant d'appréhender les deux adolescents, Robert avait enfin repris conscience. La dose d'antalgique du vétérinaire, digne d'un remède de cheval, l'avait plongé dans un profond sommeil. Immergé dans le noir complet de son minuscule local technique, il avait mis un temps fou à se situer dans le temps et l'espace. Ce fut sa douleur au genou qui réanima ses souvenirs. Le train était en panne, il avait été blessé par un jeune type qui se prenait pour un cow-boy et ce foutu vétérinaire lui avait injecté un produit qui l'avait mis KO. Il avait alors recherché à tâtons sa lampe torche, l'avait allumée et découvert avec effroi qu'il était 23 heures 15. Il avait dormi trois heures ! Son premier réflexe avait alors été d'appeler Josy pour comprendre ce qui se passait.

– Comment te sens-tu ? lui avait-elle demandé.

– Pâteux. Le train est toujours à l'arrêt. Les secours sont là ?

– Toujours pas.

– Qu'est-ce que j'ai loupé ?

– Eh bien comme tu le vois, on n'a plus de lumière, ni de chauffage, ni d'eau, et le système d'ouverture des portes entre les voitures est HS, mais je les ai déverrouillées pour faciliter la circulation des passagers.

– Tu as bien fait. Quelle ambiance à bord ?

– La dernière fois que je suis passée dans les voitures, les gens posaient pas mal de questions et commençaient à trépigner. J'ai fait une annonce que m'a dictée Jeanne, mais c'était avant le noir complet. Il faut peut-être en diffuser une autre.

Robert s'était relevé avec difficulté. Il boitait exagérément. Josy lui avait alors offert un singulier objet en plastique fin et longiligne pour qu'il s'en serve de béquille.

– Une épée de Dark Vador ! avait-elle expliqué. Je n'ai pas trouvé mieux, mais elle est phosphorescente ! Ça fera double usage !

Josy avait allumé l'épée laser, un jouet qu'elle avait acheté pour son neveu juste avant le départ. Et Robert s'était appuyé sur cette étrange béquille qui finalement lui permettait d'avancer plus aisément.

– Dark Vador ? avait-il relevé, en grimaçant.

Une épée de sale type vaut toujours mieux dans mon état qu'une cape de héros, avait-il pensé avant de décrocher l'appareil d'interphonie pour appeler Dominique, son homologue de la rame 2.

– Salut, vieux, ça va mieux ?

– Ouais. Tu en es où de ton côté avec les voyageurs ? s'était enquis Robert.

– C'est good. Je suis passé avec le serveur dans toutes les voitures, on a distribué des boissons et de la nourriture. Ça va, les gens sont plutôt cool.

"Good, cool." Cette façon qu'avait le jeune homme de mêler l'anglais au français continuait d'excéder Robert qui toutefois ne se permit aucun commentaire. Les deux rames ne communiquaient pas entre elles, seule cette liaison radio leur permettait de rester connectés et il avait besoin d'un point de vue général sur la situation du TGV.

– Votre conduite d'air est HS ?

– Non. On a du chauffage, de l'eau… Pourquoi vous… ?

– Ouais, plus rien.

Et Robert avait raccroché assez sèchement pour contacter aussitôt Jeanne. La conductrice semblait inquiète, nerveuse. Jamais il ne l'avait sentie aussi fragile et déboussolée.

– Tu es sûre que ça va, Jeanne ? Tu veux qu'on t'apporte quelque chose à manger ?

– Non, non… C'est juste que ça me rend dingue de ne rien pouvoir faire. Je serais plus utile avec vous que dans cette cabine qui ne sert plus à rien de toute façon.

– Reste à ton poste, Jeanne ! Les secours vont avoir besoin de te contacter.

– Ça fait trois heures ! Qu'est-ce qu'ils font ? Ils n'arrêtent pas de me dire que c'est en cours…

– Jeanne, je vais mieux, je vais m'occuper des gens maintenant, ça va aller… Je vais passer dans les voitures avec Josy.

Robert avait alors repris un peu du poil de la bête. Les cinq cents voyageurs de sa rame comptaient sur lui pour obtenir des nouvelles, un peu de réconfort, il était temps de partir à leur rencontre. Son genou le tiraillait de temps à autre, mais l'effet du médicament agissait encore et il pouvait se déplacer. Josy pendant son sommeil avait préparé un chariot avec des boissons, des gâteaux, la trousse de secours et les trois lampes torches supplémentaires qu'elle avait trouvées. Ils étaient sur le point de se mettre en chemin quand un homme se présenta devant eux, l'air paniqué, s'éclairant avec une bougie parfumée, encore entourée de son papier cadeau doré.

– Il y a du grabuge en queue de train, vous devriez venir ! avait prévenu le voyageur. On a entendu des cris… Il paraît qu'un jeune homme a menacé des gens avec son couteau. On dit même qu'il y en a un qui aurait un flingue. C'est le Far West là-dedans !

Robert était alors resté calme, se contentant de souffler sur la bougie du passager de fortune. Imperméable à la panique, il demeurait celui qu'il n'avait cessé d'être toutes ces années dans les longs couloirs climatisés des TGV : un chef de bord observant à la lettre le code de sécurité.

– Pas de bougie dans le train ! Il manquerait plus qu'il y ait le feu ! avait-il dit, avant d'inviter le voyageur à le guider vers l'altercation en question.

– Mais on a tous allumé des bougies, vous dormiez où quoi ? On est dans le black-out total depuis des heures et il gèle ! lui avait répondu l'homme, effaré par la distance apparente du contrôleur face à la panique générale.

Robert avait alors suivi le voyageur, priant Josy de l'attendre en voiture-bar, par sécurité. C'est à ce moment seulement qu'il avait pris conscience de la réalité décrite par le passager. Il n'avait jamais vu cela de sa carrière ! Les voyageurs s'éclairaient avec ce qu'ils avaient sous la main, bougies, briquets, téléphones cellulaires, lampes frontales, veilleuses de bébé… Vêtus de manteaux, bonnets, écharpes, recouverts de nappes, couvertures, serviettes de toilette, ils se collaient les uns aux autres sur leur siège pour se réchauffer. On avait installé les plus jeunes dans les allées centrales, leur fabriquant un lit de fortune pour qu'ils puissent dormir. Régnait dans le train une atmosphère putride, mêlée d'odeurs de sueur, de nourriture, d'urine et même de cigarettes. Les règles de sécurité avaient largement été bafouées durant son sommeil. Toutefois, les voyageurs semblaient avoir dépassé le stade de la colère et de l'énervement. Ils paraissaient fatigués, à bout de force, acceptant cette angoissante attente à laquelle personne ne pouvait échapper. La plupart d'entre eux avaient quand même éprouvé un certain réconfort à la vue du chef de bord de ce train fantôme.

– Monsieur ! Est-ce que les secours vont bientôt arriver ?

– Vous avez des médicaments ? Mon fils a de la fièvre.

Robert Jean avait traversé à son rythme les voitures 5, 6, 7, s'appuyant sur son épée laser pour ne pas chuter au milieu des clients. Il avait tenté de garder une certaine allure professionnelle, les rassurant à son passage de formules toutes prêtes, apprises au fil des années.

– Nous allons passer avec un chariot de vivres et une trousse médicale. Les secours sont en route, ils ne devraient plus tarder maintenant. Il faut attendre, nous n'avons pas d'autre choix…

Clopin-clopant, il avait fini par atteindre la voiture 8 pour découvrir, à bout de souffle, les deux jeunes adolescents au sol. Dylan menaçant le jeune Virgil d'un pistolet de collection. Virgil encore plus livide que la première fois, le visage balafré d'une tristesse insondable. Sans trop savoir pourquoi, il avait éprouvé une sorte de pitié face à ces deux gamins complètement perdus, oscillant un bref instant entre le rire, la peur et les larmes. Finalement, apercevant l'arme de collection du jeune Dylan, ses tremblements et son regard confus, il s'était dit que les trois pouvaient convenir quelle que soit la raison de cette stupide situation. Alors il s'était glissé dans son vieux pardessus de père de famille et avait naturellement repris les choses en main. Exactement comme il le faisait quand ses fils étaient encore adolescents et qu'ils réclamaient des limites. Son métier en ce sens l'avait toujours aidé dans sa vie familiale. Il savait garder son sang-froid, envisager les problèmes les uns après les autres, rappeler les règles de vie, punir parfois avec juste mesure, montrer le chemin aux voyageurs égarés.

C'est ainsi que lui était venue l'idée de calmer les deux jeunes par un travail d'intérêt collectif. Une façon de canaliser leurs angoisses et de leur faire payer leurs actes délinquants sur le terrain.

Une demi-heure plus tard, Dylan et Virgil furent donc affectés au ravitaillement des voyageurs. Leur mission : aider Josy et le contrôleur à distribuer quelques vivres et débarrasser les voitures des déchets en tout genre. Vêtus d'un gilet jaune de sécurité, ils avaient ainsi des allures de secouristes, leur permettant tous deux de passer incognito auprès des voyageurs témoins de leurs méfaits. À cause de cette tâche obligatoire censée réparer leurs incivilités, Dylan et Virgil furent obligés de faire équipe.

– C'est toujours mieux que la taule ! murmura Virgil en poussant le lourd chariot dans le couloir d'intercirculation.

– T'as déjà fait de la prison ? interrogea Dylan, soudain très intéressé par la vie de son acolyte.

– Je suis resté deux mois dans un centre de détention pour mineurs.

– Pourquoi ?

– J'ai… J'ai agressé un de mes professeurs avec mon canif parce qu'elle refusait de me laisser sortir du cours. Je souffre de TOC depuis deux ans, je dois me laver les mains très souvent et… cette fois-là, j'ai déraillé. Mais je l'ai à peine touchée, si elle n'avait pas bougé, elle n'aurait même pas saigné. C'était juste une petite entaille…

– C'est ce qui est arrivé tout à l'heure ? T'as encore pété les plombs ?

– Oui, mais je me sens mieux maintenant. Je ne sais pas trop ce qui s'est passé ce soir, mais j'ai compris des choses sur mon passé. En tous cas, j'ai plus de seize ans maintenant et si le contrôleur porte plainte et me charge, ce sera la taule. Alors, tu vois, je suis prêt à nettoyer ce train de fond en comble si cela peut m'éviter le pire.

– La prison, c'est ça le pire ?

Virgil ne répondit pas. Il se contenta de se concentrer sur sa tâche, offrant des boissons aux mêmes passagers qu'il avait dépouillés quelque temps plus tôt.

– Et toi ? Qu'est-ce qui t'a pris de me sauter dessus ? lui demanda-t-il sans même le regarder.

Dylan doutait. Le type qu'il avait pris pour un drogué violent s'avérait être un garçon plutôt sympathique. Un peu dérangé, certes, mais faisant finalement preuve de courage. Quant à l'homme au ceinturon à tête de licorne, il ne lui était pas réapparu. La violence dont il avait fait preuve dans ce train le laissait vidé. Jamais il n'aurait imaginé perdre son sang-froid de la sorte. *J'aurais pu le tuer si l'arme avait été chargée.* Il laissa la question de Virgil en suspens, préférant l'aider à en finir au plus vite avec ce boulot obligatoire qui, malgré tout, lui évitait de gamberger. Armé d'un sac-poubelle pour ramasser les détritus des passagers, Dylan Barral ne savait plus très bien qui il était, ni s'il se situait réellement "du bon côté".

10

Jeanne grelottait.

La solitude, qu'elle avait pourtant tant aimée dans ce métier, lui devenait insupportable. *Papa, mon petit papa, qu'aurais-tu fait à ma place ?*

Il était mort deux ans auparavant et son absence n'en finissait pas de lui peser. Il lui manquait. Surtout son regard. Quand il l'observait avec fierté monter dans ce train du futur que lui n'avait jamais eu la chance de conduire. *Je n'ai pas commis d'erreur, tu sais, papa. Je suis restée à mon poste*, se dit-elle avant d'éclater en sanglots. Elle pleurait son père, la fin de son couple, ce train qui pour la première fois de sa brillante carrière l'avait lâché.

– TGV 175. TGV 175 ? Jeanne, réponds ! Tu es toujours là ? hurla le régulateur dans la liaison radio.

Jeanne sécha ses larmes à la va-vite et respira un bon coup avant de répondre.

– Jeanne, j'écoute.

– Bon, voilà les nouvelles !

Et Jeanne écouta avec distance les informations et les ordres du régulateur. Il lui expliqua que les secours à terre ne pouvaient pas arriver. Ils avaient essayé par tous les moyens, mais ça ne passait pas. Ils étaient débordés, les pannes se succédaient sur toutes les lignes. Quant au réseau routier, il était complètement encombré par la neige et les arbres couchés sur les routes à cause de la tempête. Il lui expliqua qu'un hélicoptère de la Croix-Rouge allait tenter de se poser à proximité pour leur apporter des kits de survie. La météo annonçait une petite accalmie, l'hélicoptère devait pouvoir en profiter pour décoller et décharger des secouristes à bord qui leur distribueraient boissons chaudes, médicaments, couvertures et coffret d'hygiène. Dans un second temps, il lui demandait de quitter sa motrice pour grimper dans la motrice de queue afin de tenter de faire repartir le train dans l'autre sens.

– Ça peut marcher, Jeanne. Tous les moteurs de la rame 2 fonctionnent, ainsi que les pantographes de l'autre motrice. Ça n'a pas marché dans un sens, mais ça peut suffire dans l'autre.

– On ne pouvait pas tenter ce coup de génie plus tôt ? s'insurgea Jeanne qui se morfondait dans sa cabine depuis plus de cinq heures maintenant.

– On préférait le dépannage par locomotives, mais… On ne pouvait pas prévoir que ce foutu temps allait se déchaîner si longtemps ! Tout est bloqué ! Et les trains tombent en panne comme des mouches.

– OK, répondit Jeanne froidement. J'attends l'hélico, je laisse entrer les secours et je passe de l'autre côté. Je vous contacte quand je suis dans l'autre cabine.

– Tu es formidable, Jeanne. On est vraiment désolés ici que cette panne tombe sur toi.

– Merci.

Un hélicoptère ! se dit-elle.

Elle en riait encore nerveusement quand elle entendit un choc contre la porte de sa cabine. Elle cessa de rire immédiatement. Le bruit sourd se répéta plusieurs fois, comme s'il s'agissait d'un corps projeté contre la paroi. Sans hésiter, elle s'arma de sa robuste torche à flamme rouge pour se défendre en cas d'agression. Elle saisit aussi sa lanterne de bord, tenta de distinguer quelque chose derrière son pare-brise, puis décida d'ouvrir la porte. Quelqu'un était peut-être en danger. Le vent, la neige s'engouffrèrent violemment dans la cabine, obligeant Jeanne à s'amarrer au chambranle. Elle pointa le faisceau de sa lanterne vers l'extérieur et découvrit un corps inerte, gisant à quelques mètres de la motrice. Elle retint un cri de stupeur avant de se précipiter sur la voie pour porter secours à l'inconnu.

– Vous m'entendez ? dit-elle en s'approchant du corps.

Ses pas crissaient et s'enfonçaient profondément dans la neige fraîche balayée par le vent. Elle n'obtint pour toute réponse qu'un gémissement fébrile. Jeanne éclaira la personne au sol et découvrit le visage givré d'une jeune fille, les yeux clos ; elle avait visiblement perdu connaissance. Sans hésiter, elle entreprit de la prendre dans ses bras pour l'emporter au chaud. Il fallait faire vite, mais la conductrice, avec son physique de petit chat, ne faisait pas le poids. La jeune fille pesait lourd et Jeanne tenta plusieurs fois de la hisser sur son dos, sans succès. Elle décida alors de la réanimer sur place, lui assenant une série de petites claques sur les joues.

– Restez avec moi ! Il faut vous réveiller ! Vous m'entendez ? Je ne peux pas vous porter, il faut vous lever… Merde ! C'est pas vrai !

Elle allait retourner dans la motrice pour appeler Dominique à son secours quand la jeune fille revint brusquement à elle. Dans un sursaut, elle s'accrocha au cou de Jeanne, la serrant de toutes ses forces, à la limite de l'étranglement. Elle colla son visage contre le sien, la toisant avec des yeux remplis de haine.

– Tu vas payer ! Ahmid ! Tu vas payer !

Jeanne, au bord de l'asphyxie, réussit à se libérer de la prise de la jeune fille qui retomba lourdement sur le sol givré. Elle mit un certain temps à reprendre son souffle et ses esprits. Mais les gémissements de la blessée la ramenèrent à la réalité : la jeune fille délirait et il fallait la sauver !

– Écoutez-moi, je suis la conductrice du train. Il faut vous lever ! ordonna-t-elle en reprenant la série de petites tapes sur ses joues livides.

La jeune fille ouvrit de nouveau les yeux.

– Ne me laissez pas ! Je vous en prie !

– Accrochez-vous à moi, ça va aller, la cabine n'est qu'à quelques pas.

Jeanne passa les bras de la blessée autour de son cou et lui offrit ses frêles épaules pour l'aider à se relever et à marcher jusqu'à la motrice. Luttant contre le vent et la violence de la neige, les deux femmes finirent par s'écrouler sur le sol de la cabine, sous le tableau de bord. Jeanne se dégagea, referma avec difficulté la porte poussée par le vent et revint immédiatement vers la jeune inconnue. Elle respirait à peine.

– Qu'est-ce que vous faisiez dehors ? demanda-t-elle, en sortant la couverture de survie de sous le pupitre de pilotage.

Pas de réponse. Elle l'enveloppa et commença à la frotter énergiquement. Puis ôta son manteau et le lui déposa sous la tête.

– Répondez-moi ! Est-ce que vous m'entendez ? Restez avec moi.

Elle lui assena de nouveau une série de petites claques sur les joues pour lui éviter de perdre connaissance.

– Comment vous appelez-vous ? Tout va bien maintenant, je vais m'occuper de vous.

– Je m'appelle… Waafa, murmura la jeune fille dans un faible soupir.

– OK, Waafa, ça va aller.

– TGV 175 pour contrôle.

– Oui, Jeanne ?

– J'ai un blessé, déclara-t-elle par voie radio. Une jeune fille, de quinze, seize ans environ. Elle vient de débarquer dans ma cabine. Elle était dehors, je ne sais pas depuis combien de temps. Elle est en hypothermie. Qu'est-ce que je fais ?

– OK. Je te passe un médecin. Elle était dans le train ? C'est une voyageuse ?

– J'en sais rien ! On s'en fout ! Quelle différence ça fait ?

– Calme-toi, Jeanne. C'était juste pour savoir, je te passe le médecin.

Et Jeanne en contact avec le médecin urgentiste pratiqua les premiers soins à l'adolescente. Elle lui fit du bouche-à-bouche, prit son pouls, la déshabilla entièrement, la frictionna des pieds à la tête avec son eau de toilette avant de la recouvrir de deux couvertures de survie. Au bout de quelques minutes, la jeune fille ouvrit les yeux et sourit comme si elle renaissait. Comme si elle revenait d'un long voyage. Le visage de Jeanne semblait la rassurer. Elle lui fit signe de s'approcher, elle voulait lui parler.

– Je veux porter plainte. Il m'a violée. Il s'appelle Ahmid Rezzoug. Je vais porter plainte…

Jeanne encaissa le coup. Il ne manquait plus que cela pour clore l'horreur de ce voyage, un viol dans son train. Elle caressa machinalement les cheveux mouillés de neige de la jeune fille. Un geste de mère, une douceur affective qu'elle aimait prodiguer à son fils les soirs où elle n'était pas sur les rails.

– Ça va aller, Waafa, ça va aller, je suis là… dit-elle très doucement. Est-ce que cet homme était dans le train ?

– Oui, il est dans ce train…

Jeanne caressa et berça encore un peu la jeune fille avant de reprendre le contact radio.

– Jeanne pour le CNO, prononça-t-elle avec une voix d'outre-tombe.

– CNO, j'écoute. La jeune fille est revenue à elle ?

– Oui, ça va. Euh… Il va falloir contacter la SUGE. Elle dit… qu'elle a été violée.

– Putain ! Merde ! pesta le régulateur en chef avant de se ressaisir. OK, j'appelle les agents de police. Ils seront sur le quai d'évitement… si on y arrive un jour. Je préviens l'hélico pour qu'il évacue la jeune fille vers un hôpital.

– Bien reçu ! dit Jeanne en observant l'adolescente, toute fragile dans son nid de survie.

Cette nuit n'est pas une nuit comme les autres, pensa-t-elle. *Je ne sais pas si c'est un signe du destin, mais si c'en est un, je ne comprends pas ce qu'il signifie.*

11

– Il ne m'a pas violée dans ce train, il était dans ce train, finit par préciser Waafa, la tête enfouie dans les bras de la conductrice.

– Comment cela ?

– Il a abusé de moi toute mon enfance et je l'ai recroisé dans ce train. Il voulait… Il voulait recommencer.

Dans le silence de la motrice à l'arrêt, allongée sous une couverture de survie, Waafa se confiait à Jeanne. Elle s'abandonnait sur les épaules de celle qui venait de lui sauver la vie. Une force rassurante, une chaleur enveloppante qui lui permirent de laisser sortir ce long cri d'enfance si longtemps retenu. Elle lui raconta ce qui ne se raconte pas, tant les mots ne sont jamais à la hauteur de l'horreur. Ce type de sept ans son aîné avec lequel elle avait été obligée de vivre. Le fils du nouveau conjoint de sa mère, qui de l'âge de dix ans à l'âge de treize ans était venu dans son lit briser ses ultimes rêves d'enfant et ses premiers désirs d'adolescente. Elle lui murmura au creux de l'oreille des détails indicibles, qui cette nuit pourtant sortaient de sa bouche avec une précision presque médicale. Voilà ce qu'il m'a fait. Voilà ce qu'il me demandait. Voilà comment il m'a empêchée de parler toutes ces années, me menaçant de me tuer si j'osais dévoiler à qui que ce fût ce qui se déroulait dans ma chambre d'enfant. Au fil du récit, Jeanne enserrait davantage la jeune victime, tentant de la réconforter et peut-être de se rassurer un peu elle aussi face à ce terrifiant récit. Elle aurait préféré que l'adolescente réserve ce cinglant témoignage à la police ou à un psychologue. Elle ne se sentait pas à la hauteur de cette confession. Toutefois, la jeune fille poursuivit et Jeanne n'eut pas le courage de l'interrompre.

– Je l'ai vu ! Je l'ai reconnu. Il m'a suivie, il voulait recommencer…

Alors, elle avait fui. Grâce à la clé que le contrôleur avait laissé tomber, elle était sortie du train sans se faire remarquer. Elle s'était retrouvée seule sous la neige, fendant la tempête à la recherche d'un abri. Elle avait affronté sa peur, l'inconnu, et elle avait couru droit devant elle, longeant le train, glissant au-delà du viaduc pour atterrir quelques kilomètres plus loin en rase campagne.

– C'est une étrange nuit, avait-elle précisé à Jeanne, lui offrant un regard insondable.

– Oui, avait simplement répondu Jeanne dans un frisson.

Waafa omit volontairement de lui raconter son dialogue avec le fantôme de son père quelques heures auparavant. *Elle me prendrait pour une folle, il ne faut pas qu'elle puisse douter de moi. Je dois me concentrer sur les faits réels. Les faits réels*, s'était-elle répétée avec hésitation, le temps de reprendre son souffle. Jeanne, de son côté, pria pour que la jeune fille s'en tienne à ce récit et n'aille pas au-delà. Mais sa prière ne fut pas entendue ; Waafa poursuivit, sans détour.

– C'est là, au milieu de la campagne enneigée, que j'ai compris qu'il fallait que j'arrête de fuir. Que la peur n'était pas à l'extérieur de moi mais en moi, et que ma fuite ne me libérerait jamais de mes souvenirs, reprit la jeune fille avec une voix blanche et étrangement calme.

Et Waafa raconta qu'elle s'était assise quelques instants sous un immense arbre blanc. Épuisée, elle s'était sentie comme au bout du chemin, prête s'il le fallait à se laisser mourir de froid. Et c'est à cet instant que ce qu'elle appela "sa rencontre extraordinaire" avait eu lieu. Elle avait senti un souffle rauque, puissant, terrifiant, juste derrière elle. À quelques pas se tapissait une bête sauvage. Un chien errant, un loup, un sanglier ; Waafa avait hésité, mais ce souffle n'avait rien d'humain. Une bête était derrière elle et allait la dévorer. Elle avait laissé ce danger imminent l'envahir, la tétaniser, l'achever, mais elle n'avait pas bougé.

– Je n'avais plus la force d'avoir peur, ni de courir, ni de hurler. Je me suis laissée glisser sur le sol et j'ai attendu mon destin sans réagir. J'étais presque en paix…

– Et que s'est-il passé ensuite ?

– L'animal s'est approché, j'ai distingué une silhouette massive, une force inouïe. J'ai pu sentir son souffle dans mes cheveux, sur ma poitrine. Sa respiration me réchauffait… Il sentait bon la terre mouillée. C'était un sanglier, un énorme sanglier.

L'animal ne l'avait pas attaquée. Il l'avait simplement reniflée avant de poser sa truffe sur son visage et de plonger ses yeux marron-jaune dans les siens. La jeune fille et la bête s'étaient alors retrouvées face à face, mêlant leur souffle à l'unisson. Ses crocs au bord de ses lèvres.

– Il m'a regardée avec amour. C'est idiot mais j'ai vraiment senti de l'amour dans son regard.

Un face à face étrange, improbable, que la jeune fille tentait tant bien que mal de reconstituer. L'animal aurait pu la piétiner, la déchiqueter, la tuer. Il n'en avait rien fait. Il s'était contenté de rester auprès d'elle quelques instants, la réchauffant de son souffle ténébreux et pourtant si bienveillant. La bête sauvage était repartie quelques minutes plus tard, laissant Waafa libre et vivante.

– J'ai vu ma peur dans les yeux de ce sanglier et j'ai compris qu'elle ne me quitterait jamais si je n'osais pas l'affronter, vous comprenez ?

Jeanne comprenait. Elle était prête à tout entendre à présent, abandonnant ses dernières certitudes à la faveur de cette nuit de dérive.

– C'est pour cela que je suis revenue jusqu'au train, que j'ai tapé à votre cabine. Son regard m'a donné la force de me battre. Je veux porter plainte contre cet homme, je veux qu'il soit jugé et condamné. C'est la seule façon pour moi de pouvoir enfin recommencer à vivre ! dit-elle en sueur, avec un regard exorbité.

Jeanne embrassa le front de la jeune fille, épuisée par ce long monologue. Elle était brûlante.

– Vous devez vous reposer, Waafa, vous avez de la fièvre.

– Vous me croyez ? Tout ce que je vous ai dit est vrai, je ne délire pas…

– Je vous crois. Calmez-vous, calmez-vous, répondit Jeanne en lui caressant les cheveux.

Elle s'en voulait d'avoir pleurniché sur ses petits soucis qui, comparativement à ceux de Waafa, lui semblaient à présent dérisoires. Pour éviter de flancher devant l'adolescente, elle tenta de changer de conversation et l'invita à lui parler de ses études, de ses envies. À sa grande surprise, la jeune fille accepta l'échappatoire, retrouvant un semblant de sourire. Elle lui parla de sa passion, de son stage, de tous ces plats qu'elle aimait concocter et de la grande liberté qu'elle éprouvait lorsqu'elle cuisinait. Les deux femmes attendirent les secours ainsi : allongées et blotties l'une contre l'autre. Une complicité de fortune s'était tissée entre les deux naufragées et Jeanne accepta d'aider Waafa dans ses démarches juridiques. Elle connaissait un avocat qui l'aiderait à porter plainte pour viol.

– Je vous ai entendue tout à l'heure. Je ne veux pas monter dans l'hélicoptère de secours, je veux rester auprès de vous jusqu'au bout du voyage.

– Ce n'est pas possible, je vais devoir changer de motrice. Il va falloir retourner dans le froid, remonter le train jusqu'à l'autre cabine. C'est trop risqué pour votre santé, Waafa.

Mais Waafa supplia. Implora. Trembla de nouveau à l'idée de se séparer de cette femme qu'elle considérait comme sa sauveuse. Et Jeanne finit par accepter.

– Ce n'est pas raisonnable, dit-elle. Mais je crois qu'il est temps pour moi de ne plus l'être ce soir.

12

En voiture 3, Nyoko Hashimoto s'éveilla comme une belle au bois dormant après des années de sommeil profond. Sauf qu'elle n'était pas couchée sur un lit tapissé de fleurs, mais recroquevillée sur le siège d'un TGV glacial et immobile. Autour d'elle tout avait changé. De petites sources de lumière éparses scintillaient dans l'obscurité, sur le doux murmure des conversations de voyageurs.

– Dors, ma belle, dors, les secours vont bientôt arriver.

– Mais j'ai froid, papa. J'ai froid et j'ai faim. Tu crois qu'on va mourir ?

– Mais non, ma puce, dans quelques heures on sera à l'hôtel. Et on repartira demain matin pour voir maman.

Nyoko n'y comprenait rien. Elle tenta lentement de remettre de l'ordre dans ses pensées engourdies et un nom lui revint à l'esprit. *Mavipre*

Upierczi. Ivre de désir, elle fit glisser sa main sur le tissu rugueux dans l'espoir de le retrouver endormi à ses côtés, mais le siège demeurait aussi vide que glacial. Plus de trace de son prince de l'ombre. Pourtant, la musique des *Chants pour les enfants morts* résonnait encore en elle. Elle était persuadée de ne pas avoir rêvé. Son souvenir était trop intense pour qu'il ne s'agisse que d'un songe. Elle avait rencontré un homme, un être enivrant. Une beauté à couper le souffle. Où était-il passé ? *Est-ce que j'ai rêvé de lui ou est-ce que je suis en train de rêver maintenant ?* Pour se raccrocher à la réalité, elle se pencha vers les murmures qui lui parvenaient, sans doute ceux d'un père et de sa fille, couchés dans le couloir.

– Excusez-moi, demanda-t-elle de sa voix fluette. Excusez-moi, dut-elle répéter plusieurs fois avant qu'on finisse par l'entendre.

– Oui ! répondit l'homme.

– Que se passe-t-il ? Pourquoi est-ce qu'il fait si sombre ? Nous avons eu un accident ?

– Ne me dites pas que vous dormiez pendant tout ce temps !

– Je crois que si…

Et la personne lui fit gentiment le bilan de la situation. Nyoko n'avait effectivement rien entendu. Elle s'était endormie aux côtés de son prince quand le train climatisé filait encore à vive allure, et elle venait de s'éveiller dans un bouge malodorant absolument inerte. Elle fouilla ses poches à la recherche de son téléphone qu'elle utilisa à son tour pour s'éclairer. Elle découvrit son livre, *Le Doux Baiser du vampire*, tombé à ses pieds. Elle se souvint de sa lecture juste avant l'apparition magique. *Il est possible que je me sois endormie en lisant*, pensa-t-elle. *Ce Mavipre Upierczi n'est peut-être que le fruit de mon imagination*. Pourtant, quelque chose en elle réfutait cette idée raisonnable. Elle l'avait senti, elle l'avait touché. Et comment aurait-elle inventé cette musique de Mahler dont elle n'avait jamais entendu parler auparavant ? *Chants pour les enfants morts*, une musique aussi lumineuse que désespérante. Poursuivant sa fouille méticuleuse, elle trouva entre les pages de son livre un petit morceau de papier qu'elle déplia le cœur battant. Un mot de lui ? Un signe ? Ce qu'elle lut la projeta dans une ivresse radieuse : "Nyoko, je t'attendrai à la voiture-bar pour notre nuit d'amour." Signé Mavi. Elle poussa un petit gloussement d'excitation ; son conte de fées était bien réel. Elle entreprit de se refaire une beauté à la lueur de son téléphone, avant de rejoindre l'homme qui l'attendait. Le premier homme, son premier rendez-vous amoureux. Elle observa des morceaux de son visage dans le miroir de son poudrier. Des yeux en amande, des sourcils parfaitement alignés, un petit nez en bouton et des lèvres sensuelles, naturellement rouge framboise. Elle se contenta de se poudrer légèrement le nez, assez satisfaite de ce doux visage asiatique. Puis elle quitta son refuge de première classe pour se diriger vers son bel inconnu.

– Excusez-moi, demanda-t-elle encore. Le bar est de quel côté ?

– Voiture 4, à droite. Mais je vous conseille de rester assise, le contrôleur a fait une annonce ; il va enfin passer pour nous distribuer des boissons et de la nourriture. Le bar est fermé de toute façon, vous ne pourrez rien acheter.

– Oh, merci ! se contenta-t-elle de répondre, s'engageant nonobstant vers la direction indiquée.

L'apparence de Nyoko, drapée d'un luxueux manteau de laine du même rose bonbon que sa chevelure, jurait au milieu des voyageurs las et emmitouflés dans des couvertures de fortune. Elle était encore élégante, fraîchement sortie de son sommeil, n'ayant vécu ni l'angoisse ni l'attente. La jeune fille s'excusait poliment au fil de sa progression, tentant çà et là d'enjamber les voyageurs couchés à même le sol et parfois endormis. Elle pénétra avec une légèreté primesautière dans la voiture-bar, étrangement déserte.

– Mavi ? Tu es là ? chuchota-t-elle. Mavi ?

Elle sentit un froid glacial se répandre derrière elle, avant que la porte de la voiture-bar se referme brusquement. Elle décida pourtant de poursuivre son exploration dans l'obscurité. Il lui avait donné rendez-vous ; elle était persuadée qu'il viendrait. Elle fit encore quelques mètres avant de sentir une présence derrière elle. Quelqu'un s'approcha, l'enserra délicatement avant de lui déposer un tendre baiser dans le cou. Un baiser extrêmement sensuel qui la fit défaillir.

– Mavi ? murmura-t-elle à nouveau, s'abandonnant dans les bras du bel inconnu.

Il l'embrassa langoureusement et lui caressa la joue, la gorge, en l'effleurant.

– C'est romantique, ce train en panne. Je ne te vois pas mais je te devine…

– Chut, lui souffla-t-il, l'index sur ses lèvres.

Il voulait qu'elle se taise. Il préservait son mystère et elle adorait cela. Aussi se laissa-t-elle emporter dans ses bras, telle une mariée franchissant pour la première fois le seuil d'une nouvelle vie. Elle se sentit flotter dans l'obscurité, s'accrochant au cou de Mavi, confiante, heureuse, ivre de lui. Le jeune homme la déposa délicatement sur l'acier glacial du bar. Puis, toujours dans le noir, porta à ses lèvres un verre qu'il lui avait visiblement préparé.

– Bois ! lui dit-il. Bois ce breuvage et plus rien ne nous séparera jamais.

Nyoko n'eut qu'à ouvrir délicatement ses lèvres pour accepter ce liquide qu'il lui offrait avec sensualité. Mais ce qui coula dans sa gorge l'extirpa brutalement de sa belle romance. Un liquide visqueux, amer, avec un léger goût de fer. Elle connaissait cette saveur, elle l'avait déjà goûtée quand elle se blessait, enfant, et qu'elle léchait sa blessure légère. C'était du sang ! Un verre de sang ! Nyoko eut un recul de dégoût et tomba à la renverse de l'autre côté du bar.

– Mavi ? C'est du sang !

Et le jeune homme alluma aussitôt une bougie à l'aide d'un briquet, laissant entrevoir l'ombre de son regard. Il était divinement beau. Blafard, les yeux cernés, le regard flamboyant. Irrésistible. Souriant. Il essuya de sa langue une larme de sang perlant sur ses lèvres.

– Je croyais que toi et moi, on était sur la même longueur d'ondes, Nyoko.

– Mais… ce n'est que de la littérature… Juste de l'évasion.

– Pas seulement, ma belle. Il existe des expériences obscures, un monde enivrant de l'autre côté des apparences vulgaires de la réalité. Veux-tu que je t'y emmène ?

– Je… je ne sais pas. D'où provient ce sang ?

– Du frigo ! Je n'ai tué personne, si c'est ce qui te fait trembler ! lança-t-il dans un rire cristallin laissant entrevoir la clarté de ses dents étincelantes. Approche, je vais te montrer.

Nyoko se releva et s'approcha du bar pour le rejoindre du côté des machines à café. Il ouvrit la porte d'une soute équipée d'un monte-charge. Il sauta sur la plateforme et disparut aussitôt.

– Mavi ? Mavi, que fais-tu ? demanda-t-elle timidement, tout en se penchant vers ce minuscule local en sous-sol, encore plus glacé que le reste du train.

Le garçon avait disparu à l'intérieur avec la bougie, la laissant de nouveau seule dans le noir total, face à une foule de questions. Qui était-il ? À quoi jouait-il ? Pourquoi lui avait-il fait boire ce sang ? Elle avait beaucoup lu sur les forums de discussions et savait que certains passionnés s'adonnaient par jeu à des pratiques sataniques comme boire du sang d'animal ou danser nus dans les cimetières. Mavi faisait-il partie d'un de ces clans gothiques ? Serait-elle prête à le rejoindre ? Elle se sentait fascinée, très attirée par ces jeux interdits et en même temps timorée, elle, la petite fille sage aux cheveux roses qui ne connaissait le monde qu'au travers de la littérature.

– Mavi ? Ce n'est pas drôle…

– Surprise ! dit le jeune homme en s'appuyant sur le monte-charge pour ressurgir d'un bond quelques secondes plus tard.

– Tu m'as fait peur ! dit-elle, emportée dans un fou rire nerveux.

Elle était complètement mordue de ce type aussi cinglé qu'attirant. Mavi brandit son trophée à la lueur de la bougie pour rassurer sa belle Asiatique.

– C'est quoi ?

– Une poche de sang ! Du rhésus A négatif ! C'est écrit sur l'étiquette. C'est une réserve réfrigérée là-dessous. On trouve de tout, boissons, gâteaux et poches de sang. J'ai aussi déniché un dessert spécial Mavi et Nyoko, lui dit-il, arborant une boîte isotherme.

– Qu'est-ce que c'est, un sorbet ? interrogea la jeune fille rassurée sur la provenance du sang.

– Je te le dirai à deux conditions. Un : tu dois d'abord m'embrasser. Deux : tu es obligée de croquer à pleines dents dans notre dessert maison.

– Conditions acceptées, murmura encore Nyoko avant d'embrasser à pleine bouche le garçon fantasque qu'elle venait de rencontrer.

Il est joueur, gothique, étrange. J'adore ! se dit-elle, l'embrassant langoureusement. Elle sentit à nouveau ce goût de sang, mais son désir fit taire son dégoût. Après le baiser, Mavi ouvrit très lentement le couvercle de la boîte posée sur le bar, puis l'éclaira à la lueur de la bougie avec solennité. Nyoko porta sa main à sa bouche dans un cri étouffé. "Le dessert maison" qu'il lui proposait était un cœur humain.

– Si tu tiens à moi, mange-le ! insista-t-il avec amusement.

– Je… je… je ne peux pas, dit-elle en tremblant de tout son frêle corps.

– Tu le peux. Nous sommes faits l'un pour l'autre, Nyoko.

– Mais ce cœur est peut-être destiné à un enfant ?

– Peut-être, mais le frigo est tombé en panne et le cœur est foutu. Alors, autant s'amuser un peu et tester nos limites, tu ne crois pas ?

– Non, non… je ne peux pas…

Le jeu dépassait les limites de la décence. Il s'agissait d'un vrai cœur humain, probablement d'un don d'organe, et Nyoko s'écarta pour reprendre ses esprits. *Fallait-il hurler pour appeler au secours ? Mais comment expliquer cette situation ? Ce verre de sang ? Ce don d'organe sorti de sa boîte de conservation ?* Trop engagée dans ce jeu dangereux, Nyoko se retrouvait piégée. Elle voulait s'enfuir, mais une singulière et malsaine énergie la maintenait auprès de lui. Une attraction d'une force monumentale, foudroyante, qui l'enfermait sous le joug d'un garçon amateur de sensations extrêmes. Était-ce de l'amour ? Était-il complètement fou ? Et elle encore plus folle de s'attacher si vite à un inconnu ?

– D'accord, conclut-elle dans un souffle. Mais après, je veux que tu me jures qu'on arrête ce petit jeu et qu'on se contente de faire connaissance normalement.

– Vos vœux seront mes ordres, belle princesse de la nuit, dit-il dans un petit sourire enchanteur qu'elle perçut brièvement à la lueur vacillante de la bougie.

Nyoko s'approcha de la boîte, saisit le cœur, tenta de le porter à sa bouche, les mains tremblantes… Elle pensa à ce cœur extrait de la poitrine d'un cadavre. Un organe glacial pourtant source d'espoir quelque part dans une famille dévastée par la maladie. C'était un sacrilège, elle respectait trop la vie pour la bafouer d'un coup de dents. Un jeu idiot, un pari stupide…

– Je ne peux pas ! conclut-elle en reposant l'organe avec dégoût.

– D'accord, je commence, tu le feras après, lui dit-il avant d'enfouir son visage dans le cœur humain et de le croquer à pleines dents sans hésitation.

Mavi riait, savourant la chair comme s'il s'agissait d'un mets exquis. Le sang rouge profond dégoulinant sur sa peau laiteuse provoqua chez Nyoko un mélange d'envie et de répulsion. La tête lui tournait, elle se sentit au bord de l'évanouissement. Les mots de Mavi lui parvenaient de plus en plus distendus et lointains. Elle perdait pied.

– Mange, mon amour, mange… lui répétait-il sur un ton doux et posé, presque hynoptique.

Et Nyoko croqua rageusement dans le cœur. Elle voulait en finir. Aller au bout de sa logique et cesser ces enfantillages malsains. Elle se boucha le nez et tenta de mâcher cette chair dure et nerveuse. Mais lorsqu'elle avala sa première bouchée, elle fut projetée dans un autre monde.

Le monde de Mavi.

Elle ne sentait plus son corps et ses pensées se mélangèrent comme un jeu de cartes renversé sur le sol. L'ordre habituel de son esprit ne répondait plus aux commandes. Tout lui échappait ; elle venait de glisser dans une autre réalité. Plongée dans un état cotonneux, à la lisière du sommeil, à la frontière de la conscience, elle se mit à errer dans un univers parallèle d'où lui parvenaient par bribes des images du réel, mais déformées, mouvantes, trompeuses. Elle ne distinguait plus que des sons distendus, syncopés, et des apparences floutées. C'est ainsi qu'elle vit son bel inconnu dévorer avec un appétit féroce les restes du cœur et boire à gorge déployée toute la poche de sang. Elle crut encore entendre les lieder de Mahler résonner dans l'obscurité de la voiture-bar, étrangement désertée. Puis il lui sembla distinguer une table drapée de blanc, exactement à l'emplacement du bar. Une belle table avec deux chandeliers. Une atmosphère baroque, ce genre de décor qu'elle adorait découvrir dans les histoires de vampires. Mavi ôta son manteau, son pull et se mit à répandre le sang sur son torse imberbe, prononçant des paroles incantatoires qu'elle ne put tout de suite saisir. Ensuite, il s'approcha d'elle et lui peinturlura le visage de sang, marmonnant une litanie qu'elle finit par comprendre :

– Que le sang chaud qui a jailli d'Abel au moment de sa mort nous nourrisse pour le bien du sabbat.

Grâce à sa connaissance littéraire du vampirisme, Nyoko comprit qu'il s'agissait d'un rite satanique. Ce genre de cérémonie que les démons accomplissaient les soirs de pleine lune, lors de l'acceptation d'un nouveau membre dans leur meute. Elle comprit alors qu'il souhaitait qu'elle devienne vampire à son tour ; il voulait la condamner à l'errance éternelle. S'agissait-il encore d'un jeu ? L'avait-il droguée pour s'amuser à lui faire peur ? Était-il fou ou vampire ? Vivant ou mort ?

Nyoko avait de plus en plus de mal à maintenir ses paupières ouvertes. La tête lui tournait, tout comme tournait le corps du jeune homme, emporté dans une danse satanique. Il était en transe, les yeux révulsés. *Il faut t'en aller, Nyoko. Il faut courir*, lui murmurait sa conscience agonisante, mais Nyoko ne maîtrisait plus son corps engourdi. Elle était assise comme une poupée de chiffon sur une table de la voiture-bar, le dos appuyé à la fenêtre gelée, la tête tombante, incapable du moindre mouvement. Elle repensa à sa mère, à son père, à ceux qu'elle aimait en ce monde, à son amie Jess, son chien Lili. Elle s'accrocha à eux, tentant de dénouer les liens maléfiques que Mavi avait insidieusement tissés. Pourtant, malgré son amour pour les siens, son corps refusait de lui obéir. Elle était enchaînée à lui. Pourquoi est-ce que les voyageurs ne l'entendaient pas ? Pourquoi est-ce que personne ne venait à son secours ? Elle fit un effort démentiel pour garder les yeux ouverts et finit par apercevoir une forme étrangère qu'elle prit d'abord pour un animal. La silhouette s'avançait vers elle à quatre pattes, à l'insu de Mavi qui, emporté dans sa transe hypnotique, ne réagit pas. La silhouette s'approcha encore et elle put distinguer une jeune fille, les cheveux mouillés, le teint livide, les lèvres violacées. Elle rampait vers elle les yeux exorbités.

Une dame blanche ! se dit-elle. *Je suis en train de mourir. C'est la mort qui vient à moi.*

– Maman, murmura-t-elle, maman, j'ai peur…

Mais la fille lui posa une main glacée sur les lèvres et se blottit derrière elle comme un animal meurtri.

– Je… je… je m'ap… pelle Indie. Il faut… foutre le camp… Il va nous tuer.

13

Indie Newton ne sentait plus ses membres. La peau brûlée par la neige, le corps paralysé par le froid, elle était parvenue à ramper jusqu'à Nyoko dans un ultime effort. Un dernier espoir de sortir vivante de ce cauchemar sans fin. Pourtant, quelques minutes plus tôt, elle avait cru avoir définitivement échappé à la mort, lorsqu'elle s'était hissée tant bien que mal dans une soute entrouverte du TGV. Ses hallucinations fantomatiques avaient disparu et elle s'était mise à l'abri du froid mortel. *J'ai réussi ! Je ne suis pas morte ! Je ne suis pas morte !* avait-elle pensé avant de s'asseoir et de souffler sur ses mains tout en reprenant ses esprits. Les lèvres gercées, la peau crevassée et le cerveau endolori, il lui avait encore fallu un certain temps pour réagir et tenter de se situer dans l'espace. Elle avait échoué dans une soute glaciale, un de ces locaux techniques des trains. La main tremblante, elle avait alors agrippé son briquet et réussi après plusieurs essais à obtenir une timide flamme qui lui avait permis de dresser un fugace état des lieux. Entourée de denrées en tous genres, Indie en avait déduit qu'elle se trouvait dans une réserve, probablement située sous la voiture-bar. Alors, malgré la douleur de sa cheville, elle avait rampé une fois de plus comme une lamproie en quête de nourriture, glissant, serpentant vers l'inconnu dans l'espoir d'une lueur de vie et de tendresse humaine. Elle avait découvert un monte-charge conduisant vers l'étage supérieur et s'y était engouffrée sans hésiter. Il fallait qu'elle remonte à la surface, qu'elle rejoigne la réalité : un TGV moquetté, des voyageurs irascibles et stupides comme sa voisine, mais vivants. *Vivants ! Je vais rejoindre le monde des vivants*, s'était-elle répété, s'engageant victorieuse dans l'ouverture étroite avant de déboucher sur un sol visqueux. Malheureusement, loin d'être fini, son supplice se poursuivit bien au-delà de ce qu'elle venait de vivre à l'extérieur du train.

Il était là, le torse nu, les yeux révulsés, se trémoussant dans une danse macabre et satanique. Ce même fantôme qui l'avait poussée dans la neige, cette hallucination malsaine qui depuis le début de son voyage n'avait cessé de la hanter.

Elle venait de débarquer dans une réalité saccagée, recouverte de sang, éclairée à la lueur des candélabres ; un décor complètement surréaliste. *Je veux sortir de ce cauchemar, je vais me réveiller, je dois me réveiller !* Indie ne savait plus où elle se trouvait, ni qui elle était. En enfer ? Morte ? Endormie ? Droguée à tel point qu'il lui était impossible de se raccrocher au réel ? Tout lui semblait étranger, opaque, terrifiant. Pourtant, en apercevant de nouveau le fantôme, sa peur grandissante la fit basculer dans un nouvel état. Était-ce ses membres endoloris par le froid ? Son supplice qui avait trop duré ? Dans tous les cas, Indie ne voulait plus fuir. Quelque chose se mit à gronder en elle, une colère sourde, un cri de guerre étouffé qui lui déchira les entrailles et lui permit de se saisir d'un chandelier. La jeune fille voulait en finir. Son instinct de survie prit le dessus et ses tremblements d'effroi se métamorphosèrent en agressivité. Elle allait se battre puisqu'il le fallait. Elle n'avait plus le choix. Elle était sur le point de s'accrocher au bar pour se relever et se ruer sur le démon quand elle perçut un timide gémissement à quelques mètres, de l'autre côté de la voiture. Une petite voix qui suppliait le fantôme d'arrêter. Elle l'appelait "Mavipre".

– Arrête ce jeu, Mavipre, arrête par pitié…

Indie retrouva sa pleine conscience et un sang-froid qu'elle n'avait jamais connu. Elle analysa la situation avec une extrême lucidité. Le démon s'apprêtait à sacrifier une autre proie, visiblement une adolescente immature qui le prenait pour un garçon comme les autres. Il fallait la prévenir que ce type était réellement un fantôme et que Mavipre n'était pas un prénom étranger, mais simplement l'anagramme de "vampire". Tout était limpide. Tout s'éclairait. Il n'existait qu'une seule issue : l'attaque. Indie reposa le chandelier et, au-delà de sa souffrance, au-delà de sa peur de mourir, rampa vers elle dans l'espoir de les sauver toutes les deux. *Quand tout semble perdu, la meilleure des défenses est l'attaque*, se répétait-elle, rampant le plus discrètement possible en direction de la jeune fille. Attaquer, tuer s'il le fallait, mais ne plus fuir cette horreur. Sang pour sang, dent pour dent. Elle voulait vivre et tout tenter pour retrouver sa vie au milieu des siens. C'est ainsi qu'elle réussit à rejoindre cette poupée de chiffon aux cheveux roses qui pleurait, la tête basse, incapable du moindre mouvement. Une marionnette reliée à un vampire en transe qui probablement allait la tuer. Une autre victime ; elle n'avait plus le choix.

– Je… je… je m'ap… pelle Indie. Il faut… foutre le camp… Il va nous tuer, murmura-t-elle aux oreilles de Nyoko, tout en s'accrochant à elle comme à la vie. C'est, c'est un fan… fantôme !

– Non, c'est Mavi. Ce n'est qu'un jeu… il m'a droguée, balbutia Nyoko, la bouche pâteuse.

– Ce n'est pas un jeu ! C'est un vampire ! Un démon ! lui dit-elle, en lui assénant une forte claque pour la réveiller, ce qui malheureusement attira l'attention du démon.

Mavi cessa brusquement sa danse macabre et ses litanies hypnotiques. Il saisit le chandelier, s'approcha d'un saut agile et les dévisagea avant de se répandre dans un rire démoniaque.

– Tiens, une nouvelle amie ! Tu veux jouer avec nous, chère Indie ? C'est ton prénom, n'est-ce pas ? Indie, la jeune beauté en mal de sensations fortes. Tu as aimé ta balade nocturne ?

– Va te faire foutre ! lança-t-elle dans un crachat.

Les gencives serrées, les lèvres desséchées, le regard haineux, Indie le défiait avec rage. Elle n'était plus cette petite fille prétentieuse, mais une bête sauvage, prête à planter ses crocs dans la chair. C'était lui ou elle, et le reste du monde qu'il soit réel ou hallucinogène n'existait plus. Ce courage amusa Mavi, qui saisit sa longue chevelure blonde pour la traîner jusqu'à lui. Doté d'une force herculéenne, il s'empara d'elle sans ménagement comme d'une simple proie. La jeune fille fut très vite maîtrisée.

– Regarde, Nyoko : une fontaine de sang chaud ! Tu vas pouvoir t'initier sur un être vivant, ma belle. Tu verras, le sang chaud est nettement plus savoureux que ce sang sous cellophane !

– Arrête, Mavi ! Ce... ce n'est plus drôle. Elle est glacée, elle est blessée... Il faut prévenir les secours ! murmura Nyoko en se redressant tant bien que mal.

À bout de forces, elle voulait encore croire à un jeu d'adolescent, à une blague, un bizutage d'étudiant.

– Mavi, arrête, maintenant, tu es allé trop loin ! répéta-t-elle comme un avertissement maternel.

– Nyoko ! Ce n'est pas un jeu ! C'est un esprit diabolique... cria Indie tout en se débattant dans les bras du vampire qui lui noua un foulard sur la bouche pour l'empêcher de crier.

Il l'enserra ensuite puissamment, la saisit par les cheveux et approcha sa gorge de la bouche de la jeune poupée rose.

– Allez, Nyoko, mords-la ! Juste là sur cette belle veine jugulaire. Le rite doit s'accomplir ! Fais-moi confiance, le monde est beaucoup plus enivrant de l'autre côté des apparences.

Nyoko releva la tête, vidée, déboussolée, incapable de réactions. Elle pouvait sentir la respiration saccadée de l'autre adolescente que Mavipre lui offrait en sacrifice à la lueur des bougies. Un visage dévasté par les brûlures, un regard enragé qui lui hurlait de se réveiller. Mavipre maintint ainsi Indie face à Nyoko, une offrande qu'il lui demandait d'accepter. Un lien du sang qui l'attacherait à jamais à son amour foudroyant. *Son premier amour. Un amour fou. Complètement fou.* Nyoko plongea ses yeux dans ceux de la jeune fille. Un regard de bête, un bouillonnement intérieur qui lui hurlait de sauver leur peau. Elle sentit une incroyable puissance de vie chez l'adolescente et ce tumulte volcanique dans les yeux d'Indie réanima un peu son esprit dérouté.

Nyoko ! Tue-le ! Ce garçon n'existe pas, c'est un fantôme. Tue-le, je t'en prie ! entendit-elle, distinctement, alors qu'Indie était physiquement incapable de prononcer un mot.

Qui lui parlait ? Sa voix intérieure, sa raison ? Nyoko se sentait incapable de trancher, engluée dans sa peur viscérale. L'hésitation de l'adolescente agaça Mavipre qui, le visage haineux, rejeta violemment Indie par terre ; prêt à s'abattre sur elle d'un coup de dent.

– D'accord ! répondit soudainement Nyoko. D'accord, répéta-t-elle d'une voix plus assurée que d'habitude. Je vais boire son sang, mais ne la frappe pas.

Le jeune démon se retourna pour lui offrir un sourire pervers.

– Bien, tu deviens raisonnable, ma belle. Tu verras, tu ne regretteras rien de ce monde, lui dit-il, tout en plaquant Indie au sol.

L'offrande sacrificielle pouvait commencer. Alors, lentement, Nyoko vint s'agenouiller auprès de la jeune fille qui la regardait avec effroi. Elle sortit une bouteille de parfum de son sac, l'ouvrit, déposa quelques gouttes de son essence sur sa proie puis approcha sa bouche de la gorge laiteuse. Elle leva une dernière fois les yeux vers le jeune homme, tentant d'y trouver une réponse cartésienne. Elle le suppliait de se démasquer avant qu'il ne soit trop tard. S'il était réel, s'il était vivant, il était temps de l'avouer. Après, il serait trop tard. Il y allait d'une vie, d'une vie qu'elle allait prendre. Mais les yeux révulsés du garçon ne lui permirent pas de douter. Il ne lui laissait plus le choix. Alors, elle murmura quelque chose à l'oreille de sa victime avant de saisir à pleine main sa bouteille de parfum et de la déverser sur Mavipre dans un cri démoniaque. C'était la première fois que la jeune Nyoko laissait sortir sa haine. La première fois que sa voix était à la hauteur de ses sentiments. Elle hurla :

– Crève, Mavipre ! Crève !

Le vampire, pris de court, n'eut pas le temps de réagir à l'assaut des deux adolescentes. Il ne perçut que la lueur d'une flamme dans les yeux noirs de Nyoko, avant de se transformer en torche vivante. Dans un rugissement animal, le corps du vampire devint monstre, loup, éclair avant de se consumer entièrement pour laisser place à une nuée d'araignées. Les insectes se répandirent au milieu des flammes qui léchaient déjà les parois de la voiture-bar.

Indie agrippa Nyoko pour l'éloigner du brasier et fuir ce wagon de l'enfer, mais les portes demeurèrent bloquées. De l'autre côté des vitres, personne ne semblait les voir ni même les entendre. Elles ne distinguaient rien d'autre qu'une obscurité insondable et un brasier prêt à les dévorer. Aucune issue. C'était comme si le train avait été abandonné, comme si elles étaient seules dans cette voiture enflammée, condamnées à une mort lente. Les flammes léchaient leurs pieds, illuminaient leurs visages défaits, les menaçaient d'une monstrueuse colère satanique. Il allait gagner. La force de cet esprit malsain allait les engloutir à jamais dans le cœur rugissant de l'enfer.

– Il y a un extincteur à l'autre bout du wagon ! hurla Nyoko dans un sursaut de lucidité. Je vais nous sortir de là, dit-elle. Fais-moi confiance !

– Tu n'y arriveras pas…

Sans écouter les suppliques d'Indie, Nyoko ôta son manteau de poupée, le dressa devant elle comme un bouclier, offrit un dernier sourire humain avant de s'élancer dans les flammes dans un cri de guerrière.

14

Quand Robert Jean entendit le “tut, tut”, alarme qui l’invitait à contacter immédiatement la conductrice, il venait de terminer la visite complète de sa rame et s’apprêtait à regagner la voiture-bar. Appuyé sur son épée de Dark Vador fluorescente, suivi de Josy avec la lampe torche, puis de Dylan et Virgil les bras chargés de sacs-poubelles, il dirigeait un singulier cortège.

– On forme une équipe de choc ! dit-il tout en cherchant dans ses poches sa clé de Berne pour ouvrir le boîtier d’interphonie de la voiture 3.

– Et qu’est-ce qu’on fait des poubelles ? Ça pue trop ! demanda Dylan en déposant les sacs au sol.

– Vous allez les déposer à l’extérieur du train. Pas de bêtises, les garçons ! prévint-il sur un ton professoral.

– Et où voulez-vous qu’on aille ? lui répondit Dylan d’un sourire ironique.

Robert en convint, ouvrit le boîtier radio à l'aide de la clé de Josy, avant de déverrouiller la porte. Un vent glacial pénétra dans l'intercirculation de la voiture 3.

– La vache ! C'est le délire, ce temps ! lança Dylan en sautant dans la neige. C'est la fin du monde ou quoi ?

– Allô, Jeanne, C'est Robert, je t'écoute.

– Ils nous envoient un hélico avec des vivres et des kits de secours. Un médecin et deux secouristes vont être transbordés pour vous aider à distribuer tout cela.

– Si tu veux mon avis, les gens ont plus envie de rentrer chez eux que de boire du thé et de manger des compotes bio, pesta-t-il, véritablement exténué, la douleur de sa blessure le lançant de nouveau. Que fait l'équipe de dépannage ?

Jeanne lui expliqua alors en détail les dernières directives du CNO.

– Pas possible ! Ils veulent que tu repartes dans l'autre sens ! Ils ne pouvaient pas avoir cette idée de génie avant ? Ça fait des heures qu'on poireaute !

– Je sais, Robert, je sais. Ah ! Autre chose, précisa-t-elle, fais gaffe, il y a un individu dangereux dans le train.

– La Licorne ? interrogea-t-il, se souvenant du nom du prétendu criminel évoqué par Dylan.

– Non, un certain Ahmid Rezzoug. J'ai avec moi une jeune fille que j'ai récupérée sous la neige. Elle dit qu'elle a parfaitement identifié l'homme qui l'avait violée quand elle était enfant. Elle s'est enfuie grâce à ta clé de Berne que tu avais perdue quand l'ado t'a agressé.

Robert demeura sans voix. Il était au bout du rouleau.

– Et cette jeune fille est avec toi en cabine ?

– Oui.

– Tu veux que je vienne la chercher ?

– Non, je la garde avec moi.

– Le CNO est OK ?

– Je me moque de ce que pense le CNO ! Je la garde avec moi, un point c'est tout ! répondit Jeanne à bout de nerfs.

Robert comprit sa décision. Lui aussi après tout avait fermé les yeux sur le règlement en se taisant sur le comportement des deux adolescents. Pendant qu'il parlait à Jeanne, Dylan et Virgil avaient sorti tous les sacs-poubelles et commençaient à se lancer de la neige. Ils jouaient comme des enfants alors que quelques heures auparavant ils auraient pu se tuer. *De vrais gosses*, constata-t-il avec une pointe de tendresse.

– OK, Jeanne. Est-ce que tu peux informer le CNO qu'un jeune a cru reconnaître un tueur dans le train, un type nommé la Licorne ? Il y a peut-être un rapport avec le violeur… Je préférerais savoir à quoi m'en tenir, parce qu'à mon avis, on va encore rester une poignée d'heures enfermés dans cette satanée machine !

Jeanne accepta et Robert se dirigea vers ses trois acolytes qui se divertissaient dans la neige.

– Josy, il faut rentrer maintenant ! Si les gens s'aperçoivent qu'on a ouvert une porte, tout le monde va vouloir sortir et ça va être la panique sur ce viaduc.

Josy et les garçons revinrent vers lui, un peu rassérénés par cette pause en plein air.

– Qu'est-ce qu'on fait maintenant, monsieur ? interrogea Virgil, soufflant dans ses mains pour se réchauffer.

Il semblait presque heureux de se sentir utile et de se laisser guider par les ordres du vieux contrôleur. Son père lui avait tant manqué qu'il en avait oublié le goût de l'obéissance. Le plaisir d'effectuer une tâche simple, un travail obligatoire comme lorsque, enfant, son père lui demandait de laver les vitres de la voiture pour gagner quelques pièces. La plupart des jeunes détestaient les activités forcées, les tâches imposées, mais Virgil à cet instant aurait voulu que cela durât toujours. L'action lui faisait un bien fou et lui évitait de gamberger. Ses TOC lui accordaient un peu de répit, il se sentait détendu pour la première fois depuis très longtemps.

– On retourne au bar. Les secours vont arriver, répondit Robert en refermant la porte sur eux. Il va falloir repasser dans tous les wagons ! Dis-moi, Dylan, comment il s'appelait déjà ton serial killer ?

– Gaspar Sullivan, dit la Licorne, répondit Dylan, replongé dans une réalité qu'il avait oubliée. Il… il s'est passé quelque chose ?

– Non, non…

Robert baissa les yeux pour éviter de croiser ceux du jeune homme qu'il ne voulait pas inquiéter davantage puis il pénétra dans la voiture-bar, sa puissante lampe torche en main.

Malheureusement, ce qui se présenta à eux fut encore plus inquiétant que ce qu'ils avaient traversé jusqu'alors. Une odeur de roussi avait envahi l'espace-bar, entièrement recouvert de neige carbonique. Des poches de sang que la compagnie de train transportait parfois dans la soute réfrigérée pour des hôpitaux ou des centres de transplantations d'organes avaient été éventrées. Le sang s'était écoulé sur le bar, la moquette, avait giclé sur les vitres et toutes les tables du compartiment. Ils trouvèrent même un reste de cœur humain carbonisé. Les deux adolescents en restèrent sans voix. Choqués. Josy courut se réfugier dans les toilettes, secouée de violentes nausées. Robert quant à lui continua son exploration méthodique en silence, pointant sa lampe torche sur chaque recoin. Il voulait savoir, comprendre ce qui avait bien pu se passer dans cette voiture pendant son absence. Qui pouvait bien avoir commis un tel acte de vandalisme ? Quel genre d'individu avait pu de la sorte transformer une voiture-bar en scène de crime sanglante ? Pourquoi les détecteurs de fumée n'avaient pas fonctionné ? Pourquoi aucun voyageur n'était-il venu le prévenir ? Il se passait des événements dans ce train qui dépassaient largement le cadre de la panne technique. La panique collective de mille personnes enfermées pendant plusieurs heures dans un train immobile ne pouvait suffire à justifier de tels actes. Il ramassa un chandelier en argent tout droit sorti d'un décorum de film historique, mais Dylan lui rappela qu'il ne fallait jamais toucher aux objets “sur les scènes de crime ou de vandalisme” pour ne pas effacer les potentielles empreintes. Alors, il replaça l'objet à sa place et se dirigea vers son local pour appeler

Jeanne. Il ouvrit la porte et eut juste le temps d'échapper à un violent jet de chaise.

– Crève, Mavi ! Crève ! hurla une jeune fille aux cheveux roussis et au visage légèrement brûlé.

Elle se jeta sur Robert, qui serait de nouveau tombé si Dylan ne l'avait pas rattrapé au vol.

– Calmez-vous ! Je suis le contrôleur de ce train ! Tout va bien ! dit-il en tentant de maîtriser la jeune furie qui lui labourait le ventre de petits coups de poing.

– Non ! Ne les crois pas, Nyoko, ils sont avec lui ! Ils viennent nous chercher.

Une autre jeune fille venait de surgir de sous le bureau. Le visage noirci, les lèvres en sang, la jambe visiblement inerte, la jeune voyageuse ressemblait à une rescapée d'un attentat. Son regard n'avait plus rien d'humain ; un animal sauvage, blessé, terrifié, prêt à tuer pour défendre ce qui lui restait de peau. *Elles ont côtoyé l'horreur*, pensa Robert, se sentant cette fois complètement démuni. Les faits dépassaient l'entendement et il eut bien du mal à rester debout pour calmer du mieux qu'il le pouvait la jeune Asiatique qui continuait de le frapper. À sa grande surprise, Dylan fit cette fois preuve de sang-froid. Le grand gaillard s'agenouilla auprès de la victime et s'approcha d'elle avec douceur.

– Ça va aller. Calme-toi. Nous sommes là pour vous aider… Vous n'avez rien à craindre. Ce type est le contrôleur, moi je m'appelle Dylan et Virgil fait aussi partie de l'équipe de secours.

Il lui tendit une main amicale que la jeune fille, frissonnant, tremblant, claquant des dents, finit par saisir. Lentement son corps accepta de glisser vers lui, de s'abandonner à la chaleur rassurante d'un être vivant. Elle échoua dans ses bras, enveloppée par ses larges épaules.

– C'est fini, lui répéta-t-il en lui tapotant le dos gentiment.

Indie se mit à pleurer, à recracher toute cette douleur avalée pendant cet odieux naufrage qui avait duré des heures et des heures. Une éternité. Elle ne retenait plus rien, elle lâchait prise et Dylan fut à la hauteur de cette déferlante d'émotions. Il la berça, la calma, la rassura avec tendresse.

– Que vous est-il arrivé ? finit par interroger Robert.

– Il a voulu nous tuer ! hurla Nyoko, le regard encore empli d'effroi.

– Mais… mais de qui parlez-vous ? Qui a fait ça ? tonna le contrôleur.

– Un vampire ! répondit Indie d'une voix frêle. C'était un vampire, Mavipre Upierczi. Un fantôme qui a voulu nous tuer…

– Un vampire ? répondit Robert que plus rien n'étonnait. C'est un vampire qui a mis le feu, c'est ça ?

– Non, c'est moi qui ai mis le feu, répondit Nyoko d'une voix assurée. C'était la seule façon de nous en sortir, le vampire voulait nous tuer.

– Mais c'est aussi elle qui a éteint le feu ! Elle a risqué sa vie pour me sauver, précisa Indie avant de s'effondrer dans les bras de Dylan.

Robert sentit une vive douleur envahir sa jambe. Le mal se réveillait et son métier n'avait plus de sens. Il n'avait même plus la force d'écouter les adolescentes visiblement terrorisées par ce qui leur était arrivé. Il venait de franchir son seuil de tolérance, il lui fallait un peu de calme pour accepter sans hurler cette série de faits sans queue ni tête qu'il n'arrivait plus à ingurgiter.

– Très bien, conclut-il, acceptant tout de go la version des jeunes filles. Virgil et Dylan vont gentiment vous accompagner en voiture 5 dans le carré réservé au personnel de bord. Les garçons, quant à vous, je vous envoie Josy en renfort. Elle vous apportera des vivres et soignera de son mieux leurs brûlures et la cheville de la jeune fille. Je dois de mon côté prévenir la conductrice que son train a… été brûlé.

Dylan porta Indie dans ses bras avec une grande délicatesse. La jeune fille se blottit instinctivement contre sa poitrine, agrippant son cou à l'en étouffer. Nyoko, elle, refusa qu'on la touche. Elle se contenta de tenir la main d'Indie et de suivre Virgil qui ouvrit la route à l'aide d'une lampe torche.

Quelques secondes après leur départ, Josy, complètement paniquée, vint rejoindre Robert.

– Nous ne sommes pas formés pour ça, Robert, n'arrêtait-elle pas de répéter, grelottant autant que les victimes qu'elle était censée protéger.

– Je sais, Josy, mais on n'a pas le choix, il faut aller au bout ! Il faut que tu tiennes le coup !

– Je ne peux pas, Robert, je ne peux pas…

Robert ouvrit alors sa sacoche et en sortit un pot de cerises à l'eau-de-vie. Sa femme adorait cela, les cerises à l'eau-de-vie, alors il lui en avait acheté un pot pour Noël dans une épicerie fine de la rue Daumesnil. Il versa un peu de liqueur dans un gobelet en plastique et le tendit à la jeune Réunionnaise qui le vida d'un coup. Robert lui offrit aussi les deux derniers cachets anti-inflammatoires qui lui restaient pour atténuer les douleurs des jeunes filles. Josy prit les cachets, quelques serviettes de table et des bouteilles d'eau qui n'avaient pas pris feu et traversa le wagon mécaniquement, comme une machine. Le regard fixe, les membres tendus, elle partit accomplir son devoir sans émotion : servir les voyageurs jusqu'au bout du voyage.

Robert, de nouveau seul dans son local en lambeaux, se servit à son tour un petit verre de liqueur avant de contacter Jeanne ; lui aussi se contentait de faire son devoir. Que pouvait-il faire d'autre ? Chercher à expliquer une telle situation n'était pas de son ressort. Qui d'ailleurs aurait pu expliquer un tel chaos ?

Après son récit, Jeanne éclata de rire. Un rire nerveux bientôt suivi de celui de l'adolescente qui était à ses côtés ; elles aussi étaient en train de craquer.

– Excuse-moi, Robert, dit-elle en tentant de se maîtriser. Il a un nom ce "vampire" ?

– Mavipre Upierczi.

– Ça nous fait un troisième individu dangereux dans ce train. Un serial killer, un violeur et maintenant un… vampire.

– Mavipre est l'anagramme de vampire. Les adolescentes ont parlé de fantôme… précisa Robert très sérieusement. Cette fois, on a basculé dans le paranormal.

– Je vais toujours transmettre au CNO le nom d'Upierczi, on ne sait jamais, répondit Jeanne pour ramener la conversation vers le rationnel. Le prétendu vampire est peut-être un timbré échappé d'un asile.

Robert raccrocha et avala cul sec une autre gorgée de liqueur.

15

Il était environ 3 heures du matin quand Jeanne réussit à décoller son train dans l'autre sens. Elle entendit même les applaudissements des techniciens de la salle du CNO, soulagés de dégager cette satanée machine du viaduc. Malgré le froid, le courant passait dans la caténaire, les pantographes étaient en état, les moteurs de la rame 2 fonctionnaient parfaitement et leur puissance suffit à tracter les seize remorques du double TGV. Le train quitta donc très lentement le viaduc enneigé pour se diriger à 40 kilomètres-heure en sens inverse, vers une voie d'évitement où les attendraient des trains de dépannage. Les voyageurs avaient au préalable reçu des vivres, les secours de la Croix-Rouge et un ultime message d'information : "*Mesdames et messieurs, le TGV se dirige actuellement vers un quai d'évitement où vous attendront deux autres trains à destination de*

Valence. Des agents de notre compagnie vous achemineront ensuite vers un gymnase qui a été spécialement réquisitionné et aménagé. Vous trouverez sur place toutes les informations nécessaires pour continuer votre voyage dès demain matin. Notre compagnie et notre personnel vous prient de nous excuser pour cette panne involontaire et imprévisible due aux intempéries. Nous vous informons que vos titres de transport vous seront intégralement remboursés."

Robert avait tenu à effectuer lui-même ce dernier message malgré son état comateux dû à un mélange d'antalgiques et de liqueur. Ce train qui s'éloignait le soulageait. Le médecin de la Croix-Rouge lui avait posé une attelle au genou avant de repartir dans l'hélicoptère avec une femme prête à accoucher, un bébé souffrant d'hypothermie et un vieil homme pris de malaise cardiaque. Faute de place, Nyoko et Indie avaient finalement dû rester dans le train, toutes deux soutenues par la douceur fragile de Josy et l'attention fraternelle de Dylan et Virgil. Régnait dans le train une impression de calme. Un silence d'après tempête qui se propageait dans toutes les voitures avec l'odeur du café chaud que les secouristes avaient distribué. Le train roulait enfin et c'était tout ce qui importait. Les voyageurs n'avaient plus envie de râler, ni de penser au lendemain.

Ils avaient juste envie d'arriver. De poser pied à terre, de respirer cet air glacial ou de fumer une cigarette. Ils voulaient mettre un point final sur cette aventure qu'ils n'étaient pas près d'oublier. Robert, lui, savait que cette arrivée ne serait pas vraiment une fin, mais le début des explications. Enquête technique, enquête de police, enquête psychologique allaient venir constituer un énorme dossier qui désignerait les coupables de ce sacré pétrin. Coupables ? Victimes ? Le vieux contrôleur avait bien du mal à y voir clair dans cette interminable suite d'événements, tous plus surréalistes les uns que les autres. Cette nuit l'avait emporté dans le doute absolu, à la frontière de ses croyances et certitudes, pour le laisser exténué, seul dans son minuscule local recouvert de cendres, de sang et de café.

Dylan et Virgil, eux, avaient aidé les secouristes à distribuer les vivres aux voyageurs, abandonnant pour quelque temps à Josy la surveillance d'Indie et de Nyoko. Dès que les hommes de la Croix-Rouge avaient pénétré dans le train, ils s'étaient mis à leur service sur ordre de Robert. Le chef des secouristes les avait même félicités pour leur bravoure, tant il était rare selon lui de tomber sur des jeunes si dynamiques et altruistes. Équipés de gilets jaunes et de lampes frontales, les deux adolescents avaient donc épaulé les secouristes, sans qu'aucun des voyageurs ne reconnaisse ceux qui, quelques heures auparavant, s'étaient fait remarquer par leur comportement agressif. Contre toute attente et aussi surprenant que cela puisse paraître, les deux adolescents avaient fini par s'apprécier. Ils terminèrent leur voyage dans le carré réservé au personnel, veillant avec Josy sur le sommeil des deux jeunes filles victimes du "vampire". Préférant s'en tenir au sentiment de paix qui régnait dans les voitures, ils évitèrent de revenir sur leur nuit de cauchemar et firent connaissance sur le ton d'une banale conversation de lycée. Ils échangèrent à voix basse pour ne pas réveiller les adolescentes, partageant leurs goûts musicaux, leurs hobbies, leurs envies de voyages et leurs blagues de potache.

Indie et Nyoko, elles, s'étaient endormies aux côtés de Josy, bien emmitouflées dans les couvertures des secouristes. Le médecin urgentiste avait soigné la cheville d'Indie et lui avait procuré des vêtements secs. "Un pur look de wesh !" avait-elle plaisanté, se voyant affublée d'une tenue de sport blanche, digne de celles des chanteurs de rap. Malgré son traumatisme et sa blessure à la cheville, sa vivacité d'esprit avait rassuré le médecin qui, faute de place dans l'hélicoptère, avait dû se résoudre à la laisser dans le train. Quant à Nyoko, elle avait avalé un calmant qui l'avait aussitôt plongée dans un profond sommeil. Josy, de son côté, avait un tant soit peu retrouvé son énergie. Elle évitait de se poser des questions et se contentait d'observer les adolescentes, en sirotant une tasse de café fumant. Elle voulait oublier ce qui s'était passé et se forçait à ôter de sa mémoire les images d'épouvante de sa nuit de travail. Elle n'avait qu'une hâte, retrouver son futur mari et repartir avec lui vers l'île de son enfance qui ne lui faisait plus du tout peur après ce qu'elle venait de vivre. Elle se sentait prête à affronter son passé. L'amitié des deux jeunes filles dormant l'une contre l'autre lui rappelait ses doux instants sur les plages de Saint-Denis de la Réunion auprès de son amie Lilianne. Elle aussi avait été une adolescente fragile. Elle aussi avait rêvé à une vie d'exception. Pourquoi avait-elle eu si peur de retrouver Lilianne, ses parents, son île, cette vie qu'elle avait quittée, mais qui pourtant lui avait procuré pas mal de bonheur ?

Elle eut envie d'appeler son futur époux, juste pour entendre sa voix, juste pour lui dire qu'elle l'aimait, mais le réseau de son téléphone portable ne fonctionnait toujours pas. Alors elle se contenta de sourire aux garçons qui se racontaient des blagues, tout en réajustant de temps à autre les couvertures sur les épaules des jeunes filles endormies. Qu'avait-il bien pu se passer dans ce wagon-bar pour qu'elles soient à ce point effrayées ? Elle se souvint d'Indie et de sa prétention de jolie fille. De cette jeune peste qui au début du voyage lui avait aboyé dessus uniquement parce qu'elle avait refusé de lui servir une bière. L'adolescente avait changé. Bien sûr elle avait été traumatisée, mais quand elle s'était calmée et qu'elle avait commencé à plaisanter avec les secouristes, elle lui était apparue plus aimable et très proche de Nyoko. Elle avait mûri en quelques heures seulement. Cette réflexion fit prendre conscience à la serveuse combien était précieux chaque instant présent, parce que tout pouvait basculer d'une seconde à l'autre pour le meilleur ou pour le pire. *Pour le meilleur et pour le pire*, se répéta-t-elle, retrouvant son généreux sourire. Dans quelques jours, elle allait se marier et le reste finalement importait peu.

Dans la cabine de conduite de la rame 2, Jeanne était pour sa part restée extrêmement concentrée sur son tableau de pilotage, se contentant de se retourner de temps à autre sur Waafa qui la regardait travailler. Il ne lui restait qu'une dizaine de kilomètres à parcourir avant de descendre définitivement de ce train. Elle ne voulait commettre aucune fausse manœuvre et craignait encore que le vent déchire une caténaire ou endommage l'un de ses pantographes. Son train avançait tant bien que mal, éclairé dans une rame et plongé dans l'obscurité pour l'autre moitié.

– C'est vachement dur, votre métier, lui avait lancé Waafa, qui avait repris des forces et savourait un chocolat chaud.

– Pourquoi dites-vous ça ? avait répondu la conductrice.

– Vous êtes seule, vous êtes responsable de la vie des voyageurs… Ça me ferait flipper, moi !

Jeanne se contenta de sourire. La jeune fille avait raison. C'était un métier difficile et, sur cette dernière ligne droite, conduisant son TGV à moins de 40 kilomètres-heure, elle n'était plus du tout certaine d'avoir fait le bon choix. Elle n'avait plus aucune certitude d'ailleurs sur son avenir. Elle savait simplement qu'Alain voulait la quitter et que son fils lui manquait terriblement.

– TGV 175 ! dit-elle, en décrochant quelques minutes plus tard le combiné du contact radio.

– Jeanne ?

– J'arrive sur le quai d'évitement. Je ne vois pas de lumière… Où est l'équipe de secours ? Les agents de police ?

– Il n'y en a pas, répondit l'agent de régulation, navré et honteux. Mais les trains de remplacement vont arriver dans dix minutes sur l'autre voie. Le temps que les voyageurs débarquent, les trains seront là.

– Super ! Ils vont attendre dans le froid sur un quai de transbordement au milieu de rien. Je vous rappelle quand même que nous avons probablement un serial killer et un violeur dans ce train ! Peut-être même un taré qui se prend pour un vampire !

– Les secours médicaux, les agents de la SUGE et la cellule psychologique pour les jeunes qui ont eu des soucis seront à Valence. Ils les prendront en charge dès leur arrivée. Ça va bien se passer maintenant… D'ailleurs, les agents de police ont fait des recherches sur les noms que tu nous as transmis.

– Alors ? interrogea-t-elle en croisant le regard inquiet de Waafa.

– Négatif. Ton serial killer, Gaspar Sullivan dit la Licorne, a été tué en 2008 lors d'une intervention de police. Quant au violeur Ahmid Rezzoug, il est en prison à Marseille depuis un an pour un autre crime sexuel. Pour le vampire, on n'a rien trouvé, mais à mon avis les ados vous ont joué un sale tour…

Waafa se leva d'un bond et, sans que Jeanne n'ait le temps de réagir, hurla dans la radio :

– J'ai vu Ahmid Rezzoug dans le train ! Je ne suis pas folle ! Dans tous les cas, vous pouvez lui dire que je vais porter plainte parce qu'il n'était peut-être pas réel dans ce train, mais dans ma chambre il l'était… Je peux vous dire qu'il l'était ! dit-elle avant d'éclater en sanglots et de se blottir comme une enfant sur les genoux de Jeanne.

– Prévenez-moi si les trains ont du retard, lança simplement la conductrice avant de couper la liaison radio. Je suis désolée, Waafa, murmura-t-elle.

– Je suis certaine de l'avoir vu dans ce train, lança l'adolescente dans un regard désespéré.

– L'important ce soir n'est pas ce qu'on a vu, Waafa, mais ce qu'on a décidé. Vous allez porter plainte contre lui, ça, c'est une très bonne résolution.

– Et vous ? lui demanda la jeune fille. Qu'avez-vous décidé ?

– Peut-être d'essayer de reconquérir l'homme de ma vie… répondit-elle dans un timide sourire.

Jeanne coupa l'alimentation des moteurs de la rame 2. Il était plus de 3 heures 20 du matin et les voyageurs pouvaient enfin descendre. Elle ouvrit automatiquement les portes de la rame 2, avant d'inviter Robert et Josy à passer dans les voitures de la rame 1 pour les déverrouiller manuellement.

16

Quand les portes du train s'ouvrirent, les passagers descendirent dans le calme, un peu secoués par leur nuit sans sommeil. Ils découvrirent un paysage immaculé de neige dans une nuit profonde et sans lumière. Ils débarquaient dans un no man's land total, sur ce genre de quai situé en rase campagne, prévu pour le dépannage des trains "coulés". Peu à peu, le quai de transbordement plongé dans l'obscurité fut recouvert d'une marée humaine foulant la neige et s'éclairant de lampes de fortune. Les voyageurs semblaient ahuris, perdus dans ce coin de campagne glacial sans abris ni assistance. Il ne neigeait plus, mais le vent sifflait et balayait les manteaux, s'engouffrant sous les jupes des femmes ou les bonnets des jeunes enfants. Des bébés se mirent à pleurer, des enfants à courir pour toucher la neige. Les bagages s'amoncelaient sur le quai dans un désordre total où chacun essayait de récupérer ses biens et de protéger ses derniers paquets de Noël. Très vite, on put distinguer deux catégories de voyageurs. Ceux de la rame 2, sous le contrôle du chef de bord Dominique, qui avaient eu le privilège de conserver lumière, chauffage et eau courante pendant toute la panne. Ils étaient plus vifs, plus pressés, plus agressifs aussi. Puis ceux de la première rame, qui ressemblaient à des naufragés avec leurs couvertures de survie sur le dos, leurs petites lampes de poche, leurs téléphones cellulaires en main et leurs terribles cernes sous les yeux qui leur donnaient des airs de revenants. Oui, les passagers de la rame 1 dirigée par Robert Jean étaient de véritables revenants. Des rescapés d'un périple qui ne leur avait épargné aucun répit. Ils avaient voyagé dans le froid, dans le noir, dans l'odeur épouvantable des toilettes bouchées. Certains avaient vécu d'incroyables scènes de violence, particulièrement de la part de certains jeunes qui avaient complètement perdu pied. On racontait que le contrôleur s'était fait agresser par "un grand Noir", qu'un "jeune gothique" avait menacé des voyageurs avec un couteau pour une simple bouteille d'eau, qu'une "jeune Maghrébine" avait insulté une femme parce qu'elle lui demandait gentiment de libérer les toilettes, qu'une "pétasse hystérique" avait littéralement broyé le nez d'une pauvre voyageuse de première classe. On parlait aussi d'un "drogué" que le contrôleur aurait protégé des plaintes légitimes d'une vieille dame. On aurait même évoqué un incendie en voiture-bar... La rumeur allait bon train, les langues se déliaient dans ce froid glacial où les plus à plaindre ressentaient le besoin de raconter leurs malheurs aux privilégiés qui n'avaient pas vécu le même enfer. Les faits se déformaient, s'amplifiaient au fil de toutes les petites histoires que chacun narrait à sa façon. Il n'existait pas une seule version de l'histoire de cette nuit d'enfer, mais une foule d'anecdotes individuelles, une sorte de patchwork de vérités. On en rajoutait, on divaguait, on cherchait à comprendre sur ce quai de transbordement où les voyageurs attendaient en vain d'être "transbordés" justement dans un nouveau train. C'était fou ce qui s'était passé cette nuit et les voyageurs de la rame 2 avaient bien du mal à croire à toutes ces histoires de la rame 1. Pourtant, certains d'entre eux durent admettre que quelque chose ne tournait vraiment pas rond quand ils entendirent une femme hurler.

– J'ai perdu mon fils ! Aidez-moi, mon fils a disparu !

La femme poussait une double poussette, tout en tractant une énorme valise à roulettes. Elle fonçait au milieu des voyageurs, tentant d'apercevoir l'enfant qui lui avait échappé.

– On peut vous aider, madame ? lui demandèrent Dylan et Virgil qui, sur le conseil de Robert, avaient accouru à son secours très rapidement.

– C'est un garçon de votre âge, il est plutôt rond avec des lunettes. Il était en voiture 2. Mon mari est allé voir à sa place, mais il n'y avait que ses affaires, son sac et son manteau, son livre de classe… Où est le responsable du train ? Je veux parler à un responsable ! poursuivit-elle, en tournant sur elle-même comme une abeille déboussolée.

Les deux jeunes hommes lui proposèrent gentiment de la conduire auprès du contrôleur, tout en portant sa valise. Robert, qui venait de débarquer avec difficulté à cause de sa jambe blessée, écouta patiemment la femme lui expliquer la situation. Son mari fouillait le train de fond en comble, mais elle était très inquiète… Le contrôleur se souvenait effectivement du garçon de la voiture 2, un bon petit qui révisait sa physique-chimie pendant le trajet. Il ne l'avait pas revu depuis mais, dans l'obscurité des voitures, il aurait de toute façon été difficile de surveiller un enfant. Il promit à la femme de fouiller le train et l'invita à se mettre à l'abri du vent en attendant les trains de dépannage. Mais la mère ne tenait pas en place, rongée par l'angoisse. Elle abandonna sa lourde valise et reprit ses allers et retours sur le quai avec sa poussette et ses bébés qui hurlaient de faim et de froid. Robert Jean envoya les "gosses" – comme il appelait désormais Dylan et Virgil – faire le tour de la rame pour voir s'ils pouvaient retrouver le jeune Zimri. Pendant ce temps, il fila rejoindre Jeanne, Josy et Dominique pour tenter de faire le point.

Les deux adolescents, toujours munis de leurs gilets jaunes et de leurs lampes frontales, se glissèrent dans le TGV désert. Ils filèrent tout de suite vers la place attitrée du jeune homme mais ne trouvèrent rien d'autre qu'un magazine pornographique sous son siège.

– Papa n'a pas vu ça ! lança malicieusement Dylan à Virgil en lui éclairant la revue.

– Ou papa a vu, mais n'en a pas parlé à maman ! précisa Virgil avec un petit sourire entendu.

– On le garde ? interrogea Dylan qui, sans même attendre la réponse de Virgil, glissa la revue pornographique dans la poche de son sweat.

Ils fouillèrent très précautionneusement chaque recoin de la rame 1 du TGV, évitant simplement la voiture-bar comme le leur avait ordonné Robert. De toute façon, ils n'avaient aucune envie d'y remettre les pieds. Rien. Aucune trace de l'adolescent. Le jeune Zimri s'était tout simplement volatilisé. Ils retournèrent bredouilles vers Robert et l'équipe technique qui commençait à organiser les recherches.

– Bon, dit Jeanne, qui prit en main les opérations de recherche sans même avoir eu le temps de faire un bilan de cette nuit d'enfer avec le personnel. On refait un tour complet, je vais aller chercher le porte-voix, le petit s'est peut-être éloigné du quai. On se retrouve tous ici dans cinq minutes, si on ne l'a pas trouvé, on appelle les flics, en espérant qu'ils puissent parvenir jusqu'à nous. J'espère vraiment que les trains de dépannage vont arriver au plus vite !

Robert et Josy furent chargés de rester auprès des trois adolescentes traumatisées, Waafa, Indie et Nyoko. Dominique, le papa de Zimri, Dylan et Virgil refirent ensemble le tour des deux rames. La panique avait recommencé à se propager sur le quai où les gens se plaignaient du froid, de l'attente. “Il paraît qu'un enfant a disparu”, entendait-on sous les hurlements du vent.

C'est Indie qui donna à Robert l'idée d'aller fouiller les soutes accessibles par l'extérieur du train. Comme elle, l'adolescent avait peut-être lui aussi trouvé refuge dans l'une d'elles. Sans hésiter, le contrôleur confia la protection des jeunes filles à Josy et avança cahin-caha vers cette idée judicieuse : fouiller toutes les soutes du TGV, normalement inaccessibles aux voyageurs. Et c'est là, à la lumière de sa puissante lampe torche, qu'il découvrit Zimri. En sous-vêtements, le jeune garçon était couché derrière une montagne de caisses de canettes de soda, tremblant de froid.

– Bon Dieu ! soupira le contrôleur en apercevant l'adolescent blanc comme un linge.

Zimri se releva d'un bond, le fixant avec des yeux écarquillés et les pupilles dilatées.

– Approche, bonhomme. Je suis le contrôleur du train, viens, je vais t'aider à sortir de là.

Le jeune garçon avait l'air terrifié et insensible à la tentative de secours. Il avait le visage des enfants en proie aux terreurs nocturnes que les parents ne réussissent pas à rassurer. Pire, c'est comme si la présence de Robert l'angoissait davantage. Comme si Zimri voyait un monstre en lui. Aveuglé, apeuré, le garçon paniqua comme un papillon de nuit en pleine lumière et vint se plaquer violemment au fond de la réserve.

– Laissez-moi ! Je n'ai pas peur ! Je n'ai pas peur de mourir ! hurla-t-il avant de lancer une canette de soda sur la tête de Robert et de lui échapper d'un bond.

Tous les voyageurs assistèrent alors à une scène épouvantable : un jeune garçon presque nu sauta sur le quai enneigé et courut au milieu d'eux, les yeux exorbités, comme s'il avait vu un fantôme. Il courait droit devant lui, se retournant, bousculant les gens, renversant les valises. Il fuyait, sous les messages inquiétants de Jeanne qui répétait sans cesse : "*Zimri Kret est attendu par ses parents en voiture 1. Zimri Kret est attendu en voiture 1…*"

Au fil de cette folle progression, les voyageurs tentaient de le stopper, mais le jeune homme ne se laissait pas attraper. Tel un dément, il poursuivait droit devant lui, balayant la foule à la recherche d'une issue à son cauchemar. La scène sembla durer une éternité aux voyageurs déjà bien exténués par cette nuit sans sommeil, et l'agitation sur le quai se mit à gronder, à grossir, à déferler jusqu'aux oreilles de Jeanne qui finit par réaliser qu'il se passait quelque chose.

– Arrêtez cet enfant !

– C'est terrible !

– Que se passe-t-il ? Qui l'a mis dans un tel état ?

Les langues se déliaient, il fallait que cela cesse. C'était insupportable.

– Attrapez cet enfant, bon sang ! Il va se blesser et attraper froid !

Mais Zimri échappait aux bras qui se tendaient. Il ne cessa sa course qu'en bout de quai, apercevant enfin sa mère, sous les faisceaux puissants des lampes torches.

– Maman, j'ai été aussi courageux que Jonas Fejkiel, j'ai tenu bon, maman ! Échappe-toi, échappe-toi comme grand-mère ! Ils vont nous tuer !

Mme Kret, en voyant son fils presque nu tenir de tels propos, ne put retenir ses larmes, tout en essayant de dissimuler la terreur qu'elle éprouvait à cet instant.

– Viens, mon ange. Tu ne crains rien maintenant, tout va bien. Viens, voir maman ! lui dit-elle, le couvrant aussitôt de son manteau.

Elle ne comprenait pas ce qui était arrivé à son jeune garçon mais, quoi qu'il en fût, il venait de prononcer le nom de Jonas Fejkiel. Un nom qu'elle avait cru bon de taire à son fils pour le protéger du poids du passé. Un nom qui évoquait ce temps où toute une famille avait été décimée par les nazis. Le nom d'un homme qui par son courage avait sauvé sa fille d'une mort certaine dans les camps d'Auschwitz ; la propre mère de Mme Kret. Qui avait pu lui parler de cela ? Pourquoi son fils courait-il dénudé sur un quai enneigé, persuadé de revivre le cauchemar de son aïeul ? Mme Kret, en serrant son enfant de toutes ses forces, se jura d'obtenir une explication, mais cela pouvait attendre car Zimri était vivant et le reste ne comptait pas. Pas pour le moment.

– Merci, mon Dieu ! murmura-t-elle. Tu es vivant ! Tu es vivant !

Zimri s'engouffra dans les bras protecteurs de sa mère et ne dit plus un mot. Son père les rejoignit quelques secondes plus tard, avec des yeux au bord du précipice. Qu'avait-il pu arriver à son fils ? Qui avait pu le mettre dans un tel état ? Sans chercher à comprendre, il enserra son enfant et l'emporta dans le train à l'abri des regards. Loin de cette masse compacte de voyageurs totalement sous le choc. Dans le silence de ce no man's land et derrière les hurlements du vent, certains purent cependant entendre la litanie religieuse d'une vieille femme qui implorait Dieu devant tant de mystères.

– Ce n'est plus nous qui vivons, c'est le Christ

qui vit en nous[1] ! répétait-elle comme pour expliquer l'inexplicable.

Elle s'en remettait à Dieu pour obtenir des réponses et lutter contre les démons et les esprits maléfiques.

Quelques minutes après cette scène terrifiante, deux trains arrivèrent à quai pour emporter les naufragés du TGV 175 vers un gymnase transformé en hôtel de fortune. Jeanne, en bon capitaine de vaisseau, quitta la dernière le quai de transbordement. Avant de monter dans l'un des trains de secours, elle observa une dernière fois sa machine de fer, glaciale et inanimée sur les rails enneigés.

Une putain d'invention ! se dit-elle en souvenir de son père.

Elle ôta l'un de ses gants pour caresser la tôle comme elle en avait l'habitude à chaque départ et arrivée. Pourtant, cette fois, sa main trembla. Le cœur n'y était pas. Elle se ravisa et monta dans le train de dépannage sans se retourner.

1. D'après la *Lettre aux Galates* de saint Paul, issue du Nouveau Testament, texte sacré et fondateur du christianisme.

III

AU DELÀ DU RETOUR

1

Le lieutenant de police judiciaire Jean-Marie Pierrade avait devant lui un dossier de huit cents pages. L'imprimante laser venait de recracher l'ultime feuille qui s'envola pour atterrir légèrement aux pieds de l'officier Valas.

– TGV 175 ! Tu bosses encore là-dessus ? interrogea Valas, tout en ramassant la page de garde du dossier pour la rendre à son collègue.

– Je bossais encore dessus il y a… dix minutes et trente secondes, répondit le lieutenant Pierrade, en jetant un coup d'œil à sa bonne vieille montre suisse d'une précision infaillible. Mais cette fois c'est fini, je rends mon tablier. Tout est là-dedans !

– Verdict ? s'enquit Valas dans un sourire poli.

– Un an de boulot pour rien, si tu veux mon avis. J'ai dix dépôts de plaintes pour agression à arme blanche – un canif de gamin ; une mise en examen pour port d'arme sans permis… et sans balles ; une mise en examen pour usage et détention de stupéfiant – un peu d'herbe retrouvée dans la trousse de maquillage d'une ado ; deux mises en examen pour dégradation de biens publics – là, c'est du lourd, mais le présumé coupable est un vampire – et trois cent quatre-vingt-six plaintes de voyageurs contre la société de transport ferroviaire. J'ai enregistré deux cent cinquante témoignages de voyageurs, les procès-verbaux de tout le personnel de bord et ceux des six gamins qui ont… Comment disait la presse déjà ?

– "Déraillé à grande vitesse" ? se souvint Valas avec amusement.

– Oui, quelque chose comme ça. J'ai aussi deux cent cinquante pages de rapport technique rédigé par le bureau d'enquêtes sur les accidents de transport terrestre et cent cinquante pages du rapport du psychologue qui avait pris en charge les adolescents et les personnes choquées dès leur arrivée à Valence.

– Et ? s'enquit Valas.

– Et… je crois que les seuls à être condamnés seront les dirigeants de la société de transport qui vont devoir payer pas mal de dommages et intérêts aux voyageurs ! Pour le reste, on n'a rien de crédible. Rien qui ne résiste à un bon avocat.

Rien de bien réel à part les nombreuses pannes techniques. Rien de bien réel, répéta Pierrade, les yeux dans le vide.

Pour toute réponse, Valas, qui le voyait travailler d'arrache-pied sur le dossier depuis des mois, lui déposa la main sur l'épaule en signe de soutien, puis il quitta le bureau de son collègue pour rejoindre le sien. L'officier Pierrade ne s'aperçut même pas de son départ ; il réfléchissait. En réalité, il existait une nuance dans ce "rien". Il en avait parfaitement conscience, et ce depuis le début de son enquête. Il savait que l'intérêt de cette affaire allait bien au-delà des faits. Il l'avait lu dans le regard des jeunes adolescents qu'il avait interrogés quelques jours après leur nuit infernale dans le TGV 175. Les gosses n'avaient rien de délinquants, ni d'une bande organisée de voyous comme avaient été tentés de le croire certains journalistes, se concentrant uniquement sur leurs comportements violents et anormaux. Pierrade savait qu'il s'agissait d'autre chose. Leur terreur, leur froideur, leur malaise avaient été si perceptibles et leurs témoignages si détaillés qu'il lui avait été impossible de nier l'évidence : cette affaire était rationnellement inexplicable. Elle défiait la logique, la raison et même l'entendement. Il en avait fait part dès le début de son enquête à son supérieur hiérarchique qui de son côté avait été catégorique.

– Écoutez, mon vieux, lui avait-il dit, laissez tomber le paranormal, vous n'êtes pas parapsychologue, mais flic. Le ministre de l'Intérieur a été très clair sur le sujet : vos histoires de fantômes, de vampires, de serial killers doivent être éradiquées du dossier. Vous entendez, Pierrade ? Éradiquées. Il en va de votre carrière. Nous sommes en pleine crise économique, la compagnie de transport va perdre pas mal d'argent avec cet incident, des emplois sont en jeu ! On ne va pas paniquer en plus l'opinion publique avec des histoires de revenants. Restons sérieux ! Alors, nettoyez le dossier et ne gardez que les faits tangibles.

L'officier Pierrade avait bien tenté de justifier ses sources en rappelant au chef de la police que les adolescents avaient tous dans leurs procès-verbaux parlé de "phénomènes paranormaux". Toutefois, la réponse était restée sans appel.

– Les adolescents sont des êtres fragiles, mon vieux. Ils peuvent parler de fantômes, oui et alors ? Ça prouve quoi ? Qu'ils ne sont pas coupables de leurs actes ? Qu'ils n'ont pas saccagé "volontairement", ni agressé "volontairement", ni violé le règlement intérieur du train "volontairement" ? Très bien. Leur avocat s'appuiera sur leurs témoignages fantasques pour déceler chez eux une faiblesse psychologique. Ils seront innocentés et les parents seront contents. Notre devoir, Pierrade, n'est pas de juger ni de chercher le pourquoi du comment, mais d'apporter des faits logiques et cohérents. N'encombrons pas le dossier déjà lourd de témoignages fantasques, surtout quand il s'agit de paranormal. Sans compter que le fils du commissaire divisionnaire Barral est impliqué dans cette affaire ! C'est pourquoi la direction de la police suit ce dossier de très près et attend votre bilan. Alors, restons discrets, cher ami, discrets et cartésiens.

Et Pierrade, en bon professionnel de la police, avait exécuté les ordres "d'en haut" sans broncher. Après un an d'enquête, il allait dans quelques minutes remettre son dossier "épuré" à Paris. La justice prendrait le relais, utilisant son travail pour juger, condamner les coupables et dédommager les victimes. Il aurait dû se sentir soulagé de se débarrasser d'une telle affaire et pourtant quelque chose lui nouait encore l'estomac. Il hésitait. Ce TGV 175 lui posait un cas de conscience. Se taire ou en parler. Ranger l'affaire au placard comme le lui avait demandé son supérieur hiérarchique ou tenter de comprendre ce qui s'était réellement passé dans ce foutu train pour que des gosses en sortent terrifiés ou transformés à ce point. Devait-il écouter sa raison qui lui ordonnait de se mettre au garde-à-vous et de se contenter de faire son métier ? Ou se laisser traverser par sa passion : la quête de vérité ? N'était-ce pas pour cela qu'il avait fait ce métier de flic ? Pour reconstituer une scène de crime ou un accident avec une concision d'horloger.

Il consulta sa montre : 14 heures 47. Il était temps de quitter son bureau du service régional lyonnais pour rejoindre l'adresse mythique du 36 quai des Orfèvres à Paris. C'est là qu'il avait rendez-vous avec le chef de la direction régionale de police de Paris et banlieue qui tenait à recevoir ce dossier en mains propres. Cette affaire avait fait du bruit et Paris voulait s'assurer du sérieux de son enquête avant de la remettre à la justice. C'est donc à Paris que sa mission allait s'achever et que ses doutes sur l'affaire allaient définitivement être enterrés. Son vol Lyon-Paris était prévu à 16 heures 03, il était temps de filer. Il glissa l'épais dossier dans sa sacoche en cuir, la referma. Il regarda à nouveau sa montre : 14 heures 49. Tant pis pour la raison, se dit-il. Il décrocha son téléphone et composa le numéro du docteur Edward Michet, professeur de psychologie comportementale à l'université Descartes de Paris, docteur en sociologie et surtout président du Centre de recherches sur les phénomènes scientifiquement inexpliqués (CRPSI).

2

En fin de journée, le lieutenant Pierrade s'était engouffré au fond d'un café parisien de la place Saint-Michel à Paris. Au milieu d'étudiants bruyants, il feuilletait l'épais dossier qu'il avait devant lui ; la copie presque à l'identique de celui qu'il avait remis quelques heures plus tôt au chef de la police. Presque à l'identique car ce dernier contenait aussi ses notes personnelles et tous les témoignages intégraux des adolescents. Les journalistes avaient tellement médiatisé les faits que l'affaire avait pris une importance disproportionnée, ce qui expliquait qu'elle passe par la direction de Paris. Il avait fait du bon boulot, c'est ce que lui avait dit le commissaire principal du quai des Orfèvres qui l'avait reçu quelques heures plus tôt. "Un bon boulot, Pierrade, vous aurez droit à quelques semaines de congés !" Il était officiellement débarrassé de cette affaire mais, officieusement, il lui restait une dernière chose à effectuer avant de partir en vacances "obligatoires". C'est pourquoi l'inspecteur attendait Edward Michet dans un café parisien. "Votre affaire m'intéresse, lui avait-il répondu au téléphone. Voyons-nous à Paris."

Pierrade avait franchi le cap ; sa curiosité l'avait emporté sur la sagesse. Il s'apprêtait à divulguer un dossier de police à un scientifique très engagé dans l'étude des "faits semblant inexplicables dans l'état actuel des connaissances". C'est en regardant une émission à la télévision sur les phénomènes paranormaux comme les coïncidences, la télépathie, les apparitions fantomatiques qu'il avait découvert l'existence d'Edward Michet et du très sérieux Centre de recherches qu'il présidait, le CRPSI. Il s'agissait d'une poignée de scientifiques et de chercheurs, psychologues, ethnologues, anthropologues, historiens, médecins, biologistes, mathématiciens, qui croisaient leurs connaissances pour analyser les faits classés "étranges, improbables, anormaux et inexpliqués". *Du solide*, avait pensé Pierrade en écoutant le professeur s'exprimer devant les médias : "Au CRPSI, nous sommes tous scientifiques. Nous ne croyons pas au paranormal, nous tentons simplement de l'analyser."

C'était exactement ce que le lieutenant souhaitait : expliquer cette affaire. Comprendre le lien, s'il en existait un, entre ces six adolescents qui pour une raison ou une autre avaient tous été terrifiés et avaient tous fait preuve de violence, à leur égard ou à celui d'autrui. Comprendre pourquoi le chef de bord du train qui avait si violemment été agressé n'avait finalement pas porté plainte contre son agresseur. Pire, il l'avait soutenu et défendu. Réussir à mettre en liaison toutes ces "visions fantomatiques" dont les jeunes avaient parlé. Quel rapport entre le fantôme d'un serial killer, celui d'un père disparu à Oran ou d'un soldat SS mort à Cracovie en 1945 ? Comment croire les deux jeunes filles qui avaient affirmé avoir été la proie d'un vampire dans la voiture-bar ? Et que répondre à ce petit garçon intellectuellement précoce qui demandait si le fantôme qu'il avait aperçu dans le train voisin était responsable de la panne ? Pierrade avait sous les yeux le dessin de l'enfant : un jeune homme au visage impassible doté d'un regard sans âme. Comment un gosse de sept ans pouvait-il avoir inventé un tel visage ? Et pourquoi avait-il dessiné ce fantôme que les deux jeunes adolescentes avaient identifié comme "leur vampire" : un certain Mavipre Upierczi dont il n'avait trouvé aucune trace ni dans le train ni ailleurs ? Et comment une jeune fille pouvait-elle avoir reconnu son violeur alors qu'il était au même moment enfermé dans une prison marseillaise ? L'inspecteur jeta un coup d'œil sur sa montre. Son interlocuteur était en retard et il détestait cela, surtout de la part d'un scientifique. Il commanda un verre de vin blanc et poursuivit sa lecture désordonnée.

Il s'attarda quelques instants sur le florilège de témoignages qu'il avait noté à la gare de Valence un an auparavant. Lorsque les agents de la police ferroviaire complètement dépassés par la gravité des faits avaient transmis l'affaire à la police judiciaire de Lyon. Pierrade était de garde cette nuit-là et c'est lui qui avait écopé de ce qui devint "l'affaire du TGV 175". La nuit même et jusqu'en fin de matinée, il avait auditionné des dizaines de voyageurs, certains de leur fait, d'autres venus spontanément lui apporter leur témoignage, encore ahuris de leur nuit sans sommeil.

"J'ai entendu des bruits sous le train avant qu'il ne tombe en panne. Comme des bris de glace qui cognaient sous la tôle. J'ai cru que c'était normal… C'était un vrai train fantôme, un vaisseau sans capitaine."

"Le plus dur a été quand les veilleuses se sont

éteintes, au bout de deux, trois heures. On était dans le noir total. Les gosses hurlaient."

"C'était surréaliste, tous ces gens éclairés à la bougie ou à la lueur des écrans de leurs téléphones portables."

"Je crois que des ados ont perdu pied à un moment. Ils ont profité de la panne pour se défouler. Il y en a un qui a menacé avec un couteau des femmes et des enfants pour une bouteille d'eau. Quelle honte !"

"Oui, j'ai été témoin de l'agression du contrôleur. Le type l'a plaqué au sol avec une force incroyable, comme les rugbymen, vous voyez ? Le jeune avait l'air d'un fou."

"Je me souviens de cette jeune Japonaise aux cheveux roses. On n'oublie pas ce genre de look de poupée, elle était dans ma voiture. Quand je l'ai revue sur le quai, elle avait l'air… choquée. Ses cheveux étaient comme brûlés, vous voyez. Qu'est-ce qu'il lui est arrivé ?"

"J'ai voyagé à côté d'une adolescente hystérique et impolie. Et je me suis fait agresser par une autre qui m'a littéralement envoyé la porte des toilettes dans le nez ! Non, je n'ai pas l'impression qu'elles se connaissaient."

"La jeune fille à mes côtés souffrait de spasmophilie. Elle n'avait pas l'air très bien dans sa peau… Elle a dit au contrôleur qu'elle avait parlé avec le fantôme de son père, vous voyez le genre ?”

“Je me souviens très bien du jeune garçon, rond avec des lunettes. Il a passé son temps à se goinfrer de sucreries en buvant du soda. Il voyageait seul, je crois. Et puis, je l'ai revu sur le quai… C'était effrayant.”

– Vous êtes Jean-Marie Pierrade ?

Le lieutenant sursauta avant de relever la tête, de refermer brutalement son dossier et de saluer son “rendez-vous” qui venait d'arriver.

– Enchanté, lui dit l'homme au regard bleu glacé tout en échangeant une solide poignée de main. Je suis Edward Michet.

3

Grand, mince, la soixantaine bien conservée, Pierrade trouva le professeur Michet encore plus charismatique qu'à la télévision. Son regard insondable l'impressionnait.

– Alors, ce TGV 175 ? interrogea Michet en croquant dans une olive. Je me suis un peu intéressé à l'affaire, avant même que vous m'appeliez.

– Pourquoi ?

– Parce que d'après les journaux, la moitié du train avait passé plusieurs heures dans le noir complet, sans chauffage ni eau courante, sans personnel de bord. C'est une situation… anxiogène donc forcément intéressante pour le psychologue et sociologue que je suis. Cinq cents personnes plongées dans le noir complet, dans un espace clos… cela peut provoquer une suite de comportements anormaux, violents. J'ai cru comprendre que certains adolescents avaient perdu pied.

– Six.

– Quels sont les faits à charge contre ces jeunes ?

– Agression physique du contrôleur à la main, menace de voyageurs avec une arme blanche…

– Un poignard ? s'enquit Michet.

– Non, non, juste un petit opinel de scout, précisa le policier avant de poursuivre méthodologiquement son énumération des faits. Agression d'un jeune avec un pistolet de collection et sans port d'arme…

– Chargé ? interrompit de nouveau le psychologue.

– Non. Évasion du train et fuite dans la nuit par moins dix degrés, dégradation de la voiture-bar avec incendie et saccage de dons d'organes.

– Qu'est-ce que les organes faisaient dans le bar ? souleva Michet, un peu surpris.

– Il y a une soute réfrigérée dans les TGV qui sert parfois à ce genre de transport médical d'urgence.

– Je vois…

– Vous savez, toutes ces accusations contre les jeunes ont du sens, car on se base sur des preuves tangibles. Des faits. Toutefois, je ne crois pas que ces six adolescents aient été conscients de ce qu'ils faisaient. Certains, d'ailleurs, n'ont à mon avis rien fait du tout.

– Vous voulez dire qu'ils ont été victimes de manipulation ? interrogea Michet avec froideur.

Rien dans la rigidité de son comportement ne laissait présager une personne qui s'intéressait aux phénomènes paranormaux. Il n'avait rien d'un passionné ni d'un illuminé. Cette distance aurait dû rassurer l'inspecteur sur le sérieux du scientifique, mais elle l'agaçait au contraire. Il s'en voulut presque d'avoir contacté cet homme qui n'avait pas plus l'air de croire aux événements surnaturels que son supérieur de la PJ.

– Je crois qu'ils ont été victimes d'hallucinations, de rêves éveillés, de fantômes, de prémonitions, de forces intelligentes, enfin, je n'en sais rien ! C'est à vous de me le dire et c'est pour cette raison que j'ai fait appel à vous, professeur !

Pierrade expliqua encore avec une nervosité apparente que tous les adolescents avaient avoué avoir vu "des personnes fantomatiques" qui les avaient poussés à agir de la sorte. Il précisa ensuite qu'après enquête, ces personnes s'étaient toutes avérées être mortes, en prison, ou carrément inexistante comme le vampire Mavipre Upierczi.

– Oh, oh ! le vampire des Carpates dans un TGV du sud de la France, c'est cocasse, releva Michet dans un rire éclatant qui acheva de démoraliser le policier.

Le type n'avait pas l'air d'y croire une seconde et s'apprêtait visiblement à se moquer de lui.

– Vous connaissez ce nom ? interrogea l'inspecteur d'une voix sourde, presque avec honte.

– Mavipre est l'anagramme de "vampire", c'est évident, mais on trouve trace du vampire Upierczi dans beaucoup de légendes russes et polonaises. La personne confrontée à cette "apparition" était-elle férue de vampirisme ? demanda-t-il, en versant l'eau brûlante sur son sachet de thé.

– Effectivement, dut en convenir Pierrade dans un soupir.

La jeune Nyoko ne lisait effectivement que ce genre d'ouvrages. Elle le lui avait clairement avoué lors de son entretien. Pierrade perdait pied, il avait la désagréable sensation de se faire mener par le bout du nez par cet inconnu qui le prenait de haut. Pourtant, il avait décelé la frayeur des adolescentes, et un amour littéraire ne pouvait suffire à expliquer ce wagon saccagé. Il sentit la colère monter en lui ; ce scientifique n'était pas plus prêt à croire en la version des enfants que ses collègues.

– Vous suggérez donc que la jeune fille a tout inventé : le nom, le fantôme, et qu'elle a elle-même saccagé le wagon, croqué dans un cœur humain, avant de faire flamber la voiture-bar ? Et elle aurait fait ça pour s'amuser, du haut de ses quinze ans ? Je me suis trompé, excusez-moi ! lança l'inspecteur, en se levant précipitamment de sa chaise.

Le professeur Michet posa calmement la main sur le dossier que Pierrade s'apprêtait à emporter fougueusement. Il l'invita de son regard clair à se calmer et à se rasseoir, ce qu'étrangement le policier accepta sans objections. L'homme avait un charisme hallucinant.

– Nous allons étudier au sein du centre les phénomènes étranges de votre affaire. Toutefois, ne vous attendez pas à une vérité éclatante. Nous ne vous apporterons pas de réponses tangibles, inspecteur. Des pistes peut-être… poursuivit-il en lampant une gorgée de thé.

– Si vous-même n'y croyez pas… lança Pierrade dans un triste sourire.

– Je ne crois pas aux fantômes, mais je crois que des gens peuvent en voir. Voyez-vous, ce qui m'intéresse avant tout est de comprendre pourquoi certaines personnes perçoivent des sons, des images que d'autres ne reçoivent pas. Nous sommes des scientifiques, nous travaillons sur des faits, comme vous, inspecteur. Nous les analysons, nous rencontrons les personnes, nous leur faisons parfois passer des tests en laboratoire et nous regroupons toutes ces données. Nous étudions l'histoire de la personne, tous les paramètres psychiques, émotifs, relationnels qui auraient pu expliquer le phénomène PSI[1] auquel elle a été confrontée. Ensuite, nous enrichissons nos analyses de nos différentes disciplines. Nous sommes des chercheurs et la recherche peut prendre des centaines d'années avant de…

– Certes, la jeune Nyoko avait une connaissance pointue de l'univers des vampires, interrompit Pierrade avec agacement, mais Indie, elle, n'en avait aucune ! Pourtant, elle a assisté à la même scène de vampire. Et comment expliquez-vous que, quelques heures auparavant, un jeune garçon de sept ans ait dessiné ce "fantôme" que la jeune Indie avait "vu" dans l'autre TGV ?

– Je vous l'ai dit, inspecteur. Nous allons étudier tout cela sérieusement, croyez-moi. Par expérience, j'aurais envie de vérifier que votre jeune garçon n'a pas des dons de perceptions extrasensorielles. Un test en laboratoire pourrait

1. "Phénomène PSI" (de la lettre grecque *psi*) désigne des interactions esprit-matière qui ne sont pas explicables par nos systèmes habituels de perception (nos cinq sens), de cognition (mémoire, traitement d'informations), ou d'action (le système moteur). Elles sont classées en deux groupes : les phénomènes réceptifs (télépathie, précognitions) et projectifs ou psychokinèse (action du psychisme sur la matière).

très rapidement nous permettre de tester ses capacités télépathiques. Il se peut qu'il “reçoive” des images qu'il dessine par la suite. Quant à… Indie…

Le professeur feuilleta la table des matières du dossier que venait de lui remettre l'inspecteur. Il lut sommairement les pages la concernant et releva la tête en grimaçant.

– La jeune fille avait consommé de la drogue ! Cela n'explique pas tout, mais a pu influer sur sa perception de la réalité et sa capacité à se laisser submerger par l'univers fantasmagorique de Nyoko. Ce ne sont que des suppositions que nous allons vérifier en étudiant les faits et en rencontrant les six jeunes concernés par ces phénomènes PSI. Nos enquêtes prennent du temps, mon cher, encore plus de temps que celles de la police et nous n'avons pas votre budget d'investigation !

– Très bien, conclut Pierrade en achevant son verre de vin. Tenez-moi au courant de vos conclusions, ajouta-t-il, tout en serrant la main de son interlocuteur. Je compte sur votre discrétion concernant vos sources. Si la PJ apprend que je vous ai donné ce dossier, je perds mon emploi.

Le professeur le rassura d'un clignement de paupières. En tant que parapsychologue et ayant déjà travaillé pour l'armée et les services secrets, il avait l'habitude d'une certaine discrétion. Beaucoup de personnes s'intéressaient au paranormal, mais la plupart d'entre elles préféraient que cela ne se sache pas, y compris les services de l'État.

– Inspecteur ? Qu'est-ce qui vous fait croire qu'il s'agisse de phénomènes paranormaux ? interrogea Michet, à l'instant où Pierrade s'apprêtait à le quitter.

– Le regard des adolescents. Ça fait vingt ans que j'interroge des suspects et je crois moi aussi avoir développé une sorte de "sixième sens" pour déceler le mensonge. Croyez-moi, ils disaient la vérité. Ils ont vu ce qu'ils ont dit voir et pourtant ce qu'ils ont dit voir est impossible. C'est pourquoi je vous remets ce dossier, monsieur.

L'inspecteur quitta le bar, accompagné par le regard glacial d'Edward Michet. Le spécialiste des sciences humaines s'apprêtait une fois de plus à plonger dans l'irrationnel avec sérieux et distance. Il repensa à cette phrase qui l'avait toujours guidé dans ses recherches : "Ne rien nier *a priori*, ne rien affirmer sans preuve[1]." Il but une gorgée de thé froid, chaussa ses lunettes et ouvrit l'épais dossier : TGV 175.

1. Phrase du docteur Robert Rendu, lors d'une expérience de parapsychologie, Lyon, 1936.

4

Waafa Ben Saïd rentrait de son service au restaurant quand elle reçut un appel téléphonique d'un certain Michet. Au son de la sonnerie, elle avait grimpé à toute vitesse les deux derniers étages avant d'ouvrir la porte de sa chambre de bonne et de se précipiter sur l'appareil. Étrangement, l'inconnu se présentant comme un "scientifique étudiant l'affaire du TGV 175" lui avait demandé si elle souffrait encore de spasmophilie aiguë. Un détail qui l'avait mise mal à l'aise.

– Non, j'ai couru, je suis essoufflée, c'est tout, avait-elle répondu avant de laisser place à un silence autoprotecteur.

Depuis "l'affaire" du TGV, de nombreux journalistes l'avaient contactée pour tenter d'élucider le mystère de ce que certains avaient nommé "le train de l'enfer". Elle avait toujours refusé de se laisser aller à la confession d'un voyage qu'elle souhaitait oublier, tant il lui semblait que personne ne pouvait le comprendre et encore moins l'expliquer. Cela datait de plus d'un an ; désormais sa vie était ailleurs. Elle s'était fait une raison, assumant pleinement les conséquences de son acte. Elle était sortie du train, elle avait enfreint le règlement, elle risquait une amende. D'un point de vue juridique, c'est tout ce qu'on pouvait lui reprocher. Elle était prête à payer et à oublier le reste. C'est pourquoi elle était restée très prudente et en retrait lors de l'appel de Michet.

– Je ne suis ni flic ni journaliste, mais psychologue et sociologue, avait précisé l'inconnu. Je m'intéresse uniquement aux phénomènes paranormaux. Votre témoignage peut m'aider dans mes recherches sur ce sujet.

Waafa l'avait écouté avec attention, avant de lui demander un délai de réflexion. Elle l'avait finalement recontacté quelques jours plus tard pour accepter l'entretien.

L'homme était arrivé à l'heure prévue dans la petite chambre de bonne parisienne où elle vivait depuis quatre mois. Elle lui fit un thé à la menthe et lui offrit des gâteaux qu'elle avait pris le temps de cuisiner le matin même. L'homme au regard clair et envoûtant avait commencé par lui expliquer l'objet de sa visite qui, selon lui, devait rester “secrète” pour ne pas interférer sur l’enquête de police en cours.

– En quoi mon cas vous intéresse plus que celui des autres ? demanda-t-elle en s’asseyant sur le canapé qui lui servait de lit.

– Vous voulez dire des cinq autres adolescents qui comme vous ont “vu” des fantômes ? Vous les connaissez ?

– Oui, admit Waafa. On ne se connaissait pas avant, mais quand on est arrivés à Valence, une équipe de psys et de flics nous est tombée dessus. Ils nous ont isolés des autres voyageurs. Ça crée des liens.

– Les avez-vous revus ? osa franchement demander Edward Michet.

– Je ne répondrai pas à cette question, monsieur ! Nous sommes tous mis en examen pour des délits que nous avons commis dans ce train. Si la police savait que nous nous revoyons, elle aurait très vite fait de donner raison à tous ceux qui pensent que nous n’étions qu’une bande organisée de délinquants hystériques. Franchement, si vous êtes venu pour cela, vous pouvez repartir, dit-elle avec un sang-froid étonnant chez une fille de son âge.

Michet se positionna confortablement sur sa chaise pour lui signaler qu’il n’en avait pas fini et qu’il était venu pour une tout autre chose.

– Je suis prêt à vous croire, mademoiselle. J'ai lu votre déposition et le compte rendu du psychiatre qui vous a examinée. Vous étiez fragile à ce moment de votre vie. Vous partiez pour faire vos études de cuisine à Perpignan, vous abordiez un nouveau départ. Vous attendiez un signe du destin pour vous raccrocher à cette nouvelle aventure qui vous éloignait de votre traumatisme.

– Vous voulez parler des agressions sexuelles dont j'ai été victime de l'âge de dix ans à l'âge de treize ans. C'est ça ?

– Oui, mademoiselle. Suite à ce voyage, vous avez enfin porté plainte contre Ahmid Rezzoug. Pourquoi à ce moment ? Eh bien sans doute, parce que vous avez vu – je vous cite, dit-il en chaussant ses lunettes pour lire le procès-verbal de police : "J'ai vu le fantôme de mon père qui m'a demandé de me rebeller, de ne pas gâcher ma vie à cause de cet homme. L'apparition a eu lieu dans les toilettes du TGV. Je voyais mon père de façon très réelle dans le miroir, il me parlait. Il ressemblait à la photo de lui que je garde toujours sur moi. Mon père est mort quand j'avais quatre ans. J'ai vraiment senti sa chaleur dans ce train. C'était troublant."

– C'est ce que j'ai vu, répondit simplement Waafa. J'ai vu mon père et depuis, je sais que je peux lui parler quand je ne me sens pas bien, c'est idiot mais ça me rassure.

– Aviez-vous déjà eu ce genre d'apparitions ou de perceptions auparavant ? s'enquit Michet.

– Jamais avant ni depuis.

Entêté, le scientifique voulut encore savoir si l'apparition de son agresseur avait la même intensité et netteté que celle de son père.

– J'avais perdu mes lunettes au moment où j'ai vraiment identifié Ahmid ou plutôt son fantôme, puisque j'ai appris par la suite qu'il était en prison depuis un an et que ce que j'avais vu n'était donc pas réel. L'image était plus diffuse, mais j'ai ressenti que c'était lui. J'ai vraiment entendu sa voix de l'autre côté de la porte des toilettes. C'était si vrai... C'était comme dans mes souvenirs, je revivais ce cauchemar. Après, ç'a été comme un trou noir. J'ai fui dans la neige. Je n'ai pas réfléchi. Un instinct de survie.

Edward Michet, qui connaissait très bien le dossier, voulut encore s'aventurer plus loin et entendre de vive voix le récit de la jeune fille qui était décidément beaucoup plus jolie aujourd'hui que sur la photo du dossier. Elle portait une jupe longue, un pull moulant décolleté et avait noué ses cheveux frisés avec un foulard rouge. Une jeune fille séduisante qui visiblement avait cessé de se cacher sous de grands pulls difformes.

– Vous ne portez plus de lunettes ? demanda-t-il comme pour détendre un peu l'atmosphère.

– Non, j'ai des lentilles. C'est un détail important pour vos recherches ? demanda-t-elle nerveusement pour échapper au regard intense de Michet.

– Non, ma remarque était stupide, je vous prie de m'en excuser. Et le sanglier ? Comment analysez-vous cette rencontre avec cette bête sauvage ?

– Je n'analyse pas, monsieur. Je sais juste que cette apparition, elle, était bien réelle.

– Probable, mademoiselle, les sangliers sont nombreux dans la Drôme à cette saison. Mais poursuivez, je vous en prie…

– Eh bien, j'ai regardé un sanglier droit dans les yeux, en pleine nuit, par moins dix degrés et au milieu d'une plaine enneigée. C'était effrayant. Et en même temps, le souffle rauque de la bête sauvage me faisait moins peur que la voix d'Ahmid. C'est idiot – et ça je ne l'ai pas dit aux policiers quand ils m'ont interrogée – mais je crois que l'animal a voulu me sauver la vie. Il m'a vraiment réchauffée de son souffle. Sans lui, je serais peut-être morte de froid. Avez-vous déjà été témoin de ce genre de phénomènes dans vos études, professeur ? Des rencontres tendres entre les bêtes sauvages et les humains ?

– Oui, mademoiselle, c'est très courant, expliqua-t-il. Les animaux sentent beaucoup de choses qui échappent à nos cinq sens.

Il lui rappela les découvertes réalisées au XXe siècle par de nombreux biologistes, zoologues ou éthologues, suite à leur observation du monde animal. Grâce à des chercheurs comme Fabre, Von Frisch, Tinbergen, De Waal, le monde scientifique avait mis en évidence une sensibilité animale que les hommes malheureusement bafouaient encore au nom de leur besoin de suprématie sur les autres espèces. La majorité des espèces animales étaient pourtant capables de communiquer, de s'organiser socialement, de se déplacer en groupe, d'autres étaient douées d'une perception sensorielle qui allait bien au-delà de nos cinq sens.

– Lors du tsunami de 2004 en Asie du Sud-Est par exemple, des éléphants ont sauvé la vie de leur maître en fuyant vers les plaines quelques minutes plus tôt. Les éléphants perçoivent les tremblements sous leurs pattes, de façon beaucoup plus subtile que nous. Certains animaux sont doués de télépathie et communiquent à des distances incroyables. De plus, les animaux perçoivent nos peines, nos colères. Toutes les personnes qui ont un animal domestique ont pu en faire l'expérience. Ce sanglier a probablement senti votre peur, votre faiblesse, il vous a aidée. Ce n'est pas un phénomène paranormal, c'est une intelligence affective animale. Ne dit-on pas "sentir" le danger ? Oui, les animaux ont une communication olfactive, acoustique et chimique beaucoup plus subtile que la nôtre. Certains d'entre eux sont même doués d'empathie, ils savent ressentir notre douleur et l'apaiser.

Les explications du scientifique mirent Waafa en confiance. C'était bien la première fois qu'une personne adulte prenait au sérieux son témoignage. Cet échange lui donna l'envie d'en apprendre davantage sur ce qu'elle avait vécu.

– Et pour le reste ? Le fantôme de mon père ? L'apparition de ce salaud de Rezzoug, qu'en pensez-vous, monsieur ?

Waafa regardait le professeur droit dans les yeux. Elle n'était plus cette jeune fille mal dans sa peau et terrifiée par les relations humaines. Elle avait changé et c'est bien cela qui surprit le professeur. Ce voyage cauchemardesque lui avait visiblement permis d'aller mieux. De s'installer dans ce minuscule studio, très sommairement meublé, mais néanmoins chaleureux. La jeune fille était encore mineure légalement, pourtant elle menait déjà sa vie de façon autonome, loin de sa mère, loin de ses monstrueux souvenirs. Elle semblait en marche, assez forte pour affronter son avenir. Michet s'apprêtait à lui faire part de ses hypothèses sur ses étranges apparitions quand ils furent dérangés par un bruit de clé dans la serrure. Waafa se leva d'un bond pour accueillir d'un baiser le jeune homme qui venait d'entrer dans la pièce. Elle se retourna vers le professeur pour effectuer les présentations d'usage, mais cela ne fut pas nécessaire. Grand, maigre, des piercings sur le visage, le jeune garçon avait toujours cette même allure d'oiseau de nuit, rehaussée toutefois d'un petit sourire aimable. Le même que sur les clichés du dossier.

– Vous êtes Virgil Levasseur, ravi de vous rencontrer, salua Michet en lui offrant une franche poignée de main.

– Moi aussi, professeur Michet, répondit Virgil sans se laisser démonter. Quand Waafa m'a parlé de votre appel, nous avons fait quelques recherches sur votre centre d'études scientifiques avant d'accepter de vous rencontrer. Vous avez l'air plutôt sérieux, alors je tenais moi aussi à vous écouter. Soyez le bienvenu chez nous !

5

– J'ai flashé sur elle dès que je l'ai vue dans le train, avoua Virgil dans un sourire radieux, confortablement installé sur le canapé aux côtés de Waafa. Je ne pensais pas avoir le courage de lui parler, mais un TGV digne du *Titanic* est venu à mon secours. Ce train de dingues nous a finalement permis de nous aimer. Romantique, non, professeur Michet ? dit-il en dévisageant amoureusement Waafa.

En enquêtant sur les six adolescents, Edward Michet s'attendait à tout, sauf à découvrir ce jeune couple déjà autonome. Waafa et Virgil s'étaient effectivement rencontrés à Valence, lors de leur arrivée tonitruante, et leur voyage infernal les avait rapprochés. Les deux adolescents partageaient leur vie depuis cinq mois. Waafa avait réussi son examen et elle avait décroché un emploi de second de cuisine dans un restaurant de la rue Lepic à Paris. Sa mère avait accepté qu'elle quitte la maison avant sa majorité, puisqu'elle était amoureuse et autonome financièrement. Virgil, quant à lui, avait repris le lycée et préparait son bac, grâce à l'appui financier de son oncle et de sa grand-mère. Il se destinait à devenir éducateur spécialisé et voulait travailler auprès des délinquants.

– Ce foutu train m'a fait comprendre que je pouvais arrêter de pleurer sur mon sort et aider les autres, précisa-t-il en souriant. Le contrôleur, en me forçant à travailler et à secourir les gens, m'a fait plus de bien que tous les médecins que j'avais consultés depuis mon enfance.

– Ce voyage terrifiant nous a fait comprendre pas mal de choses, précisa Waafa, en relevant sa queue de cheval d'un geste très féminin.

Effectivement, Edward Michet ne put que constater qu'ils ne correspondaient plus aux enfants fragiles que la psychologue avait décrits dans son rapport lors de leur prise en charge à Valence. Le hasard de la vie avait voulu que ces deux oiseaux blessés se rencontrent dans ce train cauchemardesque et finissent par tomber amoureux. Mais était-ce vraiment une coïncidence ? Le sociologue se demandait, en les voyant tellement complices, si finalement les fantômes ne les avaient pas aidés. Un petit coup de pouce du “destin” et de toutes ces notions incompréhensibles cachées derrière ce mot. Il rit à cette pensée et redevint plus sérieux face à la question de Virgil.

– Vous êtes bien le seul à croire en nos visions “mystérieuses”, professeur. Ainsi, vous ne nous prenez pas pour des fous ?

– Si tous les gens qui entendaient des voix, parlaient aux morts et communiquaient par télépathie étaient fous, les asiles seraient pleins, mon cher ami.

– C’est pourtant ce qu’a dû écrire la psychologue qui nous a accueillis à l’arrivée du train, non ? poursuivit Virgil en embrassant Waafa au passage.

– Non. Le mot “fou” de signifie rien pour un soignant. Et c’est grâce à la pertinence de ses notes que j’ai eu l’idée de vous regrouper. C’est ainsi que j’ai pu constater que certains d’entre vous partageaient quelques points communs.

Virgil et Waafa se redressèrent un peu, pour se concentrer sur les paroles du spécialiste du paranormal qui visiblement connaissait son sujet.

– Par exemple, vous deux et Dylan Barral aviez tous trois vécu un choc psychologique grave, un traumatisme. Le viol pour vous Waafa ; vous,

Virgil, la perte de vos parents et Dylan, la vue de photos de monstrueuses scènes de crimes dès son plus jeune âge.

À cet instant, Waafa et Virgil se regardèrent tendrement avec un petit sourire entendu. Une réaction qui déstabilisa le très honorable professeur de psychologie comportementale. Les adolescents ne l'avaient visiblement pas attendu pour tenter d'expliquer rationnellement leur étrange et terrifiant voyage. Ils s'amusèrent un instant du trouble du scientifique avant de lui offrir une explication.

– Dylan nous a parlé de cela, finit par avouer Waafa pour mettre fin au suspense.

En effet, dès l'arrivée du train à Valence, Dylan Barral avait enquêté à sa façon. Il avait voulu savoir, comprendre ce qui leur était arrivé et pourquoi cela avait eu lieu dans ce train. En recherchant sur Internet des informations sur les réactions inadaptées, les comportements physiques et émotionnels démesurés, il était tombé sur ce qu'on appelait les ESPT.

– "État de stress post-traumatique", précisa Virgil, sous le regard éberlué du scientifique qui n'en revenait pas de leur expertise. Dylan nous a dit que la plupart du temps, ce genre de troubles survenait après un choc, comme celui d'une nuit de terreur dans un TGV plongé dans l'obscurité. Sauf que, d'après ses déductions, le traumatisme qui nous avait fait péter les plombs à tous les trois ne venait pas de la peur du noir mais prenait ancrage beaucoup plus loin dans notre passé.

Le train en panne n'avait été pour eux que l'allumette qui avait mis le feu à une bombe à retardement : un souvenir terrifiant de leur enfance. Un viol, un accident mortel, le choc d'un enfant découvrant des photos de corps mutilés. Trois souffrances profondes qu'ils avaient refoulées au plus profond de leur esprit et qui cette nuit-là avaient violemment ressurgi.

– D'après les recherches de Dylan, notre nature sauvage aurait repris le dessus. Un instinct de survie en quelque sorte face à ces peurs profondes que nous ne voulions plus voir. Dylan pense que cela pourrait expliquer nos "apparitions", poursuivit Waafa d'une voix douce et sereine. Il a parlé du syndrome de Rambo. Votre avis, professeur ?

Edward Michet applaudit. Il eut cette réaction maladroite de l'adulte prétentieux, surpris par la capacité analytique des jeunes. Il avait effectivement envisagé cette explication. Un syndrome dit de Rambo, le nom du héros d'un film éponyme, qui à cause d'un malaise profond redevient sauvage, antisocial. Un état qui pouvait expliquer des comportements incohérents, excessifs et provoquer des hallucinations.

– Dylan est visiblement très doué pour la recherche et son analyse me surprend, reprit le psychologue. Le syndrome de Rambo pourrait effectivement être une explication en ce qui vous concerne.

– Ce que nous avons vu n'existe pas alors ? Les fantômes n'existent pas ? Tout était dans notre tête ? demanda Virgil d'une voix fragile.

On avait posé des milliards de fois cette question à Edward Michet et sa réponse ne variait jamais. Les gens qui voyaient des ombres, des fantômes, des revenants, des lumières non identifiées existaient. Des milliers de personnes aux quatre coins du monde avaient été témoins de ce genre de phénomènes. Ce n'était sans doute pas un hasard. Il existait forcément une force intelligente sur Terre qui nous échappait, comme nous échappait la perception de la mort. Les revenants existaient-ils ? L'âme continuait-elle d'exister au-delà de la mort physique ? Autant de questions irrésolues qui le fascinaient en tant que scientifique, mais qu'il était aujourd'hui incapable de comprendre avec les facultés et les connaissances dont il disposait. Pourtant, cette fois, sa réponse fut différente.

– Je pense que l'apparition de la prof de lettres que vous aviez agressée Virgil, celle du violeur de Waafa ou du serial killer de Dylan ne sont pas des phénomènes paranormaux. Votre psychisme a pu induire ces images qui n'ont existé que pour vous. En ce sens, l'analyse de Dylan me semble tout à fait juste : ce train angoissant vous a replongés dans un choc psychologique antérieur. Pour le "fantôme" du père de Waafa, c'est autre chose. Je ne saurais l'expliquer. Beaucoup de personnes ont effectivement vu des proches décédés devant un danger immédiat. Nous avons au centre que je dirige énormément de ressources en ce sens. Le témoignage de Waafa viendra compléter nos données et peut-être un jour nous permettre de comprendre ses étranges communications avec nos chers disparus. Quant à l'apparition des fantômes du vampire et du soldat SS, je suis plus perplexe.

Edward Michet leur promit d'étudier chaque cas de près avec les moyens dont il disposait. Visiblement, les deux adolescents se portaient à merveille et la pertinence de leurs propos lui confirma la véracité de leurs témoignages. Il fallait continuer. Les aider à comprendre, les soutenir dans leur quête de vérité. Le psychologue savait combien il était difficile pour les personnes victimes de visions ou d'hallucinations d'expliquer ce qu'elles avaient vu. Les mots semblaient toujours dérisoires et mal adaptés face à une singulière perception de la réalité. Aussi leur offrit-il son soutien.

– N'hésitez pas à me joindre si vous ne vous sentez pas bien ou si un trouble nouveau apparaît, leur dit-il en se levant. Savez-vous où je pourrais joindre Dylan Barral ?

– Il est en pensionnat en Suisse. Son père l'a… éloigné, précisa Virgil dans un menu sourire. Mais cela ne nous empêche pas de communiquer ! conclut-il avec malice.

Il nota l'adresse du pensionnat sur un papier avant de le tendre au professeur. Les deux tourtereaux le raccompagnèrent main dans la main jusqu'à la porte de leur chambre perchée sous les toits de Paris. Michet les trouva beaux, pleins de vie ; il les envia.

– Et vos TOC, Virgil ? interrogea-t-il avant de les quitter.

– Ils ont disparu dans le train. Mes mains ne me font plus souffrir. J'ai changé, vous savez. Nous avons tous changé, dit-il en refermant doucement la porte derrière lui.

6

De retour à son bureau, Edward Michet avait aussitôt appelé le pensionnat suisse où M. Barral avait envoyé son fils ; officiellement pour le mettre à l'écart de la curiosité des journalistes et plus officieusement pour le protéger de sa passion dévorante du crime. Il est vrai qu'en tant que fils de commissaire divisionnaire, Dylan Barral avait particulièrement attiré l'attention de la presse. "Fils de flic ou voyou ?" "Le cow-boy maladroit est le fils du shérif Barral". Les titres des journaux s'étaient largement moqués de ce jeune garçon bâti comme un sportif et qui, se rêvant justicier comme papa, n'avait réussi qu'à agresser deux innocents.

– M. Barral ne peut recevoir aucun appel de l'extérieur ni aucune visite sans l'accord de son père, lui avait signalé le directeur de l'établissement scolaire suisse avant de l'éconduire d'une formule de politesse.

Edward Michet avait donc pris son courage à deux mains et appelé le commissaire divisionnaire en personne.

– Vous enquêtez sur les faits paranormaux du TGV 175 ? avait interrogé le commissaire Barral avant d'éclater de rire. C'est une plaisanterie, monsieur… Michet ?

Le scientifique, qui avait l'habitude de ce genre de réaction moqueuse à l'égard de ses investigations, ne perdit pas sa contenance et expliqua calmement au père de Dylan l'objet de son appel et l'objectif de son travail. En tant que psychologue et sociologue, certains faits déclarés par les voyageurs ou les adolescents l'intéressaient ; il souhaitait simplement obtenir un entretien avec son fils. Par respect pour l'inspecteur Pierrade et sa promesse de discrétion, il omit volontairement de lui préciser qu'il détenait une copie de l'intégralité du dossier d'enquête de police.

– Écoutez, monsieur, avait répondu le commissaire, je ne doute pas du sérieux de votre étude, toutefois ces faits "paranormaux" ne concernent pas mon fils et, en toute franchise, je pense que les adolescents ont inventé tout cela pour justifier leur comportement et éviter de se faire punir trop sévèrement par leurs parents.

Le commissaire se rangeait naturellement du côté de la raison, de l'ordre, de la cohérence. Selon lui, le comportement des adolescents s'expliquait de façon tout à fait rationnelle : ils avaient eu peur et leur angoisse renforcée par le fait de voyager seuls, sans adulte à leurs côtés, avait provoqué une série d'actes chaotiques, anarchiques et parfois violents. Malgré la gentillesse du contrôleur qui avait refusé de porter plainte, la compagnie de transport, elle, l'avait fait à l'encontre de son fils qui avait agressé un de ses salariés. Et M. Barral, en homme responsable, était prêt à payer de sa poche ce qu'il nomma "une erreur de jeunesse".

– On croit les enfants prêts à voler de leurs propres ailes et finalement ils ne sont encore que des enfants ! avait-il conclu. Mon fils a beaucoup souffert de toute cette médiatisation autour des incidents qui ont eu lieu dans ce train. C'est pour cette raison, monsieur… Michet, que je ne peux vous accorder cet entretien. Dylan étudie en Suisse dans un établissement religieux qui lui transmet des valeurs humanistes de partage, de tolérance, d'humilité…

Edward Michet n'écoutait déjà plus le commissaire ; il lui fallait trouver une façon détournée de rencontrer Dylan. Il avait l'habitude de ce genre de manœuvre, particulièrement quand un dossier d'enquête le mettait en relation avec des sceptiques du genre de M. Barral. Certaines personnes niaient avec acharnement l'existence de faits paranormaux, préférant en rire, voire falsifier une partie des preuves qui auraient pu conduire vers une autre vérité. John Barral faisait partie de cette catégorie de personnes et Michet, pour cette raison, abrégea la conversation. Il ne put toutefois s'empêcher de poser une ultime question au très honorable commissaire. Une question qui le taraudait depuis le début de l'entretien et qui, peut-être, lui permettrait de le convaincre.

– Saviez-vous, monsieur Barral que votre fils quand il avait six ans a eu accès à l'un de vos dossiers d'enquête particulièrement sanglant et monstrueux ?

Le commissaire en resta sans voix et volontairement Michet ne rompit pas ce silence. Le père de Dylan faisait ce qu'il pouvait pour faire rentrer les choses dans l'ordre, dans son ordre, celui des lois, de la moralité, d'une vie divisée en deux colonnes avec d'un côté les bons et de l'autre les mauvais, d'un côté les faits réels et de l'autre l'irrationnel, et Michet en une question venait de faire éclater cette organisation, ô combien rassurante. Son but n'était pas de déstabiliser son interlocuteur, mais simplement de l'amener à l'écouter davantage. Ce silence prégnant lui indiqua qu'il avait réussi.

– Je ne cherche pas à vous culpabiliser, monsieur Barral, et sachez que mon investigation est discrète et strictement confidentielle. Je suis un scientifique et seuls m'intéressent les sujets d'enquête, non leurs identités. Aussi me permettrai-je de répéter ma question : étiez-vous au courant ?

– Oui, laissa tomber le commissaire d'une voix sourde et grave. J'étais encore sur le terrain à l'époque, je travaillais beaucoup et il m'est arrivé de rapporter des dossiers d'enquêtes difficiles à la maison. Dylan a toujours été fasciné par mon métier… Il s'est glissé un soir dans mon bureau et est tombé sur des photos de scènes de crime. C'était un accident…

– Vous souvenez-vous de quelle affaire il s'agissait ? interrogea encore Michet.

– Comment diable avez-vous eu accès à ces informations ? reprit John Barral, pour esquiver la question, la perspicacité de son interlocuteur le rendant de plus en plus mal à l'aise.

Michet ne répondit pas, laissant une fois de plus le silence traduire leurs pensées. Le scientifique ne révélerait pas ses sources. Quant au commissaire Barral, il était parfaitement clair qu'il se souvenait de cette affaire. Il savait qu'il existait un lien entre "le fantôme de Gaspar Sullivan" dans le train et les clichés de cadavres mutilés qu'avaient pris ses collègues du service de police scientifique et que son jeune fils avait parcourus à son insu dans son bureau. Les photos d'une jeune victime de Gaspar Sullivan.

L'entretien téléphonique prit une forme plus intime, et le psychologue perçut qu'il avait enfin capté l'attention de son interlocuteur.

– Je cherche simplement à progresser dans mes recherches, commissaire et, en ce sens, dire que six adolescents ont inventé des histoires de fantômes uniquement pour se défendre de leurs méfaits ne me convient pas. J'étudie le hasard, la coïncidence, mais aussi les perceptions extrasensorielles, je ne suis pas un illuminé ! Et ce train est truffé de coïncidences !

– Pensez-vous que l'horreur des photos de la victime de Sullivan puisse encore influer sur l'équilibre psychologique de mon fils ? interrogea John Barral d'une voix blanche et beaucoup moins assurée qu'en début d'entretien. Y a-t-il un lien entre ce souvenir et l'apparition de Sullivan dans ce train ?

– La réponse est dans votre question, cher

monsieur. Si vous avez des doutes, cela vaut peut-être la peine d'en parler avec votre fils. Le silence est souvent plus effrayant que les mots qu'il cache.

John Barral finit donc par accepter l'entretien entre Dylan et Edward Michet à condition que cette enquête demeurât strictement confidentielle. Après avoir raccroché le combiné téléphonique sur son support, le commissaire demeura un long moment immobile, les yeux fixés sur la reproduction sous verre de *Guernica* de Picasso qui lui faisait face, véritable symbole de l'horreur de la guerre. Mais, en réalité, son regard fuyait bien au-delà des murs de son bureau. Il se sentait coupable, minable. Incapable de protéger son enfant de la violence du monde, incapable d'écouter son fils et d'accepter son cri. Car il s'agissait bien d'un cri, il en prit toute la mesure à cet instant. Son fils avait hurlé à sa façon dans ce train, il avait voulu tuer le souvenir de Gaspar Sullivan et toutes les horreurs de ce monde qu'il avait vues prématurément. Et qu'avait-il fait en retour ? Il lui avait ordonné une fois de plus de se taire. "Tais-toi, Dylan ! Et ne parle plus jamais à personne de cette histoire de fantôme de Sullivan !" Et il l'avait envoyé dans une pension en Suisse. Il s'en était débarrassé pour taire sa honte d'avoir un fils délinquant.

John se leva, alluma une cigarette, ouvrit la fenêtre de son bureau, observa le soleil d'hiver se coucher discrètement sous un ciel laiteux. Paris : ses criminels, ses voyous, sa lutte permanente contre l'insécurité. Barral ne savait plus regarder cette ville autrement que comme un lieu du crime. Barral ne savait plus regarder. Il avait oublié combien les quais de la Seine étaient jolis l'hiver. Il avait oublié combien il était merveilleux de se réjouir du rire de ses enfants. Il avait oublié de vivre. Il connaissait mieux les profils des criminels qu'il traquait que les goûts et les pensées de son fils cadet. Un gâchis, le choix d'une vie. Il écrasa nerveusement sa cigarette, décrocha de nouveau le combiné et téléphona à son fils.

– Allo, Dylan, c'est papa. Comment vas-tu fiston ?

– …

– Oui, ça m'intéresse ! Oui, aujourd'hui et pour une fois, j'ai le temps de t'écouter.

7

Quand Michet arriva au Pensionnat du Lac, Dylan Barral l'attendait dans un petit salon, entre livres reliés et fauteuils en cuir, le visage tendu vers l'écran de son ordinateur portable. L'établissement ressemblait parfaitement à l'idée que Michet se faisait des écoles privées suisses. Ordre, luxe, beauté, calme, une végétation parfaitement entretenue même en hiver. La neige recouvrait les bords du lac Léman, et le ciel dégagé de cet après-midi de février offrait une vue panoramique sur les Alpes. Le directeur de l'établissement vint l'accueillir dans l'immense hall d'entrée du bâtiment, lui indiquant le salon des visiteurs où l'attendait le brillant élève Barral, confortablement installé devant un feu de cheminée. Quand il pénétra dans la pièce, Dylan quitta immédiatement sa lecture studieuse pour venir le saluer. Le garçon avait effectivement l'allure d'un athlète.

– Bonjour, professeur Michet. Je suis honoré de vous rencontrer, lui dit-il.

Les deux hommes échangèrent une poignée de main chaleureuse et le directeur les laissa comme prévu pour une petite heure. Michet s'assit face au jeune homme qui referma son ordinateur pour le déposer soigneusement sur une table basse.

– Je ne sais pas ce que vous avez dit à mon père, mais depuis que vous l'avez rencontré, il me téléphone tous les jours. Il parle même de me faire retourner en France à la prochaine rentrée, dit-il en s'affaissant un peu dans son fauteuil pour se mettre à l'aise.

Contrairement à Waafa et Virgil, Dylan n'avait pas eu besoin de se renseigner sur son interlocuteur avant d'accepter la rencontre. Il connaissait son travail et avait eu l'occasion de lire plusieurs de ses publications scientifiques. Il admirait cet homme qui laissait une chance à la science d'appréhender sérieusement ce qu'on appelait le paranormal. Dylan avait bien du mal à cacher son excitation ; il rencontrait enfin un homme à la hauteur de son appétence intellectuelle. De quoi trépigner et perdre patience ! Heureusement, depuis son voyage dans le TGV 175, il avait appris à se maîtriser et à ne plus se laisser submerger par ses émotions. Aussi retint-il le flot de questions qui le parcourait, préférant laisser l'honneur à Edward Michet d'ouvrir l'entrevue.

– Alors, Dylan. Pouvez-vous me reparler de cette "apparition" de Gaspar Sullivan qui, comme vous le savez, est mort en 2008 d'une crise cardiaque en prison ?

– J'ai vraiment cru voir la Licorne dans ce train, vous savez. Je lui ai même parlé.

– Il est probable que vous ayez réellement échangé quelques propos avec un homme, un voyageur du train. On peut imaginer qu'un banal détail vestimentaire, comme un ceinturon à tête de licorne, vous ait alors replongé dans votre traumatisme enfantin. Il pourrait s'agir d'une sorte de bouffée délirante aiguë.

Dylan avait les yeux brillants, il voulait savoir, comprendre, et sa quête de la vérité ne l'avait pas quitté depuis son arrivée à Valence. C'est à ce moment qu'il avait reçu sur son ordinateur la réponse à sa requête postée dans le train. Un internaute lui avait appris que Gaspar Sullivan était mort en 2008, une information que l'inspecteur Pierrade lui avait confirmée quelques jours plus tard. Preuve indéniable que celui qu'il avait pris pour la Licorne ne l'était pas. Alors qu'avait-il vu ? Hallucination, délire, fantôme ?

Dylan voulait savoir. C'est pourquoi il avait depuis plus d'un an passé tout son temps libre à étudier les troubles psychiatriques, les états modifiés de conscience, mais aussi les phénomènes paranormaux nommés PSI. Et Dylan Barral ne s'était pas contenté d'enquêter sur son propre cas. Son esprit vif, aiguisé, et son sens de l'altruisme l'avaient poussé à envisager les faits du TGV 175 dans leur intégralité. Indie, Nyoko, Virgil, Zimri, Waafa. Ils étaient six à avoir été confrontés aux fantômes ou aux hallucinations. Six à avoir perdu pied, et cela d'après lui ne pouvait se résumer au hasard.

– Vous ne vous imaginez pas comme cela fait du bien de vous savoir avec nous, professeur, dit-il en ouvrant son ordinateur pour lui montrer sur écran le fruit de ses recherches.

– Nous ? releva Michet.

– Nous six. On s'est vraiment sentis seuls, vous savez. Personne n'a pris au sérieux nos visions. Police, presse, les autres voyageurs et même nos familles : tous ont évincé l'aspect étrange et surnaturel de ce voyage.

Tout en parlant, Dylan se connecta sur Internet, tapant : PSIX. Une fenêtre s'ouvrit sur les pages d'un réseau social. Le professeur chaussa ses lunettes de vue et s'approcha de l'écran avec curiosité.

– J'ai mis au point ce réseau privé, pour que nous puissions communiquer librement tous les six. Les parents de Zimri ou d'Indie, par exemple, étaient comme mon père tout à fait réticents à ce que nous restions en contact. Il a donc fallu le faire discrètement. Sans ce réseau, nous serions vraiment devenus fous chacun de notre côté. Certains souvenirs emprisonnent, vous savez, surtout quand on ignore s'ils sont réels ou irréels.

Dylan avait conçu ce réseau social avec un second objectif : constituer une base de données évolutive. Il avait regroupé les témoignages, impressions et sentiments de chacun d'entre eux et continuait de le faire régulièrement. Baptisé PSIX, habile contraction de ce qu'on appelait les phénomènes PSI et le chiffre six, le réseau n'était accessible qu'aux six adolescents avec un mot de passe changé tous les mois.

– Les cinq autres ont tous accepté votre accès temporaire au réseau PSIX, professeur, précisa-t-il en souriant.

La nature curieuse et fougueuse du jeune garçon rappelait à Michet sa propre adolescence. Lui aussi au même âge se laissait embarquer par l'euphorie de ses trouvailles, sans distance ni froideur. Il le félicita pour son inventivité technologique et son sens inné de la psychologie.

– C’est comme ça que vous en êtes arrivé au syndrome de Rambo ? Félicitations. Ce n’est pas une mauvaise piste… Les troubles psychologiques dont souffraient certains d’entre vous, l’environnement anxiogène de ce train plongé dans le noir, la nervosité ambiante des passagers, le sentiment d’enfermement, tous ces éléments pourraient effectivement suffire à expliquer vos hallucinations respectives.

– Je ne crois pas, professeur, affirma Dylan assez gravement. Je ne suis pas un spécialiste comme vous du psychisme humain ni des comportements de l’homme en société, mais en ce qui nous concerne, j’ai croisé les données, poursuivit Dylan avec excitation. Résultats : nous avions des points communs en montant dans ce train, nous en avons de nouveau depuis notre retour et ce qui s’est passé pour chacun d’entre nous la nuit du 22 décembre ne peut être qu’un simple hasard.

– Poursuivez, Dylan, quels sont ces points communs ? interrogea Michet avec curiosité.

Et Dylan lui exposa avec fougue et passion le fruit de son année de recherches, effectuées la nuit, à l’insu de ses professeurs, dans sa petite chambre d’étudiant. En montant dans le TGV 175, les six adolescents cachaient tous une sérieuse souffrance psychologique qui en quelque sorte les empêchait de grandir ou de vivre simplement leur vie d'adolescent. Pendant le voyage, tous furent confrontés à leur pire cauchemar, une peur profonde liée à leur histoire personnelle ou à leur passé. Et pour cinq d'entre eux, ce voyage infernal déboucha finalement sur une libération. Ils allaient mieux et se sentaient enfin intégrés dans la vie et la société. Ils n'étaient plus ces spectateurs d'un monde ingrat et violent qui les effrayait mais des citoyens engagés vers leur avenir avec l'espoir de vivre heureux.

– C'est comme si en descendant de ce cauchemar, on était montés dans le train de la vie, monsieur. Ma question est : Pourquoi nous, professeur ? Pourquoi au même moment ? Un syndrome de Rambo, ça peut passer, mais trois d'un coup, ça semble improbable ! Sans compter ces apparitions hyper réalistes de vampire, de soldat SS, de fantômes. Quel est le message ? Je ne comprends pas ce qui nous relie ni ce qui se cache derrière cette série de “hasards”.

Incapable de répondre à ces questions pourtant essentielles, et pour tempérer l'esprit fougueux du jeune homme, Michet se contenta d'ajuster ses lunettes et de pointer son nez vers l'écran d'ordinateur. Il prit le temps de s'intéresser sérieusement au travail de l'adolescent et de parcourir les témoignages qu'ils avaient tous régulièrement postés sur le réseau PSIX. Les *post* décrivant leurs changements de vie après le voyage retinrent particulièrement son attention.

"C'est étrange, mais je n'ai plus peur de la violence du monde qui m'entoure, écrivait Nyoko quatre mois après son arrivée à Valence. Avant de partir, je n'étais qu'une petite fille apeurée et tétanisée par les images de guerre, d'injustice et de désespérance que me renvoyaient les médias. Je me réfugiais dans la lecture de livres de vampires pour jouer avec ma peur et fuir la réalité. Après, j'ai ressenti une nouvelle force en moi. J'ai retrouvé de la voix et le courage de regarder le monde droit dans les yeux. Je ne suis plus spectatrice. J'agis, je m'engage. Je viens d'adhérer à une association humanitaire pour organiser une collecte dans mon école afin d'équiper un village africain en électricité. Ce fantôme... Ce Mavipre m'a finalement aidée. Je ne sais pas qui il est, ni s'il se trouve en moi ou en dehors de moi, mais je sais qu'il ne me voulait pas de mal. Il m'a forcée à réagir. C'est aussi grâce à lui que j'ai rencontré Indie, qui est aujourd'hui ma meilleure amie."

Trois mois plus tard, Nyoko avait envoyé un autre *post*, un détail important qu'elle communiquait à Dylan pour l'aider à avancer dans ses recherches :

"Dylan,

Juste ce mot pour te dire que je viens d'apprendre que mes parents avaient perdu un enfant avant moi. Une petite fille, morte à l'âge de six mois d'une maladie du cœur. Mes parents ne m'en avaient jamais parlé et, jusqu'à ce jour, j'ignorais que j'avais eu une grande sœur. Ce n'est peut-être pas important, mais en apprenant cette terrible nouvelle, j'ai tout de suite repensé à ce qui s'était passé dans le train. Cette musique de Gustave Mahler, ces *Chants pour les enfants morts* que le vampire m'avait fait écouter et que je n'avais jamais entendus auparavant. Quelle étrange coïncidence, tu ne trouves pas ?"

Edward Michet nota dans son carnet ce détail qui lui semblait particulièrement intéressant.

– Qu'en pensez-vous, professeur ? questionna Dylan avec exaltation.

– On peut imaginer que Nyoko, de manière tout à fait inconsciente, a longtemps porté en elle le poids de la mort de cette sœur. Sa passion pour la littérature de vampires, le sang, l'horreur peut tout à fait provenir de ce drame. Même sans mots ni explication, elle a pu percevoir la tristesse de ses parents, l'horreur de la mort d'un enfant et peut-être même entendre cette musique de Mahler sans en garder aucun souvenir. Si vous saviez, Dylan, ce que notre cerveau est capable d'emmagasiner et de mettre de côté sans nous prévenir !

Michet raisonnait calmement à voix haute, pour faire partager à Dylan ses pistes de réflexion. Un secret terrible avait visiblement pourri dans la maison de la jeune fille, laissant place à un silence pesant qui l'avait enfermée dans cette littérature sanglante et morbide. En ce sens, il était d'après lui tout à fait possible que la scène qu'elle avait cru vivre avec Mavipre Upierczi ne soit qu'un rêve à demi éveillé, une sorte de terreur nocturne, liée au poids de la mort de cette grande sœur qu'elle n'avait jamais connue, mais qui comme par hasard était morte d'une maladie du cœur.

– Ce cœur que Mavipre voulait lui faire manger… précisa Dylan par déduction.

– Oui, encore une singulière “coïncidence”, précisa Michet avec une pointe de sarcasme. De plus, je pense que des tests en laboratoire s'imposent entre Nyoko et Indie. Je voudrais vérifier s'il n'existe pas une télépathie forte entre ces deux jeunes filles qui sont comme par “hasard” devenues inséparables. Derrière ce fameux “hasard”, qui est un véritable fourre-tout de nos incompréhensions humaines, se cache peut-être une explication liée à un lien télépathique entre elles.

– Vous voulez suggérer que Nyoko ait pu envoyer mentalement ces “images de vampire” à Indie et la faire entrer dans son monde ?

– Je n’en sais rien, Dylan, j’explore, je prends des notes et je réaliserai quelques tests avec elles. Il faut être patients et prudents, mon garçon.

– Pourrais-je assister à ces tests, professeur ? s’enquit Dylan dans un immense sourire éclatant de curiosité.

– Je ne pense pas que ce soit une bonne idée, répondit Michet en souriant à son tour très tendrement. Vous avez déjà beaucoup avancé, il faut savoir lâcher prise et éviter que vos recherches ne deviennent une nouvelle obsession qui vous éloigne de votre vie d’adolescent.

Puis, pour couper court à la déception du jeune homme, Edward Michet revint sur un détail qu’il avait pris soin de noter au début de leur entretien. Dylan avait laissé entendre que, pour l’un d’entre eux, le retour n’avait pas été si libérateur.

– Il s’agit de Zimri, répondit Dylan. Il est le seul parmi nous à ne pas se sentir soulagé et je crois que son état empire, précisa-t-il avec inquiétude avant de cliquer sur la page ZIMRI du réseau PSIX.

“Salut, Dylan. Je commence à flipper un peu. Il me semble que depuis ma vision du soldat SS, j’ai développé une sorte de don étrange. Je vois le passé. Comme je te l’ai dit, toute ma famille est morte dans les camps de la mort en Pologne, à l’exception de ma grand-mère qui fut effectivement sauvée par le courage de mon arrière-grand-père. Tout ce que j’ai vu et vécu dans ce train s’est révélé exact. Depuis mon retour, j’ai pris l’habitude de discuter régulièrement avec ma grand-mère de l’histoire de notre famille, car je veux désormais tout savoir. Eh bien, depuis quinze jours, à chaque fois que nous évoquons le passé, j’ai des flashs. Des visions très brèves, mais super précises. C’est comme si je voyais le passé en une fraction de seconde. J’ai été capable par exemple de rappeler à ma grand-mère que, quand sa famille a été victime de la rafle du Vél d’Hiv en juillet 1942, son père venait de rapporter du chocolat. Une plaque de chocolat qu’il avait échangée contre sa montre pour la partager avec sa femme et ses quatre enfants. Mamy s’en souvenait à peine, mais elle m’a confirmé que c’était vrai. J’ai réveillé en elle un souvenir qu’elle avait enfoui. Est-ce un don ? Suis-je hanté par le passé ? Pourquoi ? Est-ce que mes ancêtres attendent quelque chose de moi ? Est-ce que cela va durer ? Renseigne-toi, STP, car je commence à me faire peur."

Edward Michet ôta ses lunettes pour les déposer sur le haut de son crâne comme il en avait l'habitude lors de ses réflexions. Cette affaire s'avérait plus abstruse qu'il ne l'avait imaginé.

– Le mail de Zimri date de quand ? demanda-t-il, perplexe.

– Un mois, c'est assez récent.

– Est-ce qu'il en a parlé à sa mère ? s'enquit le scientifique, inquiet pour la santé du jeune garçon que de telles visions pouvaient chambouler.

– Oui et… enfin, je leur ai parlé de vous et ils souhaiteraient vraiment vous rencontrer. Je crois qu'ils ont besoin d'y voir plus clair.

Le psychologue ne put qu'admirer la maturité du jeune Dylan qui, outre ses facultés d'analyse, sa curiosité intellectuelle, sa soif d'apprendre, possédait aussi des qualités humaines. *Il ferait un formidable chercheur*, pensa-t-il avant de lui poser directement la question.

– Voulez-vous toujours devenir criminologue, Dylan ?

– Non, ma passion du crime s'est arrêtée dans

le train. Je préférerais étudier l'humain, son cerveau ou son psychisme, j'hésite encore entre les disciplines. Mais je veux faire de la recherche !

– C'est un choix difficile, mais courageux. Vous savez, les chercheurs sont rarement récompensés, c'est un travail de fourmi.

– Je ne recherche plus la gloire, professeur. La dernière fois que j'ai voulu faire la une des journaux, j'ai mis KO deux innocents et la presse m'a ridiculisé, alors…

Dylan réussissait aujourd'hui à rire de son comportement passionnel, preuve qu'il avait sacrément mûri. Il témoignait d'une sagesse exemplaire pour un jeune homme qui, un an auparavant, s'était laissé déborder par la peur et la violence.

Michet accepta les copies numériques des *post* que les cinq autres envoyaient régulièrement sur PSIX et, en éjectant sa clé USB, il promit au jeune garçon de l'informer de l'avancée de ses travaux.

– Toutefois, Dylan, ne vous attendez pas à un miracle, lui précisa-t-il comme il l'avait fait avec l'inspecteur Pierrade. J'ai peur de ne pas avoir assez du reste de ma vie pour répondre à vos questions. Pourquoi vous six ? Pourquoi dans ce train ? Et surtout : Quel est le message ? Mais peut-être que vous, si vous poursuivez vos études en ce sens, vous aurez un jour la chance de répondre à ces interrogations vertigineuses…

L'entretien fut interrompu par l'arrivée discrète, néanmoins ferme et définitive, du chef d'établissement : l'entretien était terminé. Michet rangea ses lunettes, serra la main du jeune homme qui le dévisagea avec tendresse.

– Je l'espère, professeur, dit Dylan en guise de conclusion.

– Je l'espère aussi, Dylan. Je vous remercie pour votre précieuse aide, mais n'oubliez pas de vous amuser et de sortir un peu la tête de votre ordinateur, ajouta Michet dans un petit sourire taquin avant de se retourner pour rejoindre le directeur qui se tenait droit comme un I devant le chambranle de la porte.

– Je n'oublie pas et c'est uniquement pour cette raison que je souhaitais assister à votre expérience en laboratoire.

– Nyoko ? interrogea Michet avant de quitter la salle.

– Mauvaise pioche, professeur ! C'est Indie qui m'intéresse…

– Je vois. Dans ce cas, je verrai ce que je peux faire… lança Michet avant de quitter définitivement le salon.

Cet échange énigmatique entre les deux hommes agaça le directeur d'établissement qui fronça les sourcils et ordonna à Dylan d'un signe de tête de rejoindre la salle d'études. Le jeune homme quitta le salon avec nonchalance. Il se glissa dans la peau caricaturale de l'adolescent indolent qui avait le don de faire perdre patience aux adultes. Mais derrière cette apparence insolente se cachait un jeune homme bien dans ses baskets, déjà en route vers une brillante destinée.

8

– Une légende juive raconte que l'homme à sa naissance connaît toute l'histoire et les secrets divins de la Torah[1]. Mais très vite, un ange vient lui déposer son index sur les lèvres pour le forcer à se taire. Chut, lui dit-il. Et son doigt efface instantanément cette mémoire du passé, permettant à l'homme de vivre plus légèrement et de préserver les secrets de l'humanité. C'est ainsi que les bébés ne gardent en souvenir que ce petit creux que nous avons tous au-dessus de la lèvre supérieure et qu'on appelle pour cette raison “le doigt de l'ange”. Vous connaissiez cette légende, professeur Michet ?

– Oui, madame Kret.

– Eh bien, précisa la mère de Zimri dans un soupir douloureux, je crois que l'ange n'a pas tout

1. Livre historique et dogmatique du peuple juif.

à fait terminé son travail avec mon fils. Il voit des choses du passé…

La mère de Zimri avait reçu comme un soulagement l'appel téléphonique d'Edward Michet qu'elle accueillit presque en sauveur dans son immense salon de la rue des Francs-Bourgeois. La pauvre femme souffrait d'insomnies depuis cette terrible nuit enneigée où elle avait vu son fils s'échapper quasi nu et sans forces des bras d'un fantôme que lui seul avait vu. Elle ne cessait de répéter qu'elle ne comprenait pas ce qui s'était passé, que personne n'avait pu lui fournir la moindre explication sur ce qui était arrivé à son fils. Comment un garçon de quatorze ans, bien confortablement installé dans une voiture de première classe, avait-il pu se retrouver quelques heures plus tard enfermé dans une soute, à l'extérieur du TGV, sans ses vêtements et ivre d'alcool ? Comment Zimri aurait-il pu inventer ce fantôme SS qui lui avait révélé la tragique histoire de sa famille alors qu'il ignorait tout de son passé ? Alloïd Steiner avait bel et bien existé.

Soldat de la Waffen-SS, il avait effectivement été affecté à Auschwitz en 1943 et dirigeait le “bloc 14” où était décédé l'arrière-grand-père de Zimri. Pourquoi ce fantôme était-il revenu hanter son fils ? Le diable s'en était-il mêlé ? Était-ce une malédiction ? Mme Kret perdait pied, comme elle avait tangué sur ce quai de gare, folle d'inquiétude à l'idée de perdre son enfant. Dieu soit loué, on lui avait rendu son fils, mais il n'était plus le même et la peur de le perdre définitivement était encore prégnante dans les yeux de cette femme que Michet écoutait depuis plus d'une demi-heure. Zimri n'avait auparavant jamais vu le moindre fantôme ni été victime d'hallucinations, ni même de terreurs nocturnes. Il était cet enfant rond et sage, sans réel problème, un peu immature, qui passait son temps à croquer des sucreries tout en jouant aux jeux vidéo.

– Un adolescent comme les autres, répéta Mme Kret tristement. C'est ce qu'il était avant le voyage et ce que je voudrais qu'il redevienne.

Edward Michet aurait voulu rassurer cette pauvre femme, mais il savait parfaitement qu'après un tel traumatisme, il était peu probable qu'elle retrouve "son petit bébé". Zimri avait forcément mûri et changé. Toutefois, son inquiétude était justifiée. L'état de santé de Zimri se détériorait à petit feu, ses visions du passé se multipliaient, il était obsédé, voire possédé par son histoire familiale. Mme Kret redoutait la folie.

– Mon fils se rend tous les vendredis chez ma pauvre mère de quatre-vingt-un ans pour faire shabbat, car il tient désormais à pratiquer notre religion. Il la taraude de questions, exige des détails sur l'extermination de notre famille. Depuis un mois, il perçoit même les souvenirs de ma mère sous forme de flashs, des images qu'il est capable de décrire très précisément. Il dit voir certains détails qu'elle avait oubliés. Je crains que mon fils et ma mère ne deviennent fous, monsieur, conclut-elle en étouffant un sanglot.

– Je suis ici pour vous aider à y voir clair, madame, précisa Michet d'une voix douce. Beaucoup de choses étranges et inexpliquées se sont passées dans le TGV 175. Comme l'écrivait Conan Doyle, le créateur du célèbre enquêteur Sherlock Holmes "lorsque toutes les solutions logiques se sont révélées fausses, il faut chercher dans l'illogique". C'est ce que je fais depuis des années, en espérant qu'un jour ce qui nous paraît improbable devienne tout à fait explicable scientifiquement.

Edward Michet proposa de commencer l'expérience sans plus tarder. D'un signe de tête, il invita son collaborateur du centre de recherches à brancher la caméra. Pour ménager la pauvre grand-mère de Zimri, il avait été prévu de procéder au test dans leur appartement plutôt qu'au laboratoire. Michet voulait expérimenter cette télépathie entre les deux individus, mais aussi assister personnellement à un “flash” de Zimri.

– En parapsychologie, nous appelons les flashs de votre fils la rétrocognition, expliqua-t-il, pendant que son acolyte branchait le matériel vidéo. Pour résumer, madame, c’est en quelque sorte l’inverse de la prémonition. Certains sujets ont des pressentiments, ils perçoivent ce qui va arriver dans le futur. Cela est assez courant. On devine qu’un ami va nous téléphoner ou on pense très fortement à une personne, qui quelques heures plus tard comme par hasard sonne à notre porte. Pour Zimri, cela se passe dans l’autre sens. Il est en contact avec le passé.

– Est-ce que cela va durer, professeur ? Est-ce que c’est de ma faute ? J’aurais peut-être dû lui parler de l’histoire de notre famille bien avant, mais je voulais le protéger… Ce fut un tel massacre.

Comme pour Nyoko, le cri du passé avait fendu le silence familial. La mémoire, le corps et les émotions savaient s’exprimer au-delà des mots et, pour cette raison, les secrets de famille faisaient parfois plus de dégâts qu’un aveu tranchant. Le jeune homme n’était pas hanté par un esprit démoniaque mais simplement happé par cette mémoire d’une famille entière broyée par le nazisme et la folie des hommes. Sa grand-mère avait côtoyé l'horreur des camps de la mort dont les siens n'étaient jamais revenus ; Zimri, lui, percevait ces flashs d'un passé qu'il avait jusqu'alors complètement ignoré. Quelque chose reliait ces deux individus dans une dimension temporelle qui effaçait les distances entre le passé et le présent. Ils étaient connectés et Michet put le constater en un coup d'œil lorsque Zimri et sa grand-mère Magdalena pénétrèrent dans la pièce. La vieille femme s'appuyait sur son petit-fils comme sur une canne. Son regard bas laissait sous-entendre qu'elle avait abdiqué. Elle ne voulait plus regarder ni en arrière ni en avant, mais simplement en finir. Mourir, oublier, retrouver la paix d'une mémoire vide et lisse. Zimri, lui, au contraire, pointait son nez vers le futur ou plus exactement vers Michet. Tout comme sa mère, il semblait attendre beaucoup de cette rencontre.

Beaucoup trop, pensa le psychologue en s'avançant pour les saluer. Le jeune Zimri avait franchement maigri et les épais verres de correction de ses montures de myope ne suffisaient pas à cacher des cernes noirs et profonds.

– Bonjour, m'sieur, dit-il simplement. J'espère que vous pourrez m'expliquer ce qui m'arrive.

– Je ne sais pas si je pourrai vous expliquer ce qui vous arrive, mais je peux déjà vous dire, jeune homme, que vous n'êtes pas le seul au monde à souffrir de rétrocognition. Pressentir le futur peut être amusant et utile, certaines personnes en font même leur métier. Se replonger dans le passé est plus douloureux. Pourtant, chez certaines tribus primitives, ce don est attribué aux esprits élevés, capables de communiquer avec les arbres centenaires et tous les éléments de la nature. Tout n'est qu'une question de point de vue et de culture. Avez-vous déjà perçu des flashs non reliés à l'histoire de votre grand-mère ?

– Non, tout ce que je vois provient de sa mémoire.

– J'espère que vous pourrez sauver mon petit Zimri ? murmura la vieille femme, tout en relevant ses yeux humides vers Michet.

Le professeur se contenta de lui serrer la main chaleureusement avant d'inviter son collègue à l'accompagner vers l'autre pièce, à l'autre bout de l'appartement. L'expérience pouvait commencer.

9

D'un côté Michet et Zimri, enfermés dans le salon aux volets clos, de l'autre l'expérimentateur du centre de parapsychologie et la vieille Magdalena, retranchés dans une chambre de l'appartement. Entre eux, un couloir assez long pour que rien ne puisse filtrer d'une pièce à l'autre. Dans chaque pièce, les réactions de chacun seraient filmées et enregistrées par une caméra. Magdalena n'avait qu'à se laisser aller à ses souvenirs de guerre, en les verbalisant ; Zimri, lui, devait décrire oralement ce qu'il voyait, ressentait, tout en se concentrant sur l'image de sa grand-mère assise à l'autre bout de l'appartement. Pour accentuer la faculté de perception extra-sensorielle de Zimri, Michet avait proposé de l'emporter dans un état d'hypnose léger qui lui permettrait d'accéder plus intensément et rapidement aux souvenirs enfouis dans son inconscient ou dans celui de la vieille femme. Le professeur s'assit aux côtés du jeune garçon pour commencer la séance d'hypnose.

– Vous n'avez pas à avoir peur, Zimri, le rassura Michet. L'hypnose telle que je la pratique n'est pas un phénomène de foire comme on peut le voir à la télévision. Je vais vous aider à atteindre ce qu'on appelle un léger état modifié de conscience qui vous permettra de voyager plus librement dans votre inconscient.

– Je vais m'endormir ? demanda Zimri, un peu inquiet.

– Non, pas vraiment. C'est comme quand vous conduisez un vélo et que vous vous mettez à rêvasser. Vous êtes sur la route, vous faites attention aux voitures, et en même temps votre esprit vagabonde. Vous pensez à votre petite amie, au lycée, à vos devoirs. Votre esprit est ici et ailleurs. Pourtant, si une voiture surgit et vous met en danger, vous freinez automatiquement et revenez à la réalité pour ne pas vous faire renverser. C'est exactement cela, l'hypnose, vous gardez la main et pouvez à tout moment quitter cet état si ce que vous percevez vous met mal à l'aise.

Edward Michet prit le temps de lui expliquer cet étrange état d'hypnose qui était une méthode reconnue par la médecine et qui permettait de se connecter directement à l'inconscient. Utilisée en psychothérapie pour les malades souffrant psychologiquement, elle était aussi pratiquée en chirurgie pour remplacer l'anesthésiant.

– Et les malades ne ressentent rien ? interrogea Zimri, perplexe.

– Ils ne perçoivent plus la douleur. Leur corps a mal, mais le message du cerveau "mon corps a mal" ne leur parvient plus. Donc, ils ne ressentent pas la douleur.

– Ça fait flipper !

– Pourtant, il n'y a vraiment aucun danger ! Vous êtes partant pour l'expérience ? demanda Michet le plus allégrement possible.

– Oui, Dylan m'a dit que je pouvais avoir confiance en vous.

– Une information du réseau PSIX, précisa le psychologue en souriant.

– Exactement. Juste un truc avant de commencer… avant de voir le SS dans le train, je lisais… une revue porno, avoua Zimri en baissant la tête. Je voulais apprendre des trucs. Bref, pensez-vous que Dieu ait voulu me punir ? Et que c'est pour ça que je vis un cauchemar depuis ?

– Je ne crois pas en Dieu, Zimri, je suis désolé, répondit Michet froidement avant d'atténuer son propos. Mais je ne vois pas pourquoi votre Dieu vous en voudrait pour ça. Le sexe, c'est la vie, non ?

Zimri releva la tête et sourit. Ses deux fossettes vinrent animer ce visage creusé par la peur, l'inquiétude et l'incompréhension. Edward Michet demanda à l'adolescent de fermer les yeux et de se laisser guider par sa voix. Il lui parla sur un ton calme, paisible, rassurant. La séance d'hypnose avait commencé.

– Je te propose de fermer les yeux à chaque inspiration… et de les ouvrir à l'expiration. C'est très simple. Tu ouvres les yeux quand tu expires, tu les fermes en inspirant… Voilà… les paupières se ferment… puis se rouvrent encore… et se referment un peu plus longtemps à chaque fois… voilà… comme ça… de plus en plus longtemps… Et tandis que tu continues à ton rythme tranquillement… une partie de toi approfondit agréablement… et de plus en plus profondément un état de bien-être… qui te connecte à la partie inconsciente de ton esprit…

Michet poursuivit ainsi la séance, accompagnant peu à peu le jeune homme dans ce voyage vers l'inconscient. Il l'amena en douceur à se rapprocher mentalement de sa grand-mère, pour se connecter à elle et exprimer ce qu'il ressentait. Dans un premier temps, Zimri ne perçut que des souvenirs joyeux. Les baisers de Magdalena, ses câlins, l'odeur des gâteaux qu'elle aimait lui concocter, puis soudainement son visage s'obscurcit, son corps se tendit.

– Il fait froid, dit Zimri en commençant à frissonner. Magdalena, Isaac, restez avec moi ! Non, ne prenez pas mes enfants, ne prenez pas mes enfants…

Zimri se mit à se débattre sur son siège comme si une main invisible le maintenait de force. Il semblait réellement revivre cette scène du passé avec intensité. Ses mots ne lui appartenaient plus. Une autre voix parlait en lui. Michet, qui au préalable avait demandé à Mme Kret de lui transmettre l'arbre généalogique de la famille, jeta un coup d'œil sur son papier. Isaac était le frère de Magdalena, visiblement Zimri était en train de revivre les émotions de son arrière-grand-mère, lors de son arrivée à Auschwitz en 1943. À ce moment, les nazis séparaient les enfants de leurs parents. Sa grand-mère et son petit frère Isaac n'avaient pas échappé à cette monstrueuse épreuve ; ils avaient été arrachés aux bras de leur mère. C'est ce que Zimri revivait dans la pénombre du salon de son appartement. Il éprouvait la douleur de cette mère qui avait deviné qu'elle ne reverrait probablement jamais ses enfants.

– Madgalena, prends soin de ton frère ! Son bonnet ! Mets-lui son bonnet ! murmura Zimri, toujours sous hypnose.

– De quelle couleur est ce bonnet ? interrogea Michet à voix basse.

– Il est rouge. Un bonnet rouge avec un pompon, répondit Zimri avant d'être happé de nouveau par la violence de la scène. Qu'il ne prenne pas froid ! Protège-le, Magdalena ! Protège Isaac ! dit-il le visage crispé de terreur.

Edward Michet calma le jeune homme d'une voix douce et posée. Il lui rappela qu'il pouvait, s'il le souhaitait, quitter ce territoire pour revenir vers lui, simplement en inspirant plus largement. Zimri amplifia sa respiration ; Michet comprit qu'il voulait revenir à un état de pleine conscience. Le praticien d'hypnose raccompagna alors l'adolescent sur les rives du réel, au milieu des bruits de la ville, dans cet appartement parisien. Sa voix le guida très calmement et il ouvrit les yeux lentement, se redressa sur son siège, bâilla et sourit.

– Est-ce que ça va ? lui demanda Michet, en lui posant la main sur l'épaule.

– Oui. Ma vision était plus nette que d'habitude. J'ai vu un bonnet rouge. J'étais à Auschwitz, n'est-ce pas ? Dans la peau de mon arrière-grand-mère quand on l'a séparée de Magdalena et de son frère ?

– Votre grand-mère vous avait-elle déjà parlé de cette scène avec sa mère ?

– Oui, se souvint Zimri. Mais elle ne m'a jamais parlé de ce bonnet rouge, ni du fait que sa mère lui ait confié Isaac.

Le professeur éteignit l'ordinateur qui avait filmé et enregistré l'intégralité de l'expérience, puis il ouvrit la porte pour prévenir son collègue que la séance était terminée.

Quelques minutes plus tard, Mme Kret et Magdalena, accompagnées de l'autre scientifique, pénétrèrent dans la pièce. Il fut noté que Magdalena s'était concentré sur le souvenir de son arrivée à Auschwitz, au moment où les femmes étaient séparées de leurs enfants. C'était la dernière fois qu'elle avait vu sa mère. La vieille femme était encore sous le choc de cet ignoble souvenir et Michet comprit combien ces échanges avec son petit-fils lui étaient douloureux.

– Je vous remercie, madame, d'avoir accepté cette éprouvante expérience, lui dit-il.

– J'espère que cela aidera mon petit Zimri… répondit Magdalena dans un regard triste. Nous sommes si inquiets pour lui. Nous avons déjà tellement souffert…

– Je pense que cela va l'aider, madame. J'ai une dernière question à vous poser. Vous souvenez-vous de ce que portait votre petit frère au moment de votre séparation d'avec votre mère ?

– Il faisait froid… Nous étions le 22 décembre 1943. Je me souviens d'un manteau bleu marine, de chaussures marron à lacets.

– C'est tout ? insista Michet en douceur.

– Oui, monsieur. Est-ce que je peux aller me reposer ?

– Bien sûr, madame…

La mère de Zimri prit le bras de la vieille femme pour la conduire jusqu'à une chambre. Le professeur perçut sur le visage de Zimri une certaine déception.

– Peut-être qu'elle a oublié le bonnet, dit l'adolescent, le regard perdu.

– C'est possible, Zimri. Possible que vous deviez vous aussi oublier un peu le passé pour continuer à vivre comme avant l'apparition du soldat SS. Tout cela est trop lourd pour un adolescent.

– Je n'y arrive pas, monsieur ! Je sens que j'ai une mission. C'est stupide et je ne peux en parler qu'à vous. Je sens que les morts de ma famille attendent quelque chose de moi.

L'expérience laissait supposer que le jeune homme percevait très nettement des éléments du passé liés à sa grand-mère. Une sorte de télépathie forte, une union énergétique entre ces deux individus comme il en existe parfois entre amis, couples ou jumeaux. Michet ne sut que répondre au jeune homme qu'il souhaitait toutefois apaiser.

– Ménagez quand même votre grand-mère. Quelle que soit cette "mission" de l'au-delà ou d'ailleurs, elle ne doit pas vous faire souffrir. Ni vous, ni vos proches.

Mme Kret vint les rejoindre dans le salon, le visage fermé, grave. Elle s'assit sur un fauteuil et rompit le silence. Magdalena s'était souvenue d'un détail avant de s'endormir.

– Son petit frère Isaac portait à la main un bonnet rouge en laine au moment de leur séparation d'avec leurs parents.

À cet instant le regard de Zimri vint transpercer celui de Michet. Ce regard signifiait : *Vous voyez que je n'invente rien, vous voyez que je ne suis pas fou, vous voyez que je suis témoin de ce qu'a vécu ma famille alors que je n'y étais pas !* Le professeur aurait voulu mettre un nom sur cet état, proposer un diagnostic solide, mais il n'avait rien à offrir de tangible au jeune homme. Alors il se contenta de le rassurer d'un signe de tête : il comprenait, il témoignait, il admettait, ce n'était déjà pas si mal.

Mme Kret, bouleversée, poursuivit son récit avec difficulté.

– Maman a dit que le bonnet était tombé dans la boue, mais qu'elle n'avait pas eu le temps de le ramasser. Quelques jours plus tard, Isaac est mort de froid, conclut-elle avant d'éclater en sanglots. Je ne savais pas… Toute sa vie, maman a vécu avec cette culpabilité. Elle croit que son petit frère est mort par sa faute… C'est terrible, terrible…

Zimri rejoignit sa mère et fondit dans ses bras. Le professeur comprit que la "mission" dont Zimri se sentait investi rejoignait probablement ce terrible souvenir. "Quelque chose", "quelque part" souhaitait que le jeune homme aide Magdalena à mourir en paix, en l'allégeant du poids de la culpabilité. Ce n'était pas la première fois que Michet et son acolyte étaient confrontés à ce genre de phénomènes. Plusieurs milliers de témoignages abondaient en ce sens. Était-ce l'esprit des morts qui revenait parler aux vivants pour les soulager avant la mort ? Le passé qui ressurgissait dans le présent ? Ou l'inconscient de la personne qui envoyait des messages comme autant de SOS signifiant : Aidez-moi à mourir en paix ? Le fait est que des individus se retrouvaient du jour au lendemain hantés par des souvenirs ou des images qui leur étaient étrangers, se sentant investis d'une mission. Et très souvent, cette "mission" était un acte de paix, de pardon comme une tendre caresse avant l'ultime voyage.

– Qu'est-ce que je dois faire, monsieur ? demanda Zimri, dépité et perdu.

– Aide ta grand-mère à se pardonner. Elle n'est pas coupable de la mort de son frère. Les nazis tuaient les enfants et elle serait probablement morte elle aussi sans l'aide de ton arrière-grand-père.

– Je ne pense pas que les mots suffisent à la soulager, professeur, ajouta Mme Kret en séchant ses larmes. Elle avait l'air si triste en s'endormant tout à l'heure… Elle porte cette douleur en elle depuis trop de temps.

– Alors, dites-lui d'écrire une lettre à son défunt petit frère, puis de l'enterrer près d'un arbre en pensant à lui.

Mme Kret dévisagea Edward Michet avec une soudaine méfiance. Elle se mit à douter du sérieux de ce scientifique qui lui proposait une thérapie complètement loufoque.

– C'est un vieux remède d'un chaman que j'ai connu en Amérique du Sud. Je sais, cela semble ridicule, précisa-t-il, et pourtant, j'ai moi-même observé des résultats impressionnants. Les gens se sentent "soulagés" une fois qu'ils ont rédigé et enterré la lettre. C'est une sorte de confession, une réconciliation. La science occidentale a beaucoup pris aux sociétés primitives, elle ne l'admet pas toujours, et pourtant… Saviez-vous que beaucoup de tribus utilisaient déjà certaines recettes médicinales bien avant les laboratoires pharmaceutiques ? Il faut savoir rester humble… Les vieux sorciers en savent parfois plus que nous, les chercheurs occidentaux. Vous ne risquez rien en essayant.

Michet et son collaborateur quittèrent la famille Kret avec soulagement. Le poids du passé étouffait cette maison et Michet devina que le jeune Zimri avait dû souffrir de nombreuses années sans en déceler la source. Avant de partir, il avait pris soin de laisser à Mme Kret les coordonnées d'un ami psychiatre qui, selon lui, pourrait aider son fils à passer cette période de turbulence. Il craignait pour l'équilibre psychologique de l'adolescent.

– Qui a mis ces images dans la tête de Zimri Kret ? interrogea le jeune mathématicien qui assistait Michet sur cette expérience. L'inconscient de la vieille grand-mère ? L'âme du petit garçon au bonnet rouge ? Dieu ? Les extraterrestres ? Ou le temps présent peut-il vraiment se connecter au passé ?

– Ces images ne sont peut-être pas dans sa tête, Jacques, mais devant nous. Nous sommes peut-être simplement incapables de les percevoir. De toute façon, tu t'éloignes de notre rôle, lui répondit Michet en le rejoignant dans l'escalier. La question du scientifique n'est pas "qui", mais "comment" ? Comment cela est-il possible ? Comment cela fonctionne-t-il ? Et ce "comment", nous ne l'avons pas encore saisi.

Les deux hommes eurent plaisir à respirer de nouveau l'air vif de cette fin d'après-midi pluvieuse. Ils décidèrent de s'engouffrer dans un bar pour s'offrir un café bien serré. L'entretien avait été éprouvant. En pénétrant dans le bar de la rue des Rosiers, Jacques se souvint d'un détail. Encore une de ces coïncidences que les gens balayaient généralement avec suffisance.

– Tu as entendu ce qu'a dit la vieille femme ? Elle s'est souvenue précisément de la date de son arrivée à Auschwitz.

– Le 22 décembre 1943, répondit Michet en refermant la porte derrière lui pour bloquer le vent violent de cette fin d'après-midi pluvieuse.

Soixante-sept années plus tard, un 22 décembre, son petit-fils avait lui aussi côtoyé l'horreur.

Soixante-sept années jour pour jour dans un train de l’enfer. Était-il encore raisonnable de parler de pure coïncidence ?

10

Dylan Barral était effectivement fou amoureux d'Indie. Il avait instinctivement pris soin d'elle depuis le début. Touché par la fragilité de cette jeune fille qu'il avait découverte recroquevillée sous le siège du petit bureau du contrôleur, il n'avait cessé de l'aimer secrètement. Au premier regard échangé, il avait perçu sa terreur, l'horreur de ce qu'elle avait vécu, mais c'est surtout son incompréhension qui l'avait sidéré. Depuis, Dylan voulait comprendre. Pour lui, pour eux tous, mais surtout pour Indie. Trop timide pour lui dévoiler ses sentiments, il s'était contenté d'une relation épistolaire. Ils s'envoyaient des mails, de longs courriels intimes et sincères. Une relation amicale qui s'était établie au-delà du réseau PSIX. Aussi, quand Edward Michet l'invita au centre de recherches pour assister à une expérience avec Indie, il ne put qu'accepter les conditions de sa présence. Michet avait été catégorique. Son père ne devait en aucun cas être au courant de cette invitation, il en allait de la sécurité d'une personne anonyme, une personne qui avait fourni au centre un certain nombre d'informations classées "confidentiel". Dylan comprit par déduction que cette "personne" devait être un flic que son père pourrait hâtivement renvoyer s'il apprenait qu'il avait trahi le secret professionnel. Profitant des vacances d'hiver pour séjourner à Paris, il avait donc prétexté une sortie au cinéma entre copains pour filer librement vers le Centre de recherches sur les phénomènes scientifiquement inexpliqués. Quelques heures plus tard, il observait Indie derrière une vitre sans tain, aux côtés de Michet et d'une poignée de scientifiques. Indie était enfermée dans une pièce close et acoustiquement hermétique. Deux demi-balles de ping-pong blanches recouvraient ses yeux. Elle était allongée sur un fauteuil médical blanc. À ses côtés se tenait un expérimentateur qui l'avait plongée dans un léger état hypnotique pour éveiller sa capacité de perception extrasensorielle.

– Indie a dans les oreilles un bruit blanc, un son assez désagréable qui est l'équivalent du bruit que font les ondes entre deux stations de radio, précisa Michet au jeune garçon. Elle n'entend rien, ne voit rien. Nous lui avons demandé de traduire oralement ce qu'elle percevait.

Michet appuya sur l'interphone de sorte qu'ils puissent entendre ce qu'elle disait.

"Je vois un univers bleu. Une table. La mer. Peut-être une terrasse de café ou de restaurant. Il fait beau. Je vois des palmiers…"

– Que décrit-elle ? demanda Dylan.

– Ce qu'on lui transmet mentalement à l'autre bout du couloir. Je vais vous expliquer mais, auparavant, je voudrais vous présenter quelqu'un.

En face, dans une pièce identique, un petit garçon subissait le même test, dans les mêmes conditions que la jeune fille.

– Qui est ce p'tit ? Je le connais ? demanda Dylan, un peu surpris.

– C'est le septième élément, mon cher Watson, s'amusa Michet. Lui aussi a perçu quelque chose dans le train. Quelque chose qui est directement lié au vampire aperçu par Indie dans le train voisin, puis quelques heures plus tard par Nyoko.

– Il a vu le fantôme de Mavipre Upierczi ? Il était dans le TGV ?

– Affirmatif. Il l'a même dessiné et a offert son œuvre à Indie avant qu'elle ne se fasse expulser du train *manu militari* par ce vampire slave.

Dylan fronça les sourcils. Il avait beau tenter de déblayer ses souvenirs à la vitesse de la lumière, il ne trouvait rien. Jamais Indie ne lui avait parlé de ce petit garçon. Michet s'amusa de ce léger moment de trouble chez le jeune homme, puis il lui posa la main sur l'épaule.

– Vous êtes sept désormais. Il va peut-être falloir changer le nom de votre réseau PSIX.

Contrairement à l'adolescent, aucune donnée n'avait échappé au psychologue qui avait l'habitude de fouiller la moindre parcelle d'un dossier avant de commencer ses investigations. Alexis Bouteiller avait donc lui aussi été contacté pour passer une série de tests de Ganzfeld qui permettaient de déceler la capacité de perception extrasensorielle chez certains individus. Alexis n'en était pas à son premier dessin effrayant, c'est ce qu'avait expliqué sa mère au professeur lors de leur entretien. Le petit garçon aujourd'hui âgé de huit ans dessinait, depuis qu'il était en âge de tenir un crayon, des monstres, des vampires, des visages obscurs fermés, terrifiants. Alertée par son institutrice, sa mère l'avait très tôt emmené consulter un psychiatre, visiblement assez décontenancé par cet enfant par ailleurs brillant, joyeux et plutôt bien dans sa peau.

– Alexis voit des choses depuis qu'il est tout petit, précisa Michet à Dylan, en l'observant derrière la vitre teintée. Cette expérience ne nous permettra pas de comprendre comment un enfant de huit ans peut dessiner de telles horreurs, ni pourquoi il a l'impression que ces "choses" sont bien réelles. En revanche, le test de Ganzfeld nous permet d'utiliser les statistiques pour prouver que ses perceptions répétitives ne sont pas simplement le fruit du hasard. C'est déjà une première étape.

Michet montra à Dylan la suite du déroulement de l'expérience en cours. Dans deux autres pièces closes et hermétiques elles aussi, à une trentaine de mètres d'Indie et d'Alexis, se trouvaient deux autres personnes, se tenant assises face à un écran diffusant des séries de quatre images.

– Dans notre jargon, ces personnes se nomment les émetteurs. Elles ont été choisies au hasard. Indie et Alexis sont les récepteurs.

Le rôle des "émetteurs" était simplement de se concentrer sur une série de quatre images diffusées par l'écran de l'ordinateur et de n'en retenir qu'une seule : l'image cible. Ils devaient ensuite tenter d'envoyer mentalement cette image vers les récepteurs, qui de leur côté traduisaient verbalement ce qu'ils ressentaient. Par sécurité et pour éviter d'influer sur la perception des émetteurs, les images étaient choisies au hasard par un logiciel de tirage de nombres aléatoires.

– Comme ceux qu'on utilise pour le tirage du loto, s'enquit Dylan.

– Exactement ! précisa Michet.

Tout était enregistré et filmé. À la fin de la séance, on présentait à chacun des sujets récepteurs quatre images. S'ils reconnaissaient l'image cible, c'est-à-dire l'image choisie par l'émetteur pendant le temps de l'expérience, la session était un succès. Le taux de réussite uniquement dû au hasard était donc d'une chance sur quatre. L'expérience était renouvelée plusieurs fois.

Dylan jeta un coup d'œil sur l'écran. L'image cible choisie par la personne représentait effectivement une terrasse de café, devant une mer paradisiaque, exactement ce qu'avait décrit Indie.

– Et comment pouvez-vous mesurer qu'il ne s'agit pas de pur hasard ? releva Dylan, fasciné par la capacité d'Indie à percevoir cette image dans une pièce totalement hermétique.

– Nous reproduisons l'expérience plusieurs fois et calculons le taux de réussite globale. Nous croisons ensuite nos données avec une grille analytique d'expériences similaires menées dans des laboratoires du monde entier et nous comparons. Indie et Alexis sont venus au laboratoire quatre fois, nous avons reproduit l'expérience seize fois avec des émetteurs plus ou moins confirmés, c'est-à-dire avec des personnes qui ont plus ou moins l'habitude d'expérimenter la télépathie.

– Et alors ? s'enquit Dylan, de plus en plus curieux.

– Alors, Alexis en est à 61 % de réussite, Indie à 50 %. Plus l'émetteur est expérimenté, plus ils réussissent tous les deux à retrouver la cible, on est alors à environ à 80 % de réussite pour les deux, soit 52 succès sur 64.

– Donc on ne peut plus parler de hasard ! lança Dylan qui bouillonnait de joie. Indie et Alexis perçoivent vraiment les images qu'on leur envoie mentalement.

– Le nombre de réponses correctes est-il suffisant pour que l'on admette que le hasard ne constitue pas une explication raisonnable ? D'un point de vue mathématique et d'après les statistiques obtenues, la réponse est oui. Pourtant, tant que les gens ne voudront pas voir ou refuseront de savoir, nos recherches seront toujours discutées, voire réfutées. Toutefois toutes ces données sont aujourd'hui numérisées et croisées. Je pense que la science et les nouvelles technologies de l'information vont nous aider à avancer.

– Tout cela ne prouve rien, alors ?

– Il faudra du temps… et il faudrait plus d'argent pour que nos recherches se multiplient. Mais, toi et moi savons qu'Indie et Alexis sont doués d'une perception particulière. C'est peut-être pour cela qu'ils ont vu ce vampire. La question est : Qui leur a transmis cette image ?

– Nyoko ? interrogea Dylan.

– Pas impossible, je mène parallèlement des expériences avec elle.

Dylan se retourna vers la vitre sans tain pour observer Indie. L'expérimentateur lui demandait de choisir entre quatre images. Un champ de tournesol. Une cabane de pêcheur. La photo de la tour Eiffel. Une terrasse de café face à la mer. Indie sélectionna sans hésiter la terrasse de café.

– Cette image est exactement ce que j'ai ressenti dit-elle, d'une voix détendue, extrêmement calme. La chaleur et l'odeur de la mer…

Elle voit à distance, elle ressent ce qu'on lui envoie ! en conclut Dylan, complètement envoûté, incapable de décoller son nez de la vitre sans tain.

11

Fasciné par l'expérience, Dylan profita de ce qu'Indie ne le voyait pas pour l'observer librement. Elle était belle, même avec des balles de ping-pong sur les yeux. Une beauté insolente qui finalement ne la rendait pas plus heureuse que les autres. Elle lui avait souvent parlé de cette prétention qu'elle avait éprouvée avant de prendre le train. "Je me croyais supérieure aux autres, je ne voyais rien d'autre que mon image. J'étais si stupide. Les garçons ont toujours eu peur de moi, pensant que j'étais trop bien pour eux et moi je n'ai jamais su quoi faire pour les rassurer." C'était encore vrai aujourd'hui, même avec cette petite cicatrice de brûlure sur le visage. Elle était sublime et cette beauté froide la rendait inaccessible. Dylan en savait quelque chose. Chaque fois qu'il avait tenté de lui exprimer ses sentiments, il avait fini par reculer. Dès qu'il s'approchait trop d'elle, une force contraire le faisait reculer comme si un rempart électrifié entourait le corps de cette fille.

– Elle est drôlement jolie, hein ?

La petite voix fit sursauter l'adolescent. Alexis se tenait à ses côtés, il avait terminé son expérience qui visiblement ne l'avait pas affecté.

– On dirait une princesse de conte de fées, poursuivit le petit garçon, en se hissant sur la pointe des pieds pour avoir accès à la vitre sans tain.

– Ouais, sauf que ces conneries de conte de fées ne marchent pas dans la vraie vie, répondit Dylan en souriant tristement.

– Pourquoi tu dis ça ?

– Bah, ce n'est pas simple de se prendre pour un prince charmant, surtout quand on ne sait pas monter à cheval.

– En plus t'es noir, lança le petit sans réfléchir. C'est vrai, dans les contes, les princes ne sont jamais noirs. Pourquoi, d'après toi ?

– J'en sais rien, mon pote. Mais il va falloir que ça change, ça aussi !

Et les deux garçons éclatèrent de rire et se présentèrent mutuellement. Dylan ne comprenait toujours pas pourquoi Indie ne lui avait jamais parlé de cet enfant. Il lui semblait improbable qu'elle ait oublié ce détail. Peut-être avait-elle voulu à sa manière protéger ce gamin, en l'éloignant de leur clan.

– Ça te fait flipper, les images que tu vois et que tu dessines ? osa demander Dylan, tout en s'accroupissant pour se mettre à sa hauteur.

– Au début oui, mais maintenant, ça va. M. Michet m'a dit que plein de gens voyaient des images bizarres de fantômes, de squelettes, d'extraterrestres. Il m'a dit que je n'avais pas à avoir peur, que peut-être un jour ça me servirait quand je serai grand. Pour écrire des histoires, par exemple.

– Cool. C'est vrai que si tu veux devenir écrivain ou réalisateur de film, c'est pratique. Des monstres plus vrais que nature ! Grrr !

Dylan se sentit attendri par ce petit gars qu'il eut instinctivement envie de protéger lui aussi. Michet avait raison, Alexis souffrait, seul avec toutes ces images dans la tête. Il avait le droit comme les six autres à un accès privilégié au réseau PSIX.

– Tu as internet chez toi ?

– Heureusement ! lança le petit garçon. Comment je ferais sinon pour chatter sur les forums de passionnés de train ?

– Ta mère te laisse faire ? s'insurgea l'adolescent.

– Je suis intelligent et je vois des monstres… alors les forums de passionnés de train, ça la rassure.

Dylan n'en revint pas de la maturité de l'enfant, il prit un coup de vieux tout à coup, se mettant à raisonner en adulte. Il était inquiet pour Alexis, livré à lui-même sur cette toile mondiale de l'information où l'on trouvait le meilleur comme le pire. Il en voulut aux parents de ne pas être à la hauteur du progrès, de ne plus savoir imposer des frontières rassurantes. *Il n'a que huit ans !* se dit-il. *À huit ans, on regarde les dessins animés, on rêve d'être un champion de foot, on joue au pistolet à eau, on va se coucher à vingt heures trente avec un chocolat chaud, un doudou et une satanée histoire qui finit bien.* Dylan n'arrivait plus à calmer sa tempête intérieure. Il se sentit de nouveau submergé par la colère et l'incompréhension. Comment une mère pouvait-elle laisser son enfant de huit ans chatter sur des forums de discussion ? Train ou pas, ces conversations en ligne avec des adultes n'étaient pas de son âge ! Le petit Alexis dut percevoir le grondement intérieur de Dylan parce qu'il lui tira sur la manche pour le sortir de ses pensées.

– Je ne suis pas un enfant comme les autres, Dylan, lui dit-il avec un regard assuré. J'ai huit ans, j'ai internet haut débit sans contrôle parental et j'ai aussi sauté deux classes. Tu me files le code du réseau PSIX ?

Dylan en resta sans voix. Qui pouvait bien lui avoir parlé du réseau avant même qu'il ne le fît ? Comme il faisait face à un individu doté d'une intelligence très supérieure à la moyenne et visiblement doué de perceptions paranormales, il obtint sa réponse avant même d'avoir eu le temps de la poser.

– C'est Indie ! Ça fait quatre jours qu'on passe des tests ensemble, on est copains maintenant, elle et moi. Elle a dit que j'avais le droit comme les autres de faire partie du clan PSIX.

Dylan lui tapa dans la main en signe d'acquiescement. Le réseau PSIX venait d'accueillir un nouveau membre quand la belle au bois dormant sortit de son caisson expérimental. Encore un peu groggy, Indie embrassa Dylan sur les deux joues, surprise de le trouver au centre.

– Le professeur Michet m'a invité… murmura-t-il comme pour excuser sa présence.

– Tu m'as vue ? Tu m'as regardée ?

– Oui, j'ai… suivi l'expérience, balbutia-t-il, un peu honteux. C'est dingue ! Tu es douée. Enfin, tu perçois des choses…

– Je suis un percipient très très réceptif, paraît-il !

– Un quoi ? demanda Alexis qui suivait la conversation d'en bas.

– Un percipient, c'est le nom qu'on donne ici au “récepteur” capable de sentir les images qu'on lui envoie sans se servir de ses cinq sens.

Dylan ne sut que répondre, complètement hypnotisé par Indie. Il se demanda si elle pourrait un jour percevoir ce qu'il ressentait en la regardant. Une envie folle de la prendre dans ses bras et de l'embrasser. Mais peut-être le percevait-elle déjà ? Peut-être qu'elle ne voulait tout simplement pas de cet amour.

– Je dois y aller, dit-elle. Ma mère m'attend.

– Et un ciné, c'est possible ? tenta l'adolescent alors qu'elle était déjà au bout du couloir.

– J'en parle à Nyoko, je la vois demain, répondit Indie en disparaissant.

– Toujours avec Nyoko, persifla l'adolescent à voix basse, l'observant tristement s'évaporer.

Déçu et agacé par sa timidité maladive avec les filles, il baissa la tête et son regard tomba sur celui d'Alexis qui n'avait pas manqué une miette de leur échange. Dylan eut l'impression que deux grands yeux noirs étaient en train de scanner ses pensées.

– Tu veux une info qui va te remonter le moral ? finit par lui lancer le petit sans sourire.

– Dis toujours.

– Elle te kiffe, lança Alexis en s'éloignant vers sa mère qui l'attendait au bout du couloir.

– Quoi ?

Dylan mit un certain temps à laisser monter cette formidable information jusqu'à son cerveau. Indie le "kiffait", c'était improbable, formidable, magnifique… Réalisant soudain qu'Alexis avait disparu, il se mit à courir, le devança et le força à s'arrêter en se plantant devant lui au milieu du couloir.

– Comment tu sais ça, toi ?

– Je lui ai fait ma déclaration et c'est là qu'elle m'a dit que c'était toi qu'elle kiffait. J'ai fait mes calculs. J'ai huit ans, je ne pourrai pas la draguer sérieusement avant mes dix-huit ans. Et comme la plupart des couples de votre âge se séparent vite, je me suis dit que je pouvais te le dire sans risque. Ça te laisse dix ans. Après, ça sera chacun pour soi. Salut Dylan, à bientôt sur PSIX…

L'adolescent demeura statufié, seul au milieu du couloir du laboratoire. Décidément, ce gamin le devançait dans tous les domaines. Mais Indie le "kiffait", alors le reste…

12

Plus Edward Michet avançait dans ses recherches, plus les questions sans réponses se multipliaient. Ses analyses mettaient clairement au jour qu'une série de coïncidences et d'événements aussi étranges qu'aléatoires s'étaient bien déroulés dans le TGV 175. Était-ce un hasard ? Qu'était-ce que le hasard ? Un simple tas de phénomènes chaotiques qu'un jour ou l'autre les lois de la physique viendraient expliquer ? Une perception du monde que nous ne pouvions maîtriser, nous pauvres humains que l'idée même d'infini effrayait encore ? Michet avait rêvé d'un centre de recherches performant, liant les sciences pures comme les mathématiques, la physique, aux sciences humaines et sociales comme la psychologie, la sociologie ou l'ethnologie. Il avait cru en cette grande maison des savoirs où les scientifiques du monde entier travailleraient main dans la main à la recherche des mystères terrestres et des secrets de l'univers. Un laboratoire où les lois de la physique viendraient se confronter à une observation des hommes en société, où les sciences naturelles éclaireraient un calcul mathématique. *Pourquoi travaillons-nous chacun dans notre coin, chacun avec nos petits moyens ?* se répétait-il souvent. Son rêve s'était effrité au fil des années, limité par un budget de plus en plus serré. L'État avait coupé les vivres et le centre ne tenait plus que grâce aux subventions de quelques généreux donateurs et à la passion des scientifiques qui y travaillaient bénévolement.

Sept enfants. Sept voyages truffés de fantômes, d'apparitions, de visions traumatisantes. Sept petites particules qui avant de se retrouver dans le TGV 175 n'avaient rien en commun et vivaient de façon autonome. Sept éléments d'une histoire que n'importe qui aurait jugée loufoque, surréaliste, impossible. *Et pourtant…* conclut-il, en observant Nyoko et Indie dans le parc du centre. Les deux jeunes filles marchaient bras dessus, bras dessous. Collées, serrées, complices. *Tous ont une intelligence supérieure à la moyenne*, se répéta-t-il pour tenter de trouver le début d'une explication. *Tous ont une perception du monde à fleur de peau. Hypersensibilité, intelligence, hyperfragilité affective.* Tous ces points communs les réunissaient bien au-delà du réseau PSIX. Était-ce un hasard ? Et si cela ne l'était pas, qui avait bien pu mettre en route cette mystérieuse alchimie des corps et des esprits ? Qui avait choisi cette date du 22 décembre qui les réunissait ? La grand-mère de Zimri avait été déportée à Auschwitz un 22 décembre 1943. La petite sœur de Nyoko avait été enterrée un 22 décembre 1991. Le père de Waafa était mort un 21 décembre 1996, mais à 23 heures 55. Les parents de Virgil avaient percuté un autre véhicule et trouvé la mort un 22 décembre 1999. Et d'après les souvenirs de M. Barral, son fils avait découvert les photos des meurtres sanglants de la Licorne quelques jours avant le Noël 1999. Quant à la légende du vampire Upierczi, elle racontait que ce dernier hantait les villages des Carpates particulièrement les nuits du solstice d'hiver, soit les 21 et 22 décembre de chaque année. Alors, hasard encore que cette date ? Michet se laissait submerger par ce tsunami de possibles, de probabilités statistiques pour tenter de se raccrocher à quelque chose de solide. *Si dans une famille de 25 personnes*, se rappelait-il, *la probabilité que deux dates d'anniversaire coïncident s'élevait à 50 % de chance, elle passait à plus de 97 % dans une famille de 50 personnes. Alors, quelle pouvait être la probabilité que dans un train de 1 000 voyageurs, 7 personnes soient reliées par une même date ? Une date primordiale dans leur vie ?* Edward Michet n'avait plus envie de calculer le hasard, il voulait se faire confiance, écouter son intuition. Il savait que ce voyage infernal avait eu un sens, qu'il avait été nécessaire puisqu'il avait permis à chacun des sept voyageurs de converger les uns vers les autres, de recréer un clan, un réseau social, une sorte de famille. D'un point de vue mathématique, un événement était considéré comme aléatoire à partir du moment où il était fortuit, possible, mais non nécessaire. Or, ce qui s'était passé dans ce TGV 175 semblait nécessaire, vital même, puisqu'il avait aidé les adolescents à grandir. Alors, qui avait décidé cet événement, si cela n'était pas un hasard ? Quelle force étrange les avait poussés les uns vers les autres ?

Ivre de ces myriades d'interrogations vertigineuses, Michet ouvrit la porte de son bureau avec un sentiment de tristesse et d'immense fatigue. Il avait l'impression de piétiner. Il reçut en plein visage et comme une douche de jouvence la gaieté radieuse des deux adolescentes qui s'infiltrèrent dans son bureau tels deux étourneaux.

– Bonjour, professeur Michet ! s'exclamèrent-elles en chœur.

Il les observa s'installer avec la maladresse et l'agitation dues à leur âge. Elles riaient. Elles ne cessaient de rire, de se parler du bout des yeux. Une brune de type asiatique, une blonde de type européen. Deux petites puces. Deux jumelles. C'était la première fois qu'il les réunissait et son pressentiment se confirma avant même qu'il eût commencé son expérience. Nyoko et Indie étaient liées. Elles étaient "intriquées" comme ces particules élémentaires, qui même à des distances très éloignées semblaient interagir l'une avec l'autre, comme s'il s'agissait d'un seul système, comme si leur union dépassait les représentations de l'espace et du temps. Michet se souvenait d'un cas de jumeaux qu'il avait eu l'occasion d'étudier, deux frères qui, séparés dès la naissance, avaient chacun évolué dans un environnement différent. L'un avait été élevé à New York, l'autre à Paris, tous deux adoptés par des familles qui ne se connaissaient pas. Et pourtant, vingt années plus tard, les deux frères s'étaient rencontrés pour la première fois. Outre leur ressemblance physique, ils s'habillaient de la même façon, s'exprimaient avec les mêmes gestes, avaient effectué les mêmes études d'ingénieur et avaient tous deux épousé une femme blonde, de petite taille. Parfois, telles des particules dans notre univers, les humains semblaient "intriqués" eux aussi. Leurs pensées, leurs rêves, leurs mots s'emmêlaient, de sorte qu'il devenait difficile de discerner qui influait sur l'autre. Deux êtres pouvaient ne former qu'une seule entité et interagir à des milliers de kilomètres de distance. Michet en était convaincu mais cela ne suffisait pas à le prouver ni à le démontrer scientifiquement.

– Comme vous le savez, ce qui s'est passé dans le train vous a finalement permis de vous rapprocher toutes les deux.

– Oui, on est de vraies sœurs de cœur ! interrompit Nyoko toute joyeuse.

– Nyoko, poursuivit-il, avez-vous demandé à vos parents s'ils écoutaient la musique de Mahler quand vous étiez enfant ?

– Oui, professeur. Maman m'a avoué qu'elle écoutait *Chants pour les enfants morts* quand elle était enceinte de moi, parce qu'elle ne pouvait s'empêcher de repenser à ma sœur défunte. Mais après ma naissance, elle a jeté le CD. Elle voulait oublier ce drame et pour cette raison ne m'en a jamais parlé. Vous croyez que j'ai pu tout inventer ? Le vampire ? La musique dans ma tête ?

– Je l'ignore, Nyoko, mais grâce à ce tragique épisode dans le train, vous avez rencontré Indie, celle que appelez votre sœur de cœur.

Edward Michet marqua une pause pour laisser le temps aux jeunes filles de suivre son raisonnement. Il remarqua qu'instinctivement Indie offrit sa main à Nyoko pour la rassurer. Nyoko n'avait peut-être pas tout inventé, mais il était certain que cet épisode terrifiant dans le train était lié à son passé et qu'il lui avait finalement permis de retrouver une âme sœur. Michet se plut à imaginer que l'esprit de la vraie sœur de Nyoko eût pu provoquer cette rencontre. Il aimait l'idée que les morts puissent entourer les vivants avec bienveillance, les aidant parfois d'un petit coup de pouce du destin. Nyoko se sentait seule ; sa sœur défunte lui avait peut-être fait rencontrer une illusion de vampire pour l'éloigner de ses livres et provoquer une nouvelle amitié. Il ravala cette digression romanesque pour se concentrer sur la raison de leur présence dans son laboratoire. Il voulait mesurer leur relation télépathique.

– Je vais vous proposer une dernière expérience, leur expliqua-t-il enfin en chaussant ses lunettes.

– Pas de problème ! répondirent les deux jeunes filles en même temps avant d'éclater de rire à l'unisson.

– Indie reprendra son rôle de “récepteur”. Nokyo sera l’“émetteur”. Les expériences précédentes ont démontré qu’Indie était douée d’une grande perception extrasensorielle. Quant à vous, Nyoko, vous le savez, vous avez des facultés de psychokinésie, vous pouvez suggérer des images, des émotions aux autres. Cela ne vous avance pas à grand-chose au quotidien et malheureusement, je dois vous avouer que cela ne vous aidera pas à séduire un garçon contre son gré.

– Dommage ! dirent les deux jeunes filles au même moment, avec le même regard mutin.

– Même si je me concentre vraiment sur lui pour l’envoûter ? demanda Nyoko avec un air espiègle.

– Je crois que ça ne suffira pas ! avoua-t-il dans un petit rire paternaliste.

La psychokinésie était encore très mystérieuse pour les chercheurs. Certaines personnes étaient capables de tordre des objets à distance, d’autres d’influer sur l’humeur ou les rêves d’un individu, et cela se faisait souvent de façon involontaire. Michet leur expliqua que les chercheurs avaient bien du mal à comprendre ce qui était en jeu dans ce processus de “suggestion à distance”, mais l’idée que l’humain à force de concentration puisse modifier le cours des choses le fascinait.

– Je vais aujourd'hui vous mettre face à face, pour mesurer votre faculté à communiquer à distance toutes les deux.

– On se comprend, on se ressent sans se parler, vous savez, précisa Nyoko.

– C'est ce que je vais essayer de mesurer, conclut-il en ouvrant la porte de son bureau pour les conduire vers les salles de laboratoire.

Les jeunes filles se dévisagèrent et se rapprochèrent de façon imperceptible, mais tout à fait visible pour un vieux renard comme Michet. *Elles se protègent et se rassurent mutuellement*, constata-t-il, en s'engageant dans le couloir. Les adolescentes prirent le temps de s'embrasser avant de se séparer pour cette dernière expérience.

13

Nyoko Hashimoto et Indie Newton ne s'étaient plus quittées depuis leur retour de Valence. Leurs parents avaient fini par accepter cette singulière amitié qui était née d'un phénomène inexpliqué. Un homme les avait agressées dans une voiture-bar, se faisant passer pour un vampire, et les deux adolescentes s'étaient défendues à leur façon, en enflammant le wagon du TGV. Telle était la version officielle retenue par la police qui recherchait depuis plus d'un an ce mystérieux Mavipre Upierczi. Un point de vue qui rassurait les parents sur l'état mental de leurs filles respectives. Nyoko avait délaissé son rose bonbon au profit d'une coupe courte et de sa couleur ébène naturelle. Indie avait décroché de la drogue et passait tout son temps libre avec Nyoko pour lutter pour le droit des enfants dans le monde. D'un point de vue extérieur, les choses étaient rentrées dans l'ordre et les deux jeunes filles semblaient mener une vie saine et des plus normales. Toutefois, quand Michet avait contacté les Newton et les Hashimoto pour leur demander l'autorisation d'effectuer quelques tests avec leur enfant, aucune des deux familles n'avait fait obstruction. Elles avaient dû admettre à demi-mot que quelque chose de mystérieux dépassait cette amitié. Quelque chose d'effrayant à leurs yeux : Indie et Nyoko communiquaient à distance. "L'autre jour, Indie était installée sur le canapé du salon et elle s'est mise à éclater de rire. Je lui ai demandé ce qui la faisait rire de la sorte et elle m'a répondu que Nyoko était en train de regarder un film super drôle et qu'elle le lui faisait partager", lui avait raconté Mme Newton avant de préciser que ce genre de scène était courante. "C'est comme si elles étaient connectées vingt-quatre heures sur vingt-quatre sans avoir besoin d'Internet !" avait confirmé M. Hashimoto. Edward Michet avait donc choisi de leur faire passer des tests séparément avant de les réunir pour une ultime expérience.

En installant Nyoko dans la pièce dédiée à ce test, il repensa à sa première venue au centre. À cause d'une fuite d'eau dans le couloir, il l'avait fait passer par un laboratoire expérimental pour rejoindre son bureau. Un hasard qui lui avait permis de prendre conscience de l'incroyable don de Nyoko. Dans ce laboratoire, cinq chimpanzés subissaient une série de tests. À leur entrée, les animaux faisaient un boucan du diable, excités par les jeux de l'expérimentateur. Mais quand Nyoko était passée devant eux, ils s'étaient aussitôt tus. Un silence de plomb avait envahi le laboratoire. Un silence que l'expérimentateur confirma par la suite n'avoir jamais réussi à obtenir avec ces chimpanzés dissipés. Intrigué, et pensant que la jeune fille pouvait posséder des facultés de psychokinésie, c'est-à-dire la possibilité d'influer sur une personne ou sur un mécanisme, il lui avait fait passer des tests sur un générateur de nombres aléatoires. Certains individus étaient capables par leur seule concentration de modifier cette ligne de nombres dans un sens ou dans l'autre. En quelque sorte, ils modifiaient le hasard. Ce fut le cas de Nyoko qui en une demi-heure de concentration fit nettement dévier la structure de la ligne.

Les deux jeunes filles avaient chacune un don particulier et cette ultime expérience fit prendre conscience à Edward Michet de ce que pouvaient donner leurs capacités réunies. Une heure après le début du test, les résultats confirmaient son intuition et il ne pouvait détacher son regard des écrans de contrôle. Les images retransmettant leurs réactions en temps réel se répondaient parfaitement. C'était inouï. Chaque image commentée et envoyée mentalement par Nyoko était parfaitement reçue et décrite par Indie avec une précision rare.

– Je vois une forêt verdoyante, profonde, inquiétante. Ça me rappelle les contes de mon enfance. Le petit chaperon rouge, par exemple. C'est un feuillage vert, la photo a dû être prise au printemps, pourtant cette photo me glace. C'est sans doute la hauteur des arbres qui procure cette impression d'étouffement, disait Nyoko dans sa pièce hermétiquement close.

Et quelques minutes plus tard, sur l'autre écran de contrôle, Michet pouvait observer Indie décrire ce qu'elle ressentait mentalement, reprenant presque mot pour mot la description de Nyoko, sans voir la photo.

– J'imagine… je vois une forêt. C'est vert, très vert, mais il fait froid. On dirait la forêt des contes de fées de quand j'étais enfant. Le petit chaperon rouge. Les arbres sont hauts, nombreux et hauts. Je ressens de la peur, une impression d'étouffement…

Jamais Edward Michet, en trente années passées à étudier les phénomènes PSI, n'avait été témoin d'une telle symbiose. Indie avait une perception extrasensorielle hyper aiguisée, Nyoko une très forte capacité de suggestion. L'une envoyait à l'autre ses pensées et l'autre les recevait cinq sur cinq. Peu importaient les distances qui les séparaient, Nyoko et Indie ressentaient exactement les mêmes choses au même moment. Inouï !

– Alors, que donne le test ? interrogea Jacques, le scientifique qui assistait Michet sur le dossier.

– On en est à 100 % de réussite. Indie retrouve toutes les cibles suggérées par Nyoko. Mais le résultat dépasse les chiffres, mon vieux. Écoute-les… C'est impossible… Elles donnent pratiquement la même description de l'image à chaque fois. Ce n'est plus de la télépathie, c'est…

– De la fusion. On dirait qu'elles ne forment qu'un seul esprit à distance, conclut le jeune mathématicien, ébahi par ce qu'il entendait. Pensez-vous vraiment que Nyoko dans le train ait pu faire entrer Indie dans sa visualisation de vampire ? interrogea-t-il.

– En tous cas, ce n'est pas impossible. Elle aurait pu embarquer Indie et le petit Alexis dans son univers. Je ne sais pas comment, mais… d'après ce que je vois, rien n'est improbable.

– Qu'allez-vous faire, Edward ?

Michet devinait ce que son collègue suggérait en posant cette question. Une telle symbiose télépathique était extrêmement rare et le centre devait profiter d'une telle aubaine pour se concentrer sur ces deux cas et obtenir davantage de subventions de la part du gouvernement. Depuis toujours, les gens adoraient l'aspect "monstrueux" des cas PSI, les transformant en phénomènes de foire. Edward Michet savait qu'il lui suffisait de téléphoner à une chaîne nationale de télévision pour obtenir une émission en prime time, reproduire l'expérience en direct avec les deux jeunes filles et obtenir un tel succès d'audience que le ministère de la Recherche lui accorderait sur-le-champ une belle enveloppe budgétaire. La recherche scientifique devait elle aussi être séduisante pour mériter l'attention des ministères et Michet comme Jacques étaient bien conscients de l'opportunité financière que représentaient les deux adolescentes. Grâce à elles, le très honorable professeur en psychologie expérimentale de l'université Descartes de Paris pourrait réaliser son rêve d'un centre de recherches international et multidisciplinaire autour des phénomènes PSI. Son collègue l'observait, en attente de réponse, mais la réponse ne vint pas.

– Nous ne pouvons pas laisser passer une telle chance, professeur, insista Jacques en le dévisageant.

– Si nous le pouvons, mon cher. Nous le pouvons.

– Pourquoi ? s'insurgea le jeune mathématicien qui ne comprenait pas le renoncement de son aîné.

– Pour elles, répondit Edward Michet, en pointant son nez vers les deux écrans.

Il observa encore leurs deux visages lumineux, irradiant de joie de vivre et de rêves naïfs. Malgré le désaccord de Jacques, il appuya sur l'interphone pour prévenir les expérimentateurs que le test était terminé.

– C'est fini ! dit-il.

– On peut les laisser partir ? interrogea l'un des expérimentateurs.

– Oui, elles sont libres. Tu les remercies et tu leur dis que le test n'est pas… concluant. C'est juste une belle amitié, rien de plus.

14

"Ne rien nier *a priori*, ne rien affirmer sans preuve.". Edward Michet se souvenait de cette phrase qui l'avait guidé pendant toutes ses années de recherches et qui lui avait maintes fois permis de faire face à la raillerie ordinaire de certains collègues de la fac. "Allez, Michet, tu es un scientifique reconnu dans ton domaine. Comment peux-tu croire aux voyants, aux fantômes et autres maisons hantées ?" Michet s'était toujours moqué des jugements de l'opinion publique, mais il savait combien ils pouvaient être blessants. C'est pour cette raison qu'il avait décidé de détruire toutes les preuves concernant la symbiose télépathique entre Nyoko et Indie. Pour une fois qu'il détenait une preuve irréfutable de communication PSI entre deux individus, il n'avait pas eu d'autre choix que de la détruire. Son instinct l'avait guidé. Sa capacité d'empathie aussi. Il refusait de broyer le destin de deux jeunes filles uniquement pour servir ses ambitions personnelles. Il les avait protégées de l'émotion collective, de cette hystérie qui s'emparait des foules dès qu'elles se retrouvaient face à un fait mystérieux et inexpliqué. *Elles vont faire la une des journaux, les scientifiques du monde entier vont s'arracher ces deux adolescentes pour leur faire passer des centaines de tests en tous genres. Des sceptiques feront leur possible pour nier l'évidence, quitte à accuser les deux jeunes filles de folie, de tricherie. Si je divulgue au monde ce que je viens de voir et d'entendre, je tue l'avenir de Nyoko et d'Indie*, avait-il conclu avant d'effacer toutes les vidéos les concernant. Le monde n'était pas prêt à concevoir l'inconcevable et en ce sens, Michet avait préféré reculer, démissionnant sur-le-champ de son poste de président du CRPSI. Guerres, crises économiques, dérèglements climatiques, l'humanité souffrait trop pour prendre le temps d'imaginer d'autres possibles, d'autres vérités. Et Michet en avait eu assez d'attendre. Le TGV 175 et ses sept passagers lui avaient fait entrevoir l'impasse dans laquelle il se trouvait. Il ne pouvait rien prouver parce que, quelles que soient ses découvertes, les hommes refuseraient de les accepter. L'humanité n'était pas prête à se remettre en cause. Il était trop tôt ou trop tard pour que chacun accepte de changer sa vision du monde. *Qui de nos jours prend encore le temps de lever la tête pour observer la beauté de la Voie lactée ?* se répétait-il les soirs de doute dans son petit appartement de la rue des Saint-Pères. La rêverie n'avait plus sa place dans ce XXIe siècle et, sans rêverie, point de progrès.

"Ils ont échoué parce qu'ils n'avaient pas commencé par le rêve", inscrivit-il en exergue à l'ouvrage qu'il décida de rédiger quelques mois après sa démission. Une phrase de Sir William Shakespeare qui, quatre cents ans plus tard, résonnait encore comme une inévitable déception. L'homme se terrait dans ses certitudes, refusant obstinément de regarder au-delà de sa vie, au-delà de la terre, au-delà de sa vision du monde. "Les territoires de notre ignorance sont sans doute aussi vastes que ceux de l'univers qui nous accueille et pourtant nous nous acharnons à croire que nous détenons la connaissance du temps, de l'espace, du réel et de l'irréel", écrivait-il rageusement quand il fut dérangé par la concierge de son immeuble qui se faisait un devoir de lui apporter le courrier en main propre.

Il referma précipitamment la porte pour se débarrasser de cette présence qui l'importunait dans son travail et se remit à taper frénétiquement sur les touches de son clavier. Célibataire, sans enfant, Michet ne recevait que peu de courrier depuis qu'il avait quitté ses fonctions. Ses étudiants le contactaient généralement par mail. Qui pouvait encore utiliser la voie postale pour communiquer ? Cette stupide interrogation lui fit lever le nez plusieurs fois de l'écran pour regarder l'enveloppe grand format qu'il avait jetée sur son lit. Michet finit par l'attraper et l'observer avec attention, comme une relique du temps passé. Beau papier. Aucun nom au verso. Le cachet provenait de Suresnes, une ville de la banlieue ouest de Paris où le psychologue n'avait à son souvenir jamais mis les pieds. Le choix du timbre retint soudain son attention. Un train. Un TGV dernier modèle. Il repensa immédiatement aux membres du réseau PSIX. Michet se sentait coupable de les avoir si peu rassurés. Laissant la place à leur libre interprétation, il s'était contenté de leur écrire une simple lettre quelques mois après sa démission.

"Chers membres du réseau PSIX, avait-il écrit. Dans l'état actuel de mes connaissances et à la suite de mes analyses, je peux simplement vous affirmer que ce qui vous est arrivé dans ce train n'était pas « réel », dans l'optique actuelle de ce que l'homme définit comme réel. Votre histoire appartient à une autre réalité, à un autre espace-temps. Vous n'êtes pas les seuls à avoir côtoyé cette autre réalité qui permet de dialoguer avec des fantômes, de s'approcher de la lumière de la mort, de se remémorer un passé inconnu, ou encore d'être plongé dans des visions fantasmagoriques extrêmement réalistes. Les découvertes scientifiques autour de la matière, du temps, de la nature, de l'espace, de l'évolution de la vie vont un jour ou l'autre nous amener à changer, à nous éveiller à de nouveaux possibles, mais pour l'instant l'homme est craintif. Il a peur de quitter ses certitudes. Il est exactement comme chacun d'entre vous, au départ du TGV 175, en cette soirée du 22 décembre. Vous aviez tous peur. Peur de voyager seul, peur de votre avenir, peur de votre passé, peur de grandir. Pourtant, en cheminant dans l'obscurité de ce train, vous avez retrouvé une lumière. Votre horizon s'est finalement dégagé. J'espère qu'un jour l'humanité aura votre courage. Pour ma part, je vais consacrer la dernière partie de ma vie à tenter d'éveiller les consciences. Je vais écrire des ouvrages pédagogiques pour préparer les gens au voyage et quand ils seront prêts et uniquement quand ils le seront, nous pourrons leur montrer toutes les preuves de cette autre réalité. Je ne pense pas avoir la chance de vivre cet instant, mais je vous souhaite à tous de le partager."

Cette lettre avait été écrite trois mois auparavant, il n'avait jamais reçu la moindre réponse des adolescents. D'ailleurs, qu'eurent-ils pu lui répondre ?

Il ouvrit l'enveloppe et découvrit une photo. Une jeune fille blafarde dans un manteau blanc, les cheveux mouillés, les yeux cernés… Michet en renversa son café. Il avait devant lui le visage de la femme qu'il avait aimée dans sa jeunesse, son unique amour.

– Marta, murmura-t-il, laissant couler ses larmes sur cette photo improbable.

Qui avait pu la photographier ? Elle était morte depuis quarante ans, noyée dans les eaux gelées d'un lac de montagne. Edward Michet finit par lire le mot qui accompagnait le cliché :

"Elle veut vous parler, professeur. Le réseau PSIX peut vous aider."

15

C'était la première fois que Michet découvrait les six adolescents et Alexis réunis. Il avait accepté l'invitation du réseau PSIX et suivi le plan de route, joint au courrier, qui l'avait mené à Suresnes dans une maison de banlieue parisienne. Impressionné, il avait sonné à l'adresse indiquée et, à sa grande surprise, avait été accueilli par Robert Jean.

– Je suis ravi de vous recevoir, monsieur Michet, lui avait dit le contrôleur avant de le conduire vers le salon où l'attendaient les six adolescents.

À son arrivée, tous se levèrent un peu solennellement avant de venir à sa rencontre.

– Bienvenue, professeur ! lança Dylan en lui offrant une généreuse poignée de main.

– Ravi de vous revoir, poursuivit Virgil, suivi de Waafa, Indie et Nyoko qui osèrent l'embrasser amicalement.

– Pas trop surpris ? demanda Zimri dans un sourire épanoui.

Il va mieux, constata Michet, toutefois un peu décontenancé par cette singulière réunion. Il se laissa glisser dans le siège indiqué par le petit Alexis, qui s'assit à ses côtés. Six adolescents, un petit garçon, le contrôleur du train et une jeune femme qu'il n'avait jamais vue, mais qu'il identifia comme la conductrice du TGV 175. *Qu'est-ce que cela signifie ?* pensa-t-il. Un petit silence fendit la lumière hivernale du salon avant que Robert ne lui offre quelques explications.

– Comme vous pouvez le constater, le réseau PSIX m'a adopté, tout comme Josy, la serveuse du TGV 175, qui ne sera pas avec nous aujourd'hui, car elle habite à la Réunion et Jeanne, la conductrice.

Jeanne vint serrer la main de Michet avec énergie.

– Enchantée, dit-elle simplement avant que Robert ne poursuive.

– Il s'est passé des choses étranges dans ce train. Des choses qui nous ont tous dépassés, mais je peux vous assurer que ces événements étaient bien réels. Jeanne, Josy et moi en avons été les témoins privilégiés, c'est pourquoi dès notre arrivée nous avons décidé de protéger les jeunes en nous taisant.

– Que pouvions-nous raconter de toute façon ? précisa Jeanne. Nous avions très bien perçu la terreur des adolescents et l'atmosphère effrayante qui régnait dans le train. Mais comment en parler sans passer pour des illuminés ?

– Je comprends… ponctua Michet.

– Nous avons donc préféré garder le silence. Tout comme vous, professeur, poursuivit Robert.

– Effectivement…

– Grâce à cela, aucun d'entre eux n'a été condamné. L'affaire est aujourd'hui classée.

– Mais le réseau PSIX est né ! renchérit Dylan, attrapant au passage la main d'Indie pour l'embrasser.

Celui-là est vraiment promis à un avenir brillant, pensa Michet avec tendresse. *Il sait ce qu'il veut !*

– Il a raison, poursuivit Indie. On s'est tous rencontrés dans ce train et nos vies ont complètement changé depuis. Nous ne sommes plus seuls avec nos peurs, vous comprenez ?

Michet comprenait parfaitement, lui qui toutes ces années s'était senti si peu soutenu par ses pairs de la faculté de sciences. Lui qui n'avait pas de famille et si peu d'amis.

– Notre réseau peut aider d'autres personnes qui, comme nous, sont confrontées à des phénomènes PSI ! C'est pour cette raison que nous vous avons envoyé cette photo, dit Waafa.

– Je vois cette femme, avoua Alexis de sa petite voix d'enfant en transperçant le professeur de son regard insondable. Elle s'appelle Marta et est toujours derrière vous.

Michet ne put s'empêcher de tourner la tête, mais il ne distingua rien d'autre qu'une vieille horloge.

– La photo que vous avez reçue est l'image que perçoit Alexis et que j'ai pu recréer sur ordinateur d'après son dessin, expliqua Dylan.

– Elle veut vous parler, poursuivit Alexis en serrant la main du professeur.

Michet perdit soudain de sa superbe. Il se sentit effrayé à l'idée de communiquer avec son défunt amour. Lui qui avait passé sa vie à étudier les événements paranormaux sans aucune appréhension se retrouvait maintenant démuni, fragile comme les autres. Pourtant, après la mort de sa fiancée, il n'avait cessé de tenter de communiquer avec elle et sa spécialisation dans l'étude des événements PSI n'était pas un hasard non plus. Toute sa vie convergeait vers ce moment : la possibilité d'entrer en contact avec celle qu'il n'avait jamais cessé d'aimer. Un peu nerveusement, il accepta ce "contact" et offrit un timide sourire à Alexis pour lui signifier qu'il était prêt. La défunte Marta pouvait s'exprimer au travers de la voix du jeune enfant.

Alors, Alexis lui répéta mot pour mot ce que la jeune noyée lui murmurait de l'au-delà. Il était le seul de l'assemblée à la percevoir, mais les autres regardaient dans la même direction, comme pour le soutenir dans cette tâche effrayante. Il parlait lentement avec une voix neutre et sans émotion, se contentant de traduire le langage de la morte.

– Tu dois m'oublier, Edward. Aimer quelqu'un d'autre. Tout va bien, rassure-toi, tout va bien… Laisse-moi partir maintenant, mon petit génie…

Michet baissa la tête pour cacher son intense émotion. Seule Marta l'appelait son "petit génie".

– Voilà, c'est fini ! conclut Alexis, reprenant sa voix d'enfant enjoué. Elle a disparu.

Indie vint le serrer dans ses bras pour le rassurer. Alexis avait accepté son don de voyance, mais il n'en restait pas moins un petit bonhomme de huit ans qui avait bien besoin de câlins.

– Merci à tous, répondit simplement Michet en relevant la tête. Je crois que le réseau PSIX a un très bel avenir devant lui et je vais à mon tour tenter de penser un peu au mien.

ÉPILOGUE

Edward Michet avait fini par prendre son courage à deux mains et par répondre à l'inspecteur Pierrade. Sans toutefois lui révéler quoi que ce soit sur le réseau PSIX, ni sur l'extraordinaire télépathie entre Nyoko et Indie, il lui fit parvenir le fruit de ses réflexions. Il décrivit avec humilité les limites de ses recherches qui se confrontaient à celles des connaissances humaines. Il s'était effectivement passé un certain nombre de faits étranges dans ce train ; les fantômes avaient côtoyé un vampire, les revenants avaient murmuré aux oreilles des adolescents. Un sanglier avait réchauffé le cœur d'une jeune fille blessée, lui insufflant le courage de reprendre sa vie en main. Un jeune garçon s'était entretenu avec un spectre de soldat SS et cette odieuse rencontre lui avait permis d'aider sa grand-mère à mourir l'âme en paix. Un petit garçon dessinait des fantômes et consignait soigneusement ces revenants dans une galerie virtuelle de photomontages, qui un jour, peut-être, permettraient aux vivants de dialoguer avec leurs morts. Tout cela était inexplicable et pourtant bien réel. Il en avait lui-même fait l'expérience en entrant en contact avec une personne chère et disparue. Les faits existaient, mais il était incapable de les lui expliquer. "Vous avez pressenti que l'affaire du TGV 175 vous échappait, inspecteur, avait-il écrit, moi je pressens que ce qui nous échappe aujourd'hui aura du sens demain. J'espère qu'un jour prochain l'intelligence de l'homme éclairera nos prémonitions communes."

Pierrade ne lui avait pas répondu. Mais une fois de plus, qu'aurait-il pu répondre ?

Un peu plus d'un an après sa rencontre avec tous les membres du réseau PSIX, il reçut sur sa boîte mail une autre invitation.

"Professeur,

Un groupe d'adolescents a été agressé dans une forêt de l'île de la Réunion le 22 décembre dernier. Certains d'entre eux auraient croisé la route de fantômes et d'un certain Mavipre Upierczi. Josy nous invite à passer quelques jours à la Réunion pendant les vacances d'hiver pour les aider à y voir plus clair. Serez-vous du voyage ? Votre aide peut nous être précieuse.

Le réseau PSIX.”

Michet releva la tête de son ordinateur et croisa le regard interrogatif de Jeanne qui partageait désormais sa vie avec son fils Paulo. Il avait cessé de rabâcher le passé et saisi la chance de croiser le destin d'une femme exceptionnelle. Elle s'appelait Jeanne Gordain, et il ne pouvait plus se passer d'elle.

– Alors ? Que dirais-tu de petites vacances à la Réunion ? interrogea Jeanne avec une pointe d'espièglerie.

– Onze membres du réseau PSIX dans un avion… je ne suis pas certain de vouloir être du voyage ! lui répondit-il en souriant.

– Allons, professeur Michet, de quoi avez-vous peur ?

– De rien, chère cheminot. Avec toi, je n'ai plus peur de rien, même quand ce n'est pas toi qui conduis. Mais tu es sûre que ce seront des vacances ?

REMERCIEMENTS

Je remercie la Région Languedoc-Roussillon pour la bourse d'écriture qu'elle m'a accordée pour ce roman. Je remercie particulièrement Guillaume Oulès, cheminot et passionné de train, qui m'a offert de son temps pour me faire découvrir l'aspect technique de la vie du rail.
Je salue le sanglier que j'ai croisé une nuit d'hiver sur une départementale. Sans le savoir, il m'a inspiré cette histoire. Mais peut-être le sait-il déjà ?

L'AUTRICE

JO WITEK écrit pour la jeunesse et a reçu de nombreux prix littéraires francophones. Chez Actes Sud jeunesse, elle est l'autrice de romans pour les ados, *Le Domaine*, *Rêves en noir*, *Un hiver en enfer*, *Un jour j'irai chercher mon prince en skate*, *Premier arrêt avant l'avenir*, *J'ai 14 ans et ce n'est pas une bonne nouvelle* (Prix Babelio), *Les Errantes*, et de romans pour les 8-12 ans, *Y a pas de héros dans ma famille*, *Une photo de vacances* et la série “Le Clan des Cabossés”. Elle vit dans le Sud de la France, à Pézenas.

DE LA MÊME AUTRICE

LES ERRANTES

Suzanne, une streameuse survoltée et volontaire, chassée de chez elle ; Saskia, une artiste en devenir découragée par un galeriste méprisant ; Anne-Lise, une fille de bonne famille vivant une spiritualité en décalage avec son époque. Ces trois jeunes femmes cohabitent, d'abord sans se connaître, au dernier étage d'un immeuble bourgeois. Mais peu à peu, des apparitions fantomatiques perturbent le jeu-vidéo de l'une, un esprit s'invite dans la chambre de l'autre, et des voix envahissent le cerveau de la troisième. L'irrationnel, le surnaturel, l'épouvante vont les réunir. Jo Witek tisse des liens entre le présent et le passé de fortes figures féminines et nous emporte dans un thriller déroutant sous les toits de Paris.

J'AI 14 ANS ET CE N'EST PAS UNE BONNE NOUVELLE

En rentrant du collège pour les vacances scolaires, Efi est convaincue qu'elle est une ado comme les autres et qu'à quatorze ans le monde lui appartient. Elle regagne son village, fière d'un bulletin de notes exemplaire. Mais cela ne compte plus pour les siens. Elle est une fille nubile à présent, c'est-à-dire : bonne à marier. Plus de liberté, plus d'horizons, plus de livres ni de balades avec les copines. Son avenir est désormais entre les mains d'un père, puis celles du mari qu'on lui a choisi. Elle est devenue une marchandise, un cadeau que s'offrent les familles. Arrachée à l'enfance, ses rêves piétinés, Efi entre dans l'enfer du mariage forcé. Son destin serait-il au XXIe siècle de vivre à jamais en servante emprisonnée ?

PREMIER ARRÊT AVANT L'AVENIR

Pierre, brillant bachelier primé au concours général, quitte son lycée rural et un milieu modeste pour rejoindre Paris et une prépa d'excellence. La voie royale pour un pur outsider boursier à qui on a toujours rappelé combien il était redevable à la société. Le voilà parti… Mais dans le train, son chemin va croiser celui d'Olympe, une fille flamboyante qui, avec ses idéaux révolutionnaires et son projet d'expédition humanitaire en voilier, va lui ouvrir de nouveaux horizons. Sa vie de jeune adulte commence à peine et le voilà qui doute, hésite, vacille. Et si c'était à lui de décider de son avenir ? Et si à dix-huit ans on avait le droit d'être léger ?

UNE FILLE DE

Hanna aime courir. Le long de la ligne verte, elle avale les kilomètres de chemin quatre fois par semaine. Dans ces moments, elle est libre, forte, entraînée. Loin de la douleur et de l'humiliation. Hanna est la fille d'Olga, prostituée ukrainienne. Et pour Olga, pour toutes les femmes qui vendent leur corps, elle décide de ne plus avoir honte. De relever la tête et de raconter son histoire, au rythme de sa course.

LE DOMAINE

Gabriel, solitaire et passionné de nature, accompagne sa mère embauchée comme domestique dans un vaste domaine entouré de landes. Il y fait la rencontre d'Eléonore, la petite fille des châtelains, aussi attirante qu'inaccessible. Envoûté, il perd complètement le contrôle… Jusqu'où ira-t-il pour se faire aimer ?

UN HIVER EN ENFER

Pour échapper à l'enfer familial, Edward, adolescent fragile, se réfugie dans sa vie virtuelle. Prisonnier des liens malsains d'une mère qui n'a jamais su l'aimer et soudain l'étouffe, l'isole. En plein cœur de l'hiver, Edward se sent en danger de mort. Deux êtres. Deux folies ? Une seule vérité sera possible.

UN JOUR J'IRAI CHERCHER MON PRINCE EN SKATE

Pas facile de jouer les indifférentes quand on a très envie d'embrasser un garçon... Résister, c'est pourtant le défi que s'est lancé Fred. Hors de question de se pomponner et de prendre un air mystérieux en attendant de séduire le prince charmant ! Elle préfère oublier le monde autour d'elle et enflammer le bitume sur son skate. Pourtant, un événement familial douloureux va forcer Fred à s'ouvrir aux autres...

RÊVES EN NOIR

Jill est aveugle et en pleine crise d'adolescence. En révolte contre son handicap, elle développe soudain des visions nocturnes alors qu'elle ne rêvait plus en images depuis des années. Ses songes semblent avoir une valeur prémonitoire. Ou seraient-ils un moyen pour elle de s'éloigner davantage du monde réel ? La voilà sur les traces d'un mystérieux jeune homme mêlé à un trafic d'œuvres d'art. Elle se met en tête de le sauver et fugue…

Conception graphique couverture : Christelle Grossin
Maquette intérieure : Myriam Bos
 – ISBN 978-2-330-18055-3
Loi 49-956 du 16 juillet 1949 sur les publications destinées à la jeunesse.
Reproduit et achevé d'imprimer en avril 2023 par l'imprimerie Novoprint à Barcelone
pour le compte des éditions ACTES SUD, Le Méjan, Place Nina-Berberova, 13200 Arles
Dépôt légal 1re édition : Juin 2023 – Imprimé en Espagne